MAREN SCHWARZ
Inselsumpf

OHNE EIN GESTERN Wer ist die Fremde, die fernab ihrer Heimat in einer ihr unbekannten Umgebung aufwacht und sich zunächst an nicht viel mehr als ihren Namen erinnern kann? Stimmt es wirklich, dass sie nicht nur ihr Gedächtnis, sondern auch ihr Kind verloren hat? Oder dient ihr das Ganze nur als Schutzbehauptung, um von einem Verbrechen abzulenken? Als die Fremde durch Zufall die Bekanntschaft der auf Rügen lebenden Rechtsmedizinerin Leona Pirell macht, entwickelt sich rasch eine Freundschaft zwischen den beiden Frauen, die dazu führt, dass Leona auf eigene Faust zu ermitteln beginnt. Und plötzlich ist sie nicht mehr nur eine Randfigur, sondern wird auf perfide Art und Weise selbst zum Opfer einer Verschwörung, die über Ländergrenzen hinweg bis zu ihrer Haustür führt und selbst vor ihrem Leben nicht Halt macht.

Maren Schwarz, Jahrgang 1964, lebt in einer kleinen Stadt im Vogtland. Ihre Krimireihe um die Rechtsmedizinerin Leona Pirell spielt auf Rügen, die Insel ist die zweite Heimat der Autorin. Neben Kriminalromanen schreibt sie Beiträge für verschiedene Kurzkrimianthologien. »Inselsumpf« ist ihr fünfter Rügen-Krimi im Gmeiner-Verlag. Maren Schwarz ist Mitglied im Syndikat.

Bisherige Veröffentlichungen im Gmeiner-Verlag:
Insellüge (2018)
Gesichtsverlust (2016, E-Book Only)
Inselfeuer (2015)
Eisschwestern (2013)
Treibgut (2012)
Zwiespalt (2007)
Maienfrost (2005)
Dämonenspiel (2005)
Grabeskälte (2004)

MAREN SCHWARZ
Inselsumpf
Kriminalroman

Immer informiert

Spannung pur – mit unserem Newsletter informieren wir Sie
regelmäßig über Wissenswertes aus unserer Bücherwelt.

Gefällt mir!

Facebook: @Gmeiner.Verlag
Instagram: @gmeinerverlag
Twitter: @GmeinerVerlag

Besuchen Sie uns im Internet:
www.gmeiner-verlag.de

© 2020 – Gmeiner-Verlag GmbH
Im Ehnried 5, 88605 Meßkirch
Telefon 0 75 75 / 20 95 - 0
info@gmeiner-verlag.de
Alle Rechte vorbehalten
1. Auflage 2020

Lektorat: Katja Ernst
Herstellung: Mirjam Hecht
Umschlaggestaltung: U.O.R.G. Lutz Eberle, Stuttgart
unter Verwendung eines Fotos von: © Dan Kuta / photocase.de
Druck: CPI books GmbH, Leck
Printed in Germany
ISBN 978-3-8392-2577-6

Personen und Handlung sind frei erfunden.
Ähnlichkeiten mit lebenden oder toten Personen sind rein zufällig und nicht beabsichtigt.

PROLOG

Er fuhr den Computer hoch, steckte den Stick in die Buchse und startete die Videodatei. Zuerst die offizielle Version. Die, die seit Tagen in sämtlichen Medien und auf allen Internetplattformen kursierte. Sie zeigte ein in diffuses Licht getauchtes Treppenhaus mit einstmals grau gefliesten Wänden. Sein Blick fiel auf die am unteren Bildrand eingeblendete Uhrzeit. Es war kurz nach Mitternacht. Von ferne hörte man das Einfahren eines Zuges, das Quietschen von Bremsen. Eine Frau erschien in dem von der Überwachungskamera aufgenommenen Bereich. Man konnte sehen, wie sie mit wippendem Pferdeschwanz in Richtung Treppe ging. Dass die Wahl auf sie gefallen war, war purer Zufall. Die Aufnahme zeigte, wie sie die Treppe hinablief. Gefolgt von einer dunkel gekleideten Gestalt; einem Jugendlichen mit Basecap und Springerstiefeln. Kleidung, wie sie Tausende junger Männer trugen. Zu viele, um sie dem einen zuzuordnen, der hier gleich sein Unwesen treiben würde. Ein leichtes Schwanken verriet, dass er unter dem Einfluss von Alkohol und Drogen stand. Beides Dinge, von denen er abhängig war. Was mit harmlosen Einstiegsdrogen begonnen hatte, hatte sich schnell zu einer handfesten Sucht manifestiert. Dabei hatte er sich nur nach etwas Liebe und Anerkennung gesehnt, die man ihm zu Hause verwehrte. Nicht weil er es nicht wert gewesen wäre, sondern weil seine Eltern zu beschäftigt waren, die Karriereleiter zu erklimmen. Was er brauchte, waren weder Geld noch teure Geschenke, sondern das Gefühl dazuzugehören. Ihm dieses Gefühl mithilfe falscher Freunde zu vermitteln, war ein Leichtes gewesen. Welcher Junge sagte schon nein, wenn ihm der coolste Typ der Schule anbot, Teil seiner Gang zu werden. Auch wenn dies mit einer Mutprobe verbunden war, für die er die Grenzen zur Illegalität überschreiten musste.

Auf dem Video war zu sehen, wie er der Frau in den Rücken trat. Ein Akt roher Gewalt, der wie aus dem Nichts aus ihm herauszubrechen schien. Sie verlor den Halt und stürzte die Treppe hinab. Bevor sie auf dem harten Betonfußboden aufschlug, stoppte der Mann vor dem Bildschirm die Aufnahme und lehnte sich zurück. Anders als bei allen anderen, die dieses inzwischen von der Polizei veröffentlichte Video zu sehen bekommen hatten, war seinem kantigen Gesicht mit den eisgrauen Augen nicht die geringste Gefühlsregung anzumerken.

Der Fall hatte bundesweit für Aufsehen gesorgt. Wenn es nach ihm ginge, hätte der Aufschrei nicht groß genug sein können. Um den Fall so schnell wie möglich aufzuklären, hatte die Polizei eine Belohnung für Hinweise auf den Täter ausgesetzt. Nur dass das nichts bringen würde. Denn abgesehen von ein paar harmlosen Spinnern hatte sich bis jetzt kein einziger brauchbarer Zeuge gemeldet. Und er rechnete auch nicht damit, dass sich daran etwas ändern würde. Dabei gab es durchaus einen Zeugen. Jemanden, der die Tat gefilmt hatte. Aus einem Blickwinkel, der nicht nur Täter und Opfer zeigte, sondern sogar die Gesichter der beiden. Um sich davon zu überzeugen, startete er die inoffizielle Version. Eine Version, die mit Sicherheit nicht dafür bestimmt war, die Polizei bei der Suche nach dem Täter zu unterstützen.

1

Als sie aus ihrer Bewusstlosigkeit erwachte, konnte sie sich zunächst an nichts erinnern. Sie wusste weder, wo sie sich befand, noch, was passiert war. Ihr Hirn fühlte sich wie ein mit Watte gefüllter Kokon an, und sie hatte einen schalen Geschmack im Mund. Vorsichtig drehte sie den Kopf zur Seite. Sie lag in einem Bett, das in einem niedrigen Raum mit windschiefen Wänden stand. Von irgendwoher drang das Prasseln eines Holzfeuers an ihr Ohr. Sie versuchte, sich aufzurichten, war aber zu schwach, um sich an der Bettkante hochzustemmen. Schon auf halber Höhe begann das Zimmer, sich vor ihren Augen zu drehen. Schneller und immer schneller. Das Letzte, was sie bewusst wahrnahm, waren zwei Hände, die sie festhielten, und eine Stimme, die in einer ihr unbekannten Sprache beruhigend auf sie einredete.

Als sie wieder zu sich kam, war es draußen bereits dunkel. Sie schnupperte. Es roch nach Hühnersuppe und Schweiß. Ihr ganzes Nachthemd war davon durchtränkt. Ihr Körper glühte, als würde er innerlich verbrennen. Ihr fiebriger Blick irrte durch den Raum und blieb am Herd haften, in dem ein offenes Feuer brannte. Die umgebenden Wände waren von Ruß geschwärzt. Ein leises Stöhnen drang über ihre Lippen. Sie schluckte. Ihre Kehle fühlte sich wie ein ausgetrocknetes Flussbett an. »Wasser«, das Wort verdunstete auf ihren aufgesprungenen Lippen. Sie kam sich wie in einem Albtraum vor, in dem man an einem fremden Ort, in einem fremden Bett erwachte und sich nicht erklären konnte, wie man dort hingelangt war. Doch das hier war kein Traum, auch wenn es sich so anfühlte. Denk nach, zwang sie sich, die gähnende Leere in ihrem Kopf mit Bildern zu füllen. Was war passiert? Sie lauschte in sich hinein. Das Einzige, woran sie sich erinnern konnte, war ein Name. Ihr Name. Du heißt Asja, Asja Teutsch, wisperte ihr ein hauchdünnes Stimmchen ins Ohr. Die beiden Worte waren wie ein Strohhalm, an den sie sich voller Verzweiflung klammerte. Während sie nach weiteren Hinweisen suchte, legte sich eine kühle Hand auf ihre Stirn. Sie gehörte einer alten Frau. Das runzlige Gesicht, das unter einem geblümten Kopftuch hervorschaute, erinnerte Asja an eine Bäuerin aus längst vergangenen Zeiten. Die Alte versuchte, ihr ein wenig Hühnerbrühe einzuflößen, und schenkte ihr dabei ein besorgtes Lächeln, das einen fast zahnlosen Mund entblößte. Asja wollte etwas sagen, sich bei ihr bedanken. Doch bevor sie dazu kam, wurde es erneut schwarz um sie herum.

Als sie das nächste Mal erwachte, war es bereits später Nachmittag. Sie erkannte es an dem blasser werdenden Licht. Ihre Brüste spannten und von ihrem Unterleib ging ein unangenehmes Ziehen aus: Wie eine Welle, die sich meterhoch aufbaute, nur um gleich zu verebben. Asja spürte, wie sich Panik in ihr breitmachte. Dabei war es weniger der Schmerz, der ihr zusetzte. Sie fühlte sich, als wäre etwas in ihr zerbrochen, herausgerissen aus einem lediglich von Sehnen und Muskeln zusammengehaltenen Leib. Sie weigerte sich, den Gedanken weiterzuspinnen. Sicher war sie einfach überreizt. Sie hob die Hand, um eine feuchte Haarsträhne aus ihrem verschwitzen Gesicht zu streichen. Obwohl sie noch immer fieberte, fühlte ihre Stirn sich nicht mehr ganz so heiß an, und sie konnte wieder halbwegs klar denken. Asja schloss die Augen und versuchte, sich zu erinnern. Daran, wer sie war. Diesmal gelang es ihr, das verschwommene Bild festzuhalten, das aus den Tiefen ihres Unterbewusstseins an die Oberfläche drängte. Das Bild eines kleinen Mädchens mit langen braunen Zöpfen. Sie hörte sein unbeschwertes Lachen. Ihr Lachen. Und mit einem Mal verspürte sie einen heftigen Schmerz in ihrer Brust, und ihre Augen begannen zu brennen.

Inzwischen war es draußen dunkel geworden. Als der Lichtkegel eines vorbeifahrenden Autos über die Decke wanderte, fielen Asja ihre Eltern ein. Sie versuchte sich ihre Gesichter vorzustellen, ihre Stimmen. Doch es wollte ihr nicht gelingen. Stattdessen sah sie sich plötzlich übergangslos in einem Zimmer mit einer Wiege stehen. An den sonnengelb gestrichenen Wänden hingen farbenfrohe Bilder mit Szenen aus Walt Disneys Bambi. Weiße Baumwollgardinen bauschten sich im Wind, und durch das offen stehende Fenster wehte der Duft von Flieder und frisch gemähtem Gras. Ihr Blick fiel auf einen knorrigen Apfelbaum, an dem eine Schaukel hin und her schwang, so, als habe gerade jemand darauf gesessen. Mit einem Mal verdunkelte sich der Himmel, und Sturm kam auf. Sie wollte das Fenster schließen, doch ein Windstoß riss es ihr aus der Hand und fegte durch das eben noch friedlich wirkende Kinderzimmer, dem plötzlich etwas Unheilvolles anhaftete. Sie sah in den an der Wand hängenden Spiegel, in dem sich schemenhaft die Umrisse einer Gestalt abzeichneten. Wer bist du? Bevor sie die Frage aussprechen konnte, flammte hinter ihren geschlossenen Lidern ein greller Lichtblitz auf und ließ sie in eine gnädige Ohnmacht abtauchen.

Obwohl Asja unter der aufopferungsvollen Pflege der alten Frau körperlich rasch genas, litt sie noch immer an Amnesie. Sie hatte jegliches Zeitgefühl verloren und war die meiste Zeit in einer tiefen Traurigkeit gefangen, deren Ursprung sie nicht benennen konnte. Ihr Leben schien sich nur auf Essen und Trinken sowie die dazwischenliegenden Wach- und Schlafphasen zu beschränken. Inzwischen konnte sie das Bett kurz verlassen. Doch schon der Gang zu der am anderen Ende des Hofes gelegenen Toilette strengte sie derart an, dass ihr Körper danach in Schweiß gebadet war. Zwar konnte sie sich mittlerweile wieder an verschiedene Dinge erinnern, aber sie wusste immer noch nicht, was passiert und wie sie hierhergekommen war. Jedes Mal, wenn sie die Sprache auf dieses Thema lenkte, zuckte die alte Frau, von der sie inzwischen wusste, dass sie Anatevka hieß, bedauernd mit den Schultern. Fast, als könne sie sich selbst nicht erklären, auf welchem Weg Asja in ihr Haus und damit in ihr Leben gelangt war. Doch Asja wurde nicht müde, nach der Wahrheit zu suchen. Auch wenn

Anatevka ihr in dieser Hinsicht keine große Hilfe war. Mitunter beschlich Asja das Gefühl, sie gab sich absichtlich wortkarg, weil sie etwas vor ihr zu verbergen versuchte. Asja waren die teils sorgenvollen, teils mitleidigen Blicke aufgefallen, die Anatevka ihr immer dann zuwarf, wenn sie sich unbeobachtet zu fühlen schien. Wenn sie doch einmal etwas sagte, dann in einer Sprache, die Russisch ähnelte, was Asja während ihrer Schulzeit gelernt hatte.

Vor ein paar Tagen hatte Anatevka eine zerfledderte Landkarte vor ihr auf dem Küchentisch ausgebreitet und auf einen winzigen Ort gedeutet. Er lag südwestlich von Kiew, der Hauptstadt der Ukraine, und trug einen so unaussprechlichen Namen, dass Asja ihn gleich wieder vergessen hatte. Nun wusste sie zwar, wo sie sich befand, aber nicht, wie sie hierhergekommen war. Ganz zu schweigen davon, wie und wo sich ihr Leben in den letzten Jahren abgespielt hatte. Sie war überzeugt, dass sie ihre Kindheit und Jugend im Ostteil des mittlerweile wiedervereinten Deutschlands verbracht hatte. Trotz aller Erinnerungslücken stand ihr der Tag der Maueröffnung deutlich vor Augen. Sie hatte zwar erst am nächsten Morgen aus dem Radio davon erfahren, doch die Bilder der jubelnden Menschenmassen, die sie später im Fernsehen gesehen hatte, hatten sich ihr unauslöschlich eingebrannt.

Asja fragte sich, wie viel Zeit seither vergangen sein mochte. Wie lange sie überhaupt schon auf dieser Welt weilte. Erstaunlicherweise hatte sie diesmal kein Problem damit, sich an ihr Geburtsdatum zu erinnern. Es war der 3. Juli 1972, was wiederum bedeutete, dass sie inzwischen 46 Jahre alt war, von denen weit über die Hälfte noch immer im Dunklen lagen.

Plötzlich musste sie an ihre Heimatstadt denken. Wenn sie die Augen schloss, konnte sie ihre alte Schule und das am Stadtrand von Plauen gelegene Reihenhaus vor sich sehen, in dem sie ihre Kindheit verbracht hatte. Der hinter dem Haus gelegene Garten grenzte an ein Weizenfeld, das im Sommer von Wiesenblumen gesäumt wurde. Leuchtend roter Klatschmohn, gepaart mit Margeriten und Mohnblumen, zwischen denen sich Schmetterlinge und Bienen tummelten: unbeschwert und scheinbar ziellos in ihren Bewegungen. In ihrer Erinnerung sah Asja sich mit Bleistift und Skizzenbuch am Feldrand sitzen. Das Malen ging ihr leicht von der Hand, egal ob mit Bleistift oder Pinsel. Sie verstand es, sich auf das Wesentliche zu konzentrieren, und konnte stundenlang an einem winzigen Detail feilen. Während sie an die dabei entstandenen Bilder zurückdachte, erschien für den Bruchteil einer Sekunde eine von grellem Sonnenlicht überflutete Teeplantage vor ihrem inneren Auge, deren sanft abfallende Hänge von einem Bambuswäldchen begrenzt wurden. Obwohl der Moment zu kurz war, um Einzelheiten zu erkennen, spürte Asja, dass dieser Ort eine besondere Bedeutung für sie besaß. Bei dem Versuch, das Bild erneut heraufzubeschwören, befielen sie quälende Kopfschmerzen, die keinen klaren Gedanken mehr zuließen. Fast, als würde etwas tief in ihr die Erinnerung mit aller Gewalt zurückhalten. Dabei hätte Asja nur zu gerne gewusst, wie es dem Mädchen von einst in seinem weiteren Leben ergangen war. Dem Mädchen mit den langen braunen Zöpfen, das nach allem, was sie bislang über sein und damit ihr Leben herausgefunden hatte, eine unbeschwerte Kindheit hatte verleben dürfen. Die wenigen Momente, in denen es ihr gelungen war, einen Blick auf die Zeit danach zu werfen, bestanden aus flüchtigen Schnappschüssen. Sie ließen sich weder festhalten noch zuordnen, sondern hatten schon im Moment ihres Entstehens begonnen, wie ein konturloses Gemälde zu verblassen.

Mit einem leisen Seufzer erhob sich Asja von ihrem Lager und trat ans Fenster. Als sie das erste Mal neben der offenen Feuerstelle erwacht war, hatte draußen tiefster Winter geherrscht. Sie hatte es an den verschneiten Birken erkannt, die durch das Fenster zu sehen gewesen waren. Inzwischen war der Schnee einem Gemisch aus Regen und Einheitsgrau gewichen. Der neben der Tür hängende Kalender verriet Asja, dass es bereits auf Ende März zuging, und erinnerte sie daran, dass sie nicht ewig hierbleiben konnte. An diesem Ort, der aufgrund seiner einsamen und abgeschiedenen Lage fast wie nicht von dieser Welt zu sein schien. Asja hatte keine Ahnung, wie weit es bis zur nächsten Ansiedlung war. So weit das Auge reichte, gab es nur Wiesen und Wälder, durch die sich eine verschlungene Landstraße wand, auf die sich selten ein Auto verirrte.

Inmitten dieser Einöde stand Anatevkas Haus. Wobei »Haus« kaum die passende Bezeichnung war. Das Gebäude glich vielmehr einer windschiefen Hütte, durch deren Ritzen der Wind pfiff und dessen von Moos und Flechten überzogenes Dach nur wie durch ein Wunder nicht zusammenbrach. Immerhin kam ab und zu der nächstgelegene Nachbar vorbei, um sie mit Lebensmitteln zu versorgen und nach dem Rechten zu sehen. Er schien Anatevkas einzige Verbindung zur Außenwelt zu sein. Abgesehen davon ließ sich niemand blicken. Weder Kinder noch Angehörige. Kein Wunder, dass Anatevka bei diesem Einsiedlerleben von der Zeit überholt worden war. Ihr Haus verfügte weder über fließendes Wasser noch über eine Heizung, von Fernseher und Radio ganz zu schweigen. Nichts, was Asja einen Anhaltspunkt für das, was ihr widerfahren war, hätte liefern können. Vielleicht gab es da draußen jemanden, der nach ihr suchte und sich um sie sorgte. Das würde sie jedoch niemals erfahren, wenn sie sich weiterhin in dieser Einöde verkroch. Während sie darüber nachdachte, nahm in ihrem Kopf allmählich ein Plan Gestalt an. Sie hatte vor, sich ins nächste Dorf und von dort aus weiter bis nach Deutschland durchzuschlagen. Auch wenn sie nicht wusste, wie sie das ohne Geld und Papiere anstellen sollte.

2

Asja konnte sich nur verschwommen an die hinter ihr liegende Odyssee erinnern. Sie wusste lediglich, dass Kälte und Hunger ihr ständiger Begleiter gewesen waren. Daran hatten auch das Bündel mit warmer Kleidung und der Proviant, den Anatevka ihr beim Abschied mitgegeben hatte, nichts ändern können. Sie hatte unter Brücken geschlafen und war vom Wohlwollen anderer Menschen abhängig gewesen. Erst vor einer Stunde war sie in Plauen angekommen. Ein Lkw-Fahrer hatte sie die letzten paar Kilometer mitgenommen. Sie wusste selbst, dass sie keinen schönen Anblick bot: Eine abgerissene Gestalt, die aussah, als sei sie dem Tod gerade noch einmal von der Schippe gesprungen. Durchgefroren und ausgehungert strich Asja durch die Straßen ihrer einstigen Heimatstadt und fragte sich, wie es jetzt weitergehen sollte. Sie wusste nicht, was sie erwartete. Wie würden ihre Eltern, an die sie sich nur dunkel erinnerte, reagieren? Würden sie sie wegstoßen oder liebevoll in die Arme schließen?

Als sie ihr Spiegelbild in der Schaufensterscheibe eines Supermarktes erblickte, wich sie erschrocken vor der zerlumpten Gestalt zurück, die ihr daraus entgegenstarrte. Asja war groß und immer schon schlank gewesen, inzwischen jedoch wirkte sie schmal und ausgezehrt. Kein Wunder, dass der Anblick der mit Lebensmitteln gefüllten Regale sie fast um den Verstand brachte. Abgesehen von ein paar Keksen hatte sie seit Tagen nichts Vernünftiges mehr gegessen. Ihr knurrender Magen ließ sie ihre Schritte beschleunigen. Nur noch ein Stück die Straße entlang und dann nach links abbiegen.

Obwohl die Gegend ihr Aussehen verändert hatte, erschienen die Vorgärten und Häuser Asja noch immer seltsam vertraut. Als wäre sie gestern erst hier vorbeigegangen. Wenig später stand sie vor ihrem Elternhaus. Den Weg dorthin hatte sie intuitiv gefunden, und auch die Erinnerung an ihren Heimatort war mehr und mehr zurückgekehrt. Ein pfirsichfarbener Anstrich hatte das triste Grau des Gebäudes ersetzt und ließ es viel freundlicher und einladender wirken. Trotzdem brauchte Asja eine Weile, um sich von ihrer Überraschung zu erholen. Zumal sich die Veränderungen nicht nur auf das Haus, sondern zudem auf das Grundstück erstreckten. Dort, wo einst Obstbäume und Ziersträucher gewachsen waren, befand sich nun ein überdachter Carport. Auch die Nachbarhäuser hatten sich verändert. Das einstmals dominierende Grau war fast vollständig gewichen und hatte schillernden Fassaden Platz gemacht. Asja nahm sich einen Moment Zeit, um all die neuen Eindrücke zu verarbeiten. Dann gab sie sich einen Ruck und drückte auf den in der Gartenmauer eingelassenen Klingelknopf. Es war der gleiche wie damals. Nur der Name darunter war ihr fremd. Bevor Asja sich einen Reim darauf machen konnte, hielt hinter ihr ein beigefarbener Volvo, dem eine junge dunkelhaarige Frau entstieg, die südländisch wirkte. »Wollen Sie zu mir?«

Asja, der sich der Sinn ihrer Worte zunächst nicht zu erschließen schien, schüttelte den Kopf.

»Und warum stehen Sie dann vor unserem Haus?« In die Stimme der Frau hatte sich eine unüberhörbare Schärfe gemischt.

Das musste Asja erst einmal sacken lassen. »Ihr Haus?«, stieß sie ungläubig hervor. »Das soll wohl ein Witz sein?«

Statt etwas darauf zu erwidern, musterte die Frau sie nachdenklich. »Was dachten Sie denn, wer hier wohnt?«

Asja schluckte. »Meine Eltern.«

»Haben die auch einen Namen?«

»Teutsch«, kam es wie aus der Pistole geschossen. »Anton und Elisabeth Teutsch.«

Auf der Stirn der jungen Frau hatte sich eine steile Falte gebildet. »Tut mir leid, aber das sagt mir nicht das Geringste.« Als sie Asjas enttäuschten Gesichtsausdruck bemerkte, fügte sie hinzu: »Wir haben das Haus vor etwas mehr als drei Jahren über einen Makler erworben. Soweit ich weiß, stand es davor geraume Zeit leer.«

Um Fassung ringend, presste Asja die Hand vor den Mund und taumelte gegen die Gartenmauer. Für einen Moment war nur das Rauschen des Windes zu hören.

»Ich würde Ihnen wirklich gerne behilflich sein«, brach die junge Frau schließlich das Schweigen. »Wenn Sie möchten, suche ich Ihnen den Namen des Maklers aus dem Kaufvertrag heraus«, schlug sie vor. »Vielleicht kann er Ihnen ja weiterhelfen.«

Kurz stahl sich ein Lächeln auf Asjas verhärmtes Gesicht. »Das wäre wirklich nett.«

»Kein Problem. Mein Name ist übrigens Krüger. Merle Krüger«, fügte sie hinzu, bereits im Gehen begriffen.

»Asja Teutsch«, erwiderte Asja scheu und folgte ihr durch den Vorgarten bis an die Haustür. Dort angekommen bat Merle Krüger sie, sich einen Moment zu gedulden. »Ich bin gleich wieder da«, sagte sie, bevor sie nach drinnen verschwand, um die Unterlagen herauszusuchen.

Der Makler, durch den der Hauskauf zustande gekommen war, hieß Lutz Leonhardt. Das daraufhin von Merle Krüger mit ihm geführte Telefonat bestätigte, dass es sich bei den Vorbesitzern des Hauses tatsächlich um das Ehepaar Teutsch handelte. Leonhardts Worten zufolge hatte ihn der Ehemann mit dem Verkauf der Immobilie beauftragt, die bis zu diesem Zeitpunkt noch von ihm und seiner Frau bewohnt worden war. Nachdem er das Geschäft abgewickelt hatte, war der Kontakt abgebrochen. Ihm lag keine Telefonnummer oder Anschrift vor, unter der man die Teutschs hätte erreichen können.

Als Asja nach dieser deprimierenden Auskunft kurz darauf wieder auf der Straße stand, war es bereits später Nachmittag. Sie wusste weder, wohin sie gehen, geschweige denn an wen sie sich wenden sollte. Hinzukam, dass sie sich kaum noch auf den Beinen halten konnte. Sie war völlig übermüdet und sehnte sich nach einer warmen Mahlzeit und einem Bett für die Nacht. Nachdem sie eine Weile durch die Gegend geirrt war, fand sie sich plötzlich ein paar Seitenstraßen weiter vor dem Haus ihrer früheren Freundin Irene Kaßner wieder. Mit ihr hatte sie den Kindergarten besucht und danach die Schulbank gedrückt. Allerdings war das schon Ewigkeiten her, und die Wahrscheinlichkeit groß, dass Irene inzwischen längst woanders wohnte. Dennoch beschloss Asja, ihr Glück zu versuchen. Sie war inzwischen derart verzweifelt, dass sie selbst nach dem dünnsten Strohhalm gegriffen hätte. Während sie die Namen neben den Klingelschildern las, öffnete sich die Haustür. Asja sah sich einer älteren grauhaarigen Frau mit Kittelschürze und Filzpantoffeln gegenüber, die einen prall gefüllten Müllbeutel in der Hand hielt und sie im Vorbeigehen misstrauisch beäugte. Asja vermutete, dass sie sie angesichts ihres verwahrlosten Zustandes für eine Landstreicherin hielt, was in gewisser Weise ja auch zutraf. Es vergingen keine zwei Minuten, bis die Frau ihren Müll in der Tonne hinter dem Haus entsorgt hatte und zurückkam. »Kann ich Ihnen helfen?«

Als ihre Blicke sich trafen, kam es Asja vor, als hätte sie die Frau schon einmal gesehen. »Ich bin auf der Suche nach Irene Kaßner.«

Ihre Antwort veranlasste ihr Gegenüber, sie einer genauen Musterung zu unterziehen. »Da muss ich Sie leider enttäuschen. Irene wohnt seit Langem nicht mehr hier.«

»Und ihre Eltern?« Asja hatte die Frage kaum ausgesprochen, als es ihr wie Schuppen von den Augen fiel. »Frau Kaßner?«

Ein Nicken bestätigte ihre Vermutung. »Tut mir leid, dass ich Sie nicht gleich erkannt habe«, entschuldigte sie sich. »Mein Name ist Asja. Asja Teutsch. Vielleicht können Sie sich ja an mich erinnern. Ich ...«

»Asja«, rief die Frau erstaunt aus. »Natürlich!« Es entstand eine längere Pause. »Du siehst aber schmal und blass aus, Mädel.« Aus ihren Worten sprach mütterliche Besorgnis. »Geht es dir nicht gut?«

Statt zu antworten, sackten Asjas Schultern nach unten und ihre Augen füllten sich mit Tränen. Mitfühlend legte ihr Frau Kaßner die Hand auf den Arm. »Willst du nicht reinkommen?«

Asja, die eine bleierne Müdigkeit in sich aufsteigen fühlte, schaffte es mit letzter Kraft, ihr die Treppe hinauf zu folgen. In der Wohnung angekommen, ließ sie sich völlig erschöpft in den ihr zugewiesenen Sessel fallen und schloss die Augen. Als sie sie wieder öffnete, stand ein Teller mit belegten Broten und ein Glas Orangensaft vor ihr auf dem Couchtisch. »Du siehst aus, als könntest du eine kleine Stärkung vertragen«, ermunterte Irenes Mutter sie, es sich schmecken zu lassen.

Das ließ Asja sich nicht zweimal sagen. Nachdem sie sich gestärkt hatte, brachte sie die Sprache auf das Thema, das ihr schon die ganze Zeit über auf der Seele brannte. »Ich bin auf der Suche nach meinen Eltern.«

»Nach deinen Eltern?«, vergewisserte Frau Kaßner sich ungläubig. »Ist es dafür nicht ein bisschen zu spät?«

Asja hatte keine Ahnung, wovon ihr Gegenüber sprach. »Wieso zu spät?«

Frau Kaßner wand sich unbehaglich. »Hat man dich denn nicht informiert?«, wich sie einer klaren Antwort aus.

»Worüber?«

Statt etwas zu erwidern, senkte Frau Kaßner den Kopf und zupfte sich einen imaginären Fussel von ihrer Kittelschürze. »Darüber, dass sie verstorben sind«, sagte sie schließlich. Asja erbleichte. »Verstorben?«, entfuhr es ihr. Ihre Augen füllten sich erneut mit Tränen. Frau Kaßner wirkte ehrlich betroffen. »Ich hätte nicht gedacht, dass dich das so mitnimmt. Nicht nach dem, was du ihnen angetan hast.«

»Was ich ihnen angetan habe?«

Sie hatte kaum ausgesprochen, als sich auf Frau Kaßners Gesicht hektische rote Flecken auszubreiten begannen. »Glaubst du etwa, ich wüsste nicht, was damals geschehen ist?«

Asja sah sie verstört an.

»Du hast deinen Eltern das Herz gebrochen«, sagte Frau Kaßner knapp. »Vor allem deiner Mutter. Sie ist nie darüber hinweggekommen, dass du …«

»Das ich was?«

Ihre Ahnungslosigkeit schien Frau Kaßner zu irritieren. »Weißt du das denn wirklich nicht mehr?«

»Wirklich nicht!«, beteuerte Asja.

Frau Kaßner musterte sie mit nachdenklichem Gesichtsausdruck. »Ich spreche von dem Zerwürfnis zwischen dir und deinen Eltern.« Sie schien sich zu bemühen, nicht zu vorwurfsvoll zu klingen. »Davon, dass du ihnen von heute auf morgen den Rücken gekehrt hast und sie danach jahrelang kein einziges Lebenszeichen von dir erhalten haben.«

Nun war es heraus, das Ungeheuerliche in Worte

gefasst. Asja starrte sie mit offenem Mund an. Sie hatte nicht den geringsten Schimmer, wovon ihr Gegenüber sprach. Um besser nachdenken zu können, schloss sie die Augen, doch das Chaos in ihrem Kopf ließ keinen klaren Gedanken zu. Als würde irgendetwas tief in ihr die Erinnerung mit aller Gewalt zurückhalten. Mit einem resignierten Seufzer hob Asja die Hände und rieb sich ihre schmerzenden Schläfen.

»Du musst dir das nicht so zu Herzen nehmen«, versuchte Frau Kaßner, ihre Worte zu relativieren. »Ich meine, wir alle machen Fehler.«

Langsam hob Asja den Blick und sah sie an. »Ich habe keine Ahnung, wovon Sie sprechen.«

Ihre Antwort ließ Irenes Mutter nach Luft schnappen. Asja spürte genau, was hinter ihrer Stirn vor sich ging.

»Sie glauben mir nicht, wie? Sie denken, ich spiele Ihnen etwas vor. Vielleicht um Ihr Mitleid zu erwecken. Aber das stimmt nicht«, beteuerte sie händeringend. »Ich kann mich wirklich nicht erinnern. Wie an so vieles aus meinem Leben.«

Bevor ihr Gegenüber ablehnend reagieren konnte, bat Asja, sie nicht vorschnell zu verurteilen, sondern sich erst einmal ihre Geschichte anzuhören. »Vielleicht ändern Sie danach ja Ihre Meinung.«

»Da bin ich aber mal gespannt«, sagte Frau Kaßner und lehnte sich erwartungsvoll zurück.

Ihre Worte veranlassten Asja, tief durchzuatmen und die Augen zu schließen. Im selben Moment verselbstständigten sich ihre Gedanken, und sie befand sich wieder in Anatevkas bescheidener Hütte. »Es war im letzten Winter«, begann sie ihren Bericht, »als ich in einem fremden Bett aufgewacht bin, ohne zu wissen, wo ich mich befand oder was passiert war. Das Einzige, woran ich mich erinnern konnte, war mein Name.«

Asjas flackernder Blick zeigte deutlich, wie schwer es ihr fiel, darüber zu reden. Dennoch wirkte es sich positiv auf ihre Psyche aus, sich einem anderen Menschen anzuvertrauen. Den Albtraum, in den sich ihr Leben verwandelt hatte, in Worte zu fassen. Nachdem sie geendet hatte, war es lange Zeit still.

»Ich lass dir jetzt erst mal ein Bad ein«, sagte Frau Kaßner, darum bemüht, sich ihre Erschütterung nicht anmerken zu lassen. »Danach kannst du dich in Irenes Zimmer ausschlafen.«

»Das ist sehr freundlich von Ihnen.« Asja fühlte sich unglaublich erleichtert.

»Schon gut«, wehrte Frau Kaßner bescheiden ab und stand auf.

Sie war schon auf dem Weg zur Tür, als Asjas Stimme sie innehalten ließ. »Ich würde Sie gerne noch etwas fragen.«

»Was denn?«

»Sie sprachen von einem Zerwürfnis«, begann Asja zögerlich. »Davon, dass ich meinen Eltern den Rücken gekehrt habe.«

Frau Kaßner nickte. »Ich kann mir vorstellen, dass dich das belastet.«

»Dann können Sie sich sicher auch vorstellen, dass ich wissen möchte, wie es dazu kam.«

»Natürlich.« Irenes Mutter musterte sie nachdenklich. »Allerdings erscheint es mir wenig ratsam, dich in deiner momentanen Verfassung damit zu konfrontieren. Schlaf dich lieber erst mal aus. Morgen ...«

»Ich will es aber jetzt wissen«, beharrte Asja.

»Also gut«, gab Frau Kaßner sich geschlagen und ging zu ihrem Platz zurück. »Aber sag nachher nicht, ich hätte dich nicht gewarnt«, unternahm sie einen letzten Versuch, sie davon abzuhalten.

»Keine Sorge. Ich hab schon so viel durchgestanden, da steh ich das auch noch durch.«

»Das Zerwürfnis, von dem ich sprach, begann mit einer Reise«, eröffnete Irenes Mutter ihr mit sichtlichem Unbehagen.

»Mit einer Reise?«

Frau Kaßner nickte. »Du bist ans Schwarze Meer geflogen. Nach Kobuleti«, rief sie ihr ins Gedächtnis. »Die Reise wurde dir von deiner Berufsschule aufgrund deiner guten schulischen Leistungen bezahlt. Du hast damals eine Ausbildung zur Fremdsprachenassistentin gemacht.«

Asjas Gedanken überschlugen sich. Das soeben Gehörte kam ihr sehr vertraut vor, auch wenn sie sich nicht daran erinnern konnte, jemals in Kobuleti gewesen zu sein. »Wobei die Reise nur der Auslöser war«, brachte Irenes Mutter die Sprache auf das eigentliche Thema zurück.

»Was soll das heißen?«

»Dass du einen jungen Mann kennengelernt hast.« Sie hielt kurz inne. »Einen Schwerttänzer, soviel ich weiß.«

Für den Bruchteil einer Sekunde blitzte das Bild eines dunkelhaarigen Jungen in Asjas Gedanken auf. Ein Junge, der sie mit seinen dunklen Augen und seinen Tanzkünsten verzaubert hatte. Selbst nach all der vergangenen Zeit konnte Asja noch immer die ungestüme Leidenschaft spüren, die er und das mit ihm auf der Bühne stehende Ensemble versprüht hatten. Es waren ungewohnte Klänge und wilde Rhythmen gewesen, zu denen die Tänzer ihre Schwerter in scheinbar müheloser Eleganz gekreuzt hatten. Das dabei vorgelegte Tempo war so atemberaubend gewesen, dass ihr allein vom Zusehen schwindlig geworden war. Kein Wunder, dass der Applaus am Ende der Vorstellung kein Ende hatte nehmen wollen. Kurz darauf war Asja dem jungen Mann an der Hotelbar begegnet. Als sie versuchte, sich sein Bild erneut ins Gedächtnis zu rufen, flammte hinter ihren Lidern ein greller Lichtblitz auf. Asja verzog das Gesicht und presste die Hände gegen die Schläfen.

»Ist dir nicht gut?«, erkundigte Irenes Mutter sich besorgt.

»Es geht schon wieder«, wiegelte Asja ab, bevor sie sich danach erkundigte, wie es weiterging.

»Kannst du dir das denn nicht denken?«

Auf einmal verspürte Asja eine Wehmut und einen Schmerz, dass sie kaum noch Atmen konnte. »Wir haben uns ineinander verliebt?«

Ein Nicken bestätigte ihre Vermutung. »Zuerst dachten deine Eltern, es sei ein harmloser Urlaubsflirt. Doch als sie begriffen, wie ernst es dir damit war, ist für sie eine Welt zusammengebrochen. Vor allem für deinen Vater.«

Asja versuchte vergeblich, sich zu erinnern. »Was wollen Sie damit sagen?«

»Dass er alles Menschenmögliche unternommen hat, um dich zur Vernunft zu bringen.«

»Aber weshalb? Ich meine ...«

»Weil er nicht wollte, dass du dich mit einem Russen einlässt.«

»Dass ich mich mit einem Russen einlasse?«, wiederholte Asja verständnislos.

»Dazu muss man wohl die Vorgeschichte deines Vaters kennen«, räumte Frau Kaßner ein. »Er war ein Kriegskind, kam 1939 in Ostpreußen zur Welt, von wo er und seine Familie, wie so viele andere, nach dem Ende des Krieges vertrieben wurden. Von deiner Mutter weiß ich, dass er zusammen mit seiner Mutter und deren Vater in die Nähe von Dresden geflüchtet ist, wo sie sich in der damaligen sowjetischen Besatzungszone eine neue Existenz aufbauen wollten.«

Aus ihren weiteren Worten ging hervor, dass ihnen das anfangs auch geglückt war. »Sie fanden Unterschlupf auf einem Bauerngut.« Plötzlich wirkte Irenes Mutter verlegen.

»Warum sprechen Sie nicht weiter?«, drängte Asja, der das Zögern nicht entgangen war.

»Weil es mir schwerfällt, darüber zu reden. Über das, was danach geschah«, gestand sie. »Ein Trupp russischer Soldaten ist eines Tages bei der Familie deines Vaters aufgetaucht. Sie haben deine Großmutter vergewaltigt.« Frau Kaßner schluckte. »Als ihr Vater ihr zu Hilfe eilen wollte, zwangen sie ihn, sein eigenes Grab zu schaufeln, und erschossen ihn vor ihren Augen. Das alles hat dein Vater, der zu diesem Zeitpunkt gerade einmal sechs Jahre alt war, aus einem Versteck heraus beobachtet, und es hat ihn sein ganzes Leben nicht mehr losgelassen. Zumal seine Mutter darüber den Verstand verlor und sich das Leben nahm. Nach ihrem Tod kam dein Vater in eine Pflegefamilie.« Sie suchte Asjas Blick. »Vielleicht verstehst du nun, weshalb dein Vater sich so vehement gegen eure Beziehung gewehrt hat. Er konnte einfach nicht vergessen, welches Leid die russischen Soldaten über ihn und seine Familie gebracht hatten. Ein Leid, für das viele von ihnen bis heute nicht zur Rechenschaft gezogen wurden.« Irenes Mutter hatte sich in Rage geredet. Asja merkte ihr an, wie sehr ihr das Thema unter die Haut ging. »Schätzungen zufolge«, unterstrich sie die Brisanz, »wurden allein in Berlin zwischen Frühsommer und Herbst 1945 mindestens 110.000 Mädchen und Frauen vergewaltigt. Das entspricht etwa sieben Prozent der weiblichen Bevölkerung.« Asja war zu keinem klaren Gedanken fähig und froh darüber, dass Frau Kaßner ihr etwas Zeit ließ, diese Information zu verarbeiten.

»Woher wissen Sie das alles?«, fragte sie schließlich.

»Weil ich mich beruflich lange und intensiv mit diesem Thema beschäftigt habe«, erwiderte Irenes Mutter. »Fundierte Berechnungen kommen, wenn man die Vorfälle in der gesamten sowjetischen Besatzungszone, in den ehemaligen deutschen Ostgebieten sowie alles, was sich während der Flucht und der Vertreibung zutrug, zusammenrechnet, auf fast zwei Millionen Leidtragende«, fügte sie hinzu. »Wobei sich über das genaue Ausmaß dieser Gewalt bis heute nur spekulieren lässt. Viele der betroffenen Frauen und Mädchen haben das Geschehene so lange wie möglich verheimlicht. Hilfe für die betroffenen Frauen gab es so gut wie nirgends – auch nicht, wenn sie schwanger waren.«

»Warum?«, drängte Asja sie, mit ihrem Bericht fortzufahren.

»Weil sie sich schämten«, entgegnete Frau Kaßner schlicht. »Und weil sie sich schuldig fühlten.«

Bevor Asja etwas erwidern konnte, gab Frau Kaßner zu bedenken, dass viele von ihnen traumatisiert waren. »Das Schweigen sollte das Verbrechen ungeschehen machen und es ebenso aus dem Bewusstsein der Frauen verdrängen wie den Gedanken an eine mögliche Schwangerschaft. Die Opfer erstatteten auch keine Anzeige.«

Asja versuchte, ihre aufsteigenden Tränen zu unterdrücken. Doch die Anspannung, unter der sie stand, war einfach zu groß. Am ganzen Körper zitternd, schlug sie die Hände vors Gesicht und ließ ihren Gefühlen freien Lauf. »Hat er mir damals davon erzählt?«, schluchzte sie. »Ich meine, dann ...«

»Glaubst du wirklich, dass das etwas an deinen Gefühlen für diesen Jungen geändert hätte?«, erwiderte Irenes Mutter und reichte ihr ein Taschentuch.

Wenn Asja ehrlich zu sich selbst war, musste sie zugeben, dass Frau Kaßner recht hatte. »Aber er kann doch nicht ein ganzes Volk für diese Verbrechen büßen lassen«, wandte sie schniefend ein. »Das wäre ja genauso, als wenn man alle Deutschen unter Generalverdacht stellen würde.«

»Das mag zwar stimmen«, pflichtete Irenes Mutter ihr bei, »wenn man allerdings selbst betroffen ist, sieht man das womöglich anders. Dein Vater blieb jedenfalls bei seiner Meinung.«

Hinter Asjas Stirn jagten sich die Gedanken. »Warum hat er mich dann überhaupt dorthin fliegen lassen?«

»Weil er keine Wahl hatte. Es war schließlich eine Auszeichnungsreise.«

»Aber ...«

»Kein Aber«, wurde sie unterbrochen. »Wahrscheinlich hat dein Vater dir nichts davon gesagt, weil er wusste, wie du reagieren würdest.«

Betroffen senkte Asja den Kopf. »Sie meinen, er wusste, dass er mich nicht würde umstimmen können?«

»Genauso wenig wie du ihn.« Frau Kaßner nickte. »Deine Mutter hat mir einmal erzählt, dass er sich lieber die Zunge abgebissen hätte, als mit dir über seine Beweggründe zu reden.«

Asja warf ihr einen ratlosen Blick zu. »Warum denn bloß?«

»Das kann ich dir auch nicht sagen. Ich weiß nur, dass deine Eltern lange Zeit darauf gehofft haben, dass du von allein zur Vernunft kommen würdest.«

Asja war klar, dass dieser Wunsch sich nicht erfüllt hatte. »Stattdessen«, hörte sie Irenes Mutter wie zur Bestätigung sagen, »hast du kurz nach deinem 18. Geburtstag alle Zelte hinter dir abgebrochen und einen Flug nach Tbilissi gebucht. Als dein Vater davon

Wind bekam, war es zu spät. Ihm blieb nur, dich vor die Wahl zu stellen. Entweder er oder ich, soll er gesagt haben.«

Asja schluckte. »Das sind aber harte Worte.«

»Der Meinung war auch deine Mutter.«

In Asjas Brust begann sich ein winziger Hoffnungsfunke zu regen. »Heißt das, sie war auf meiner Seite?«

»Ich würde eher sagen, sie stand zwischen den Fronten. Was jedoch nicht heißen soll, dass sie nicht zwischen euch zu vermitteln versucht hätte. Ganz im Gegenteil! Sie hat bis zuletzt alles in ihrer Macht stehende versucht, um euch zum Einlenken zu bewegen«, nahm Frau Kaßner sie in Schutz. »Doch wenn dein Vater sich erst einmal etwas in den Kopf gesetzt hatte, konnte ihn niemand davon abbringen. Was das betraf, war er genauso stur wie du.« Sie seufzte.

Asja lief eine Träne über die Wange, und sie fuhr sich verlegen mit der Hand übers Gesicht. »Dann bin ich also tatsächlich in diesen Flieger gestiegen und nach Tbilissi geflogen?«, erkundigte sie sich mit erstickter Stimme.

Frau Kaßner nickte betrübt. »Und hast deiner Mutter damit das Herz gebrochen. Deinem Vater natürlich auch«, fügte sie überflüssigerweise hinzu. »Doch sein Stolz hinderte ihn daran, das zuzugeben.« Es folgte eine kurze Pause. »Nachdem du fort warst, ging es mit ihm immer weiter bergab. Eine Krankheit folgte auf die andere. Am Ende wollte er nur noch sterben. Wie auch deine Mutter.«

Das war genau die Frage, auf die Asja bislang keine Antwort hatte und die sie aus Angst bisher vor sich hergeschoben hatte. Nun gab es jedoch kein Zurück mehr. Sie musste sich der Realität stellen, egal wie schmerzhaft sie sein mochte. »Ich frage mich die ganze Zeit, wie lange sie schon …?« Asja schluckte.

»Du meinst, wie lange sie schon tot sind?«, ergänzte Frau Kaßner, die ihre Gedanken zu erraten schien.

Asja nickte.

»Noch gar nicht so lange.« Es folgte eine kurze Pause. »Deine Mutter hat vor etwa fünf Jahren einen schweren Schlaganfall erlitten und war von da an rund um die Uhr auf fremde Hilfe angewiesen. Weil dein Vater das auf Dauer nicht allein bewältigen konnte, hat er euer Haus verkauft und ist mit ihr ins betreute Wohnen gezogen. Dort sind sie bis zu ihrem Ende geblieben. Dein Vater hat deine Mutter nur um wenige Wochen überlebt. Im Herbst«, fügte Frau Kaßner hinzu, »jährt sich ihr Tod zum zweiten Mal.«

Für eine Weile hing jede der Frauen ihren Gedanken nach. »Danke, dass Sie alle meine Fragen so offen beantwortet haben«, sagte Asja, der die Erschütterung über das soeben Gehörte deutlich ins Gesicht geschrieben stand.

»Das ist doch selbstverständlich. Immerhin war ich mit deiner Mutter fast 40 Jahre lang befreundet. So was verbindet.« In Frau Kaßners Worten schwang Wehmut mit. »Elisabeth ist oft vorbeigekommen, um mir ihr Herz auszuschütten.« Sie schien noch etwas hinzufügen zu wollen, entschied sich aber dagegen.

»Es tut mir leid, dass ich meiner Mutter so viel Kummer bereitet habe.« Während Asja ihrem Bedauern Ausdruck verlieh, ergriff eine weitere Erinnerung von ihr Besitz. »Hat sie Ihnen von den Briefen erzählt, die ich ihr geschrieben habe, ohne jemals eine Antwort darauf zu bekommen?«, erkundigte sie sich aufgewühlt.

Frau Kaßner, die diese Frage wohl schon erwartet hatte, nickte. »Von deiner Mutter weiß ich, dass dein Vater sie gezwungen hat, die Briefe alle ungeöffnet zu verbrennen.«

Ihre Worte trafen Asja tief. »So groß war sein Hass?«

»Ich glaube nicht, dass er dich gehasst hat. Ich denke, es war sein verletzter Stolz, der ihn daran hinderte, dir zu verzeihen.«

»Und meine Mutter?«

»Hat nie gewagt, sich gegen ihn aufzulehnen.«

Plötzlich wirkte Asja klein und zerbrechlich. »Hab ich ihr denn so wenig bedeutet?«

»Ganz im Gegenteil«, beeilte Frau Kaßner sich, ihr zu versichern. »Sie hatte einfach Angst, ihn auch noch zu verlieren. Was unweigerlich der Fall gewesen wäre, wenn sie sich hinter seinem Rücken mit dir in Verbindung gesetzt hätte. In diesem Punkt«, bekräftigte sie, »kannte dein Vater keinen Spaß. Ich weiß nicht, ob du das verstehen kannst.«

Asja verfiel in stumpfes Schweigen. Sie presste die Lippen zu einem dünnen Strich zusammen. Die Mutter ihrer Freundin ließ ihr Zeit, das soeben Gehörte, zu verarbeiten. Nach einer ihr endlos erscheinenden Weile öffnete Asja die Augen und schenkte ihr ein gequältes Lächeln. »Und das alles nur, weil ich mich in den falschen Mann verliebt habe?«

»Ich bin sicher, du hast die richtige Entscheidung getroffen«, entgegnete Frau Kaßner behutsam.

»Und warum fühle ich mich dann wie der letzte Dreck?« Asja hatte die Frage noch nicht ganz ausgesprochen, als in ihrem Kopf ein schwarzer Vorhang zur Seite gerissen wurde, hinter dem sich ein weiterer Erinnerungsfetzen verborgen hatte. Sie sah sich in ihrem Kinderzimmer vor dem geöffneten Kleiderschrank stehen. Auf dem Bett lag ein Koffer, daneben war überall Kleidung verstreut. Plötzlich ging die Tür auf, und ihr Vater betrat den Raum. »Was ist hier los?«, hörte sie ihn mit einer Stimme fragen, die kalt wie Eis war. Asja versuchte, die Szene auszublenden. Aber die Bilder ließen sich nicht stoppen. Sie war gezwungen, sich ihnen zu stellen. Noch einmal jede einzelne dieser schrecklichen Minuten mitzuerleben, die zu dem Bruch mit ihrer Familie geführt hatten. Doch was war danach geschehen? Wo hatte sie die letzten 28 Jahre zugebracht?

»Was ist?«, fragte Irenes Mutter besorgt.

»Ich konnte mich erinnern …«, flüsterte Asja. »An den Tag meiner Abreise.« Sie seufzte. »Aber jetzt ist alles wieder dunkel. Wie ausgelöscht.« Bittere Enttäuschung nagte an ihr.

»Du musst dir Zeit lassen«, versuchte Frau Kaßner, sie zu trösten. »Nach dem, was du mir erzählt hast, gehe ich davon aus, dass du unter massivem Gedächtnisverlust leidest. Da kann es noch eine Weile dauern, bis du dich wirklich an alles erinnern kannst.«

Ihre Worte überzeugten Asja nicht. »Und was, wenn nicht? Was, wenn …?« Sie senkte den Kopf und schlug die Hände vors Gesicht. In dieser Stellung verharrte sie, bis Irenes Mutter sie sanft an der Schulter berührte.

»Es ist schon spät«, sagte Frau Kaßner leise. »Lass uns zu Bett gehen.«

Trotz ihrer Erschöpfung lag Asja noch lange wach. Es begann bereits zu dämmern, als sie in einen unruhigen Schlaf fiel. Sie träumte von ihren Eltern. Davon, wie sie zu dritt zur Pöhler Talsperre geradelt waren. Die Sonne schien von einem strahlend blauen Himmel, und es war angenehm warm. Sie konnte die Szene direkt vor sich sehen, als hätte der Ausflug erst gestern stattgefunden.

Als sie erwachte, hatte draußen längst ein neuer Tag begonnen. Im Baum vor dem Fenster stritten zwei Elstern, und von nebenan war das Klappern von Geschirr zu hören. Es roch nach gebratenem Speck und frisch gebrühtem Kaffee. Der Duft ließ Asja das Wasser im Mund zusammenlaufen. Noch ganz benommen schwang sie die Beine aus dem Bett und schlüpfte in die Sachen, die Irenes Mutter ihr vorm Schlafengehen in die Hand gedrückt hatte: einen dunkelblauen Rollkragenpullover und eine um mindestens zwei Nummern zu große Jeans, die ihr nur dank eines Gürtels nicht über die Hüften rutschte und ihr gerade einmal bis zu den Knöcheln reichte.

Kurz darauf saßen die beiden Frauen sich am Frühstückstisch gegenüber. »Ich habe gestern Abend noch mit Irene telefoniert«, ließ Frau Kaßner sie zwischen zwei Schlucken Kaffee wissen.

Asja warf ihr einen bangen Blick zu. »Was hat sie gesagt?«

»Dass ich dich lieb von ihr grüßen soll. Sie will nachher vorbeikommen. Wenn du möchtest«, schlug Frau Kaßner vor, »könnten wir vorher am Grab deiner Eltern vorbeischauen.«

Ihre Worte brachten Asja in Verlegenheit. »Ich weiß gar nicht, wie ich das jemals gutmachen soll …«

»Mach dir darum mal keine Gedanken. Sieh lieber zu, dass du wieder zu Kräften kommst«, erwiderte Irenes Mutter betont resolut und hielt ihr ein Brotkörbchen entgegen.

Nach dem Frühstück fuhren sie auf den Friedhof, wo sie den Rest des Vormittags verbrachten.

Bei ihrer Rückkehr wurden sie bereits von Irene erwartet. Trotz ihrer stürmischen Begrüßung entging Asja nicht, wie bestürzt ihre Freundin bei ihrem Anblick schien.

»Ich konnte es erst gar nicht glauben, als Mutter mich gestern Abend anrief und mir von dir erzählte.« Irene schüttelte den Kopf, als könne sie es noch immer nicht fassen.

»Ihr habt euch bestimmt eine Menge zu erzählen«, sagte Irenes Mutter und schob die beiden Frauen vor sich her ins Wohnzimmer. Kurz darauf war sie in der Küche verschwunden, um sich um das Mittagessen zu kümmern.

»Setz dich doch«, sagte Irene und wies auf die Couch. Nachdem sie Platz genommen hatten, rückte sie dicht an Asja heran und griff nach ihrer Hand. »Keine Sorge, wir kriegen das wieder hin.«

Asja schluckte tapfer gegen einen in ihrer Kehle sitzenden Kloß an. »Dann bist du mir also nicht mehr böse?«

Irene warf ihr einen bestürzten Blick zu. »Warum sollte ich dir böse sein?«

»Weil ich mich die ganze Zeit über kein einziges Mal bei dir gemeldet habe. Dabei warst du mal meine beste Freundin.« Sie verstummte.

»Stimmt«, pflichtete Irene ihr bei. »Deshalb wäre es auch gelogen, zu behaupten, ich wäre nicht enttäuscht gewesen, als du dich damals Hals über Kopf aus dem Staub gemacht hast. Aber dir deshalb böse zu sein, wäre mir niemals in den Sinn gekommen.« Das Lächeln, mit dem sie Asja bedachte, und dass sie deren Hand sanft drückte, ließ Asja beschämt zu Boden sehen.

»Danke«, flüsterte Asja gerührt und erwiderte den Händedruck. »Du siehst erschöpft aus«, wechselte Irene das Thema. »Wenn es irgendetwas gibt, was ich für dich tun kann, dann …«

»Ach, Reni«, unterbrach Asja sie schluchzend, »wenn ich nur wüsste, was das alles zu bedeuten hat.«

»Keine Angst, das finden wir schon heraus«, versprach Irene und nahm sie fest in den Arm. »Ich habe eine Bekannte, die auf solche Dinge spezialisiert ist. Sie arbeitet bei der Polizei und …« Asja löste sich aus ihrer Umarmung. »Bei der Polizei?«, fiel sie ihr alarmiert ins Wort. »Ich fürchte, das ist keine gute Idee.«

»Warum denn nicht?«

»Weil ich mich nicht ausweisen kann.«

Ihre Bedenken wurden von Irene mit einer wegwerfenden Handbewegung abgetan. »Keine Sorge. Meine Bekannte neigt nicht zu vorschnellen Verurteilungen.«

»Mag sein, trotzdem bringst du sie damit in einen Interessenskonflikt«, beharrte Asja.

»Ach was, ich kann schließlich bezeugen, dass du die bist, für die du dich ausgibst. Ich bin sicher, dass eine Anfrage beim Einwohnermeldeamt ausreicht, um das zu klären.«

»Und was, wenn nicht?«

»Mach dir darum keine Gedanken. Erzähl mir lieber etwas aus deinem Leben.«

»Ich fürchte, da gibt es nicht viel zu erzählen«, dämpfte Asja ihre Erwartungen.

»Nicht viel ist immer noch besser als gar nichts. Also, schieß los«, ermunterte Irene sie, zu wiederholen, was sie tags zuvor schon deren Mutter anvertraut hatte: beginnend mit dem Augenblick, in dem sie in Anatevkas bescheidener Hütte erwacht war, bis hin zu ihrer Ankunft in Plauen. Während Asja ihr Leben vor Irene ausbreitete, strömten immer mehr Details aus der Vergangenheit auf sie ein. Sie musste sie lediglich in die richtige Reihenfolge bringen. Irene erwies sich in dieser Hinsicht nicht nur als aufmerksame Zuhörerin, sondern auch als wertvolle Erinnerungsquelle. Sie waren so in ihr Gespräch vertieft, dass sie darüber beinahe das Mittagessen vergessen hätten. Nachdem sie sich die von Irenes Mutter in der Zwischenzeit zubereitete Gemüsesuppe hatten schmecken lassen, stiegen sie in Irenes Auto und fuhren zu deren Bekannten.

3

Jenny Melms wohnte in der Forststraße. Ihre Zweizimmerwohnung lag im ersten Stock eines Mehrfamilienhauses und befand sich wenige Gehminuten vom Plauener Stadtzentrum entfernt. Sie war gerade von der Arbeit im Polizeipräsidium nach Hause gekommen, als es an der Tür klingelte. Nachdem Jenny geöffnet hatte, sah sie sich Irene gegenüber. Die beiden Frauen kannten sich seit mehreren Jahren und gingen zweimal die Woche zusammen ins Fitnessstudio. Jenny wollte sich gerade nach dem Grund für ihren unangemeldeten Besuch erkundigen, als sie hinter Irene noch eine weitere Person wahrnahm. Eine hochgewachsene Frau mit schmalen Schultern und ausgemergelten Gesichtszügen. Jenny fiel auf, wie unnatürlich blass und mitgenommen sie wirkte. Als läge eine schwere Krankheit hinter ihr, von der sie sich erst erholen musste.

»Hallo, Jenny«, unterbrach Irene ihre Musterung. »Hast du einen Moment Zeit?«

»Na sicher doch, kommt rein«, sagte Jenny und trat einen Schritt beiseite, um Platz zu machen.

»Das ist übrigens Asja«, stellte Irene ihre Begleiterin vor. »Und das«, sagte sie an Asja gewandt, »ist Jenny, Kriminalkommissarin Jenny Melms, um genau zu sein.«

Nachdem sie einander die Hand gereicht hatten, ging Jenny ihnen voran in das am Ende eines schmalen Flurs gelegene Wohnzimmer, in dem sich bereits ihr Freund Simon Seefeld aufhielt. »Ich wusste gar nicht, dass du Besuch erwartest«, sagte er und erhob sich von der Couch. Bei Irenes Anblick glitt ein Lächeln über sein Gesicht. »Hallo, Irene. Wollt ihr jetzt etwa eine eigene Fitnessgruppe gründen?«, begrüßte er sie verschmitzt.

»Keine Sorge, der Grund weshalb wir hier sind, hat nicht das Geringste mit unserem gemeinsamen Hobby zu tun. Wir, besser gesagt meine Freundin«, sie wies auf Asja, die sich bislang dezent im Hintergrund gehalten hatte, »braucht Jennys Hilfe.«

Während Irene sie einander vorstellte, verschwand das Lächeln aus Simons Gesicht. Ein Blick auf Asja schien auszureichen, um zu erkennen, dass sie sich in einem besorgniserregenden Zustand befand. »Hast du in letzter Zeit mal deinen Hämoglobinwert überprüfen lassen?«, erkundigte er sich besorgt und verfiel dabei automatisch in das vertraute Du. Asja schüttelte den Kopf. »Dann solltest du das schleunigst nachholen.« Simon zückte sein Smartphone. »Ich könnte dich morgen Vormittag bei mir in der Praxis einschieben«, sagte er nach einem Blick auf seinen Terminplaner. »Mit Eisenmangel ist nicht zu spaßen!«

»Simon ist Frauenarzt«, klärte Irene ihre Freundin auf. »Noch dazu einer der besten, wenn du mich fragst. Du kannst dich also ganz vertrauensvoll in seine Hände begeben.«

Asja konnte sie damit nicht überzeugen. »Ich brauche keinen Arzt, schon gar keinen Frauenarzt«, wehrte sie hastig ab. Der Blick, mit dem sie dabei zur Tür schielte, zeigte Jenny unter welcher Anspannung sie stand. Noch so eine Bemerkung und sie ergriff die Flucht.

Das schien auch Simon zu begreifen. »Keine Sorge, niemand zwingt dich dazu«, lenkte er ein. »Ich wollte nur, dass du weißt, dass du jederzeit vorbeikommen kannst.«

Nachdem das geklärt war, kam Irene auf den Grund für ihren Besuch zu sprechen. »Meine Freundin steckt in ernsthaften Schwierigkeiten«, eröffnete sie. »Welche, das soll sie am besten selbst erzählen.«

Als Asja ihren Bericht beendet hatte, war es lange Zeit still. Jenny, die sonst nichts so leicht erschüttern konnte, war fassungslos. Was umso schlimmer für sie war, weil es ihr nicht gelang, es vor den anderen zu verbergen. »Sieht ganz danach aus, als hätten wir eine Menge Arbeit vor uns«, sagte sie in dem Bemühen, ihrer Stimme einen festen Klang zu verleihen.

Auf Irenes Gesicht machte sich Erleichterung breit. »Dann können wir auf deine Hilfe zählen?«

»Hast du etwa gedacht, ich lass euch hängen?« Jenny wandte sich an Asja. »Und du kannst dich wirklich an nichts mehr erinnern, was zwischen deiner Abreise nach Tbilissi und dem Tag geschehen ist, an dem du in dieser Hütte aufgewacht bist? Wir sprechen immerhin von fast 30 Jahren.« Berufsbedingt war sie erst einmal skeptisch bei solchen Geschichten.

»Ich weiß selbst, wie unwahrscheinlich sich das anhören muss«, räumte Asja ein. »Aber …«

»Vielleicht kannst du dich ja deshalb nicht daran erinnern, weil das, was dir in dieser Zeit widerfahren ist, so schmerzlich war, dass dein Gehirn es ausgeblendet hat«, mutmaßte Simon.

Seine Worte schienen Jenny ziemlich weit hergeholt. »Glaubst du wirklich, dass Erinnerungen sich einfach wegsperren lassen?«

»Es gibt sogar eine wissenschaftliche Bezeichnung dafür«, erklärte Simon. »Bei der dissoziativen Amnesie zum Beispiel fehlen der betroffenen Person ganz oder teilweise die Erinnerungen an ihre Vergangenheit. Dieser sogenannte Verdrängungsmechanismus greift vor allem dann, wenn es sich dabei um Ereignisse handelt, die so traumatisch sind, dass der Betroffene unweigerlich daran zugrunde gehen würde, wenn er ungefiltert damit konfrontiert werden würde. Also schließt er sie weg«, unterstrich er seine Worte.

»Klingt plausibel«, musste Jenny ihm recht geben, die im Rahmen ihrer Arbeit schon mehrfach mit traumatisierten Menschen zu tun gehabt hatte. Allerdings konnte sie sich an keinen Fall erinnern, in dem jemand unter einer Amnesie gelitten hätte, die einen derart langen Zeitraum betraf. Während sie darüber nachdachte, registrierte sie, dass Asja plötzlich kreidebleich wurde. Sie schien von einer blitzartigen Übelkeit überfallen worden zu sein, krümmte sich zusammen und hielt die Hand vor den Mund. Simon, der ihre Notlage sofort erfasste, half ihr, sich aufzurichten, und zog sie hinter sich her zum Badezimmer. Er hatte die Tür noch nicht ganz hinter ihr geschlossen, als Asja sich auch schon über der Kloschüssel erbrach.

*

Am liebsten hätte Asja sich verkrochen. Aber es gab eine Realität, die sich nicht länger verdrängen ließ und die bei Simons Worten unerbittlich und mit voller Wucht über sie hereingebrochen war. Sie konnte förmlich spüren, wie sich etwas in ihr aufbäumte. Wie die bis dahin sorgsam unter Verschluss gehaltenen Erinnerungen mit aller Macht nach draußen drängen wollten und es doch nicht konnten, weil irgendetwas tief in ihr sie blockierten. Asja erbrach sich, bis ihr Magen leer war. Dann sank sie erschöpft zu Boden. In diesem Zustand fand Simon sie. »Wie geht es dir?«, erkundigte er sich. »Soll ich einen Krankenwagen rufen?«

Unter Aufbietung all ihrer Kräfte schüttelte Asja den Kopf. »Kein Arzt«, nuschelte sie benommen und fuhr sich mit der Hand über den Mund. Mit besorgter Miene ging Simon neben ihr in die Hocke und überprüfte ihren Puls. Dann schob er seine Hände unter ihren ausgemergelten Körper und hob sie behutsam hoch. Als ihr Kopf an seiner Brust zu liegen kam, begann Asja zu weinen. »Sch…«, versuchte Simon, sie zu beruhigen. Allmählich hatte Asja sich wieder unter Kontrolle und ihre Tränen verebbten. »Ich werde dich jetzt erst mal untersuchen«, entschied Simon, nachdem er sie im Wohnzimmer auf die Couch gebettet und die beiden anderen Frauen für einen Moment vor die Tür geschickt hatte.

»Muss das wirklich sein?«

Doch Simon ließ sich nicht erweichen. »Ich muss leider darauf bestehen«, sagte er. »Es sei denn, du willst dich lieber von einem anderen Arzt …«

»Ist schon gut«, gab Asja sich geschlagen, »dann mach halt.«

Nachdem Simon ihren Blutdruck gemessen und sie einer flüchtigen Untersuchung unterzogen hatte, sah er sich in seiner anfänglichen Vermutung bestätigt, wie er sagte. Er hatte gleich geahnt, dass Asjas unnatürlicher Blässe ein massiver Blutverlust vorausgegangen sein musste. Seine ernste Miene alarmierte Asja.

»Und?«, erkundigte sie sich bange.

»Keine Sorge, es ist nichts, was man nicht wieder hinbekommt«, entgegnete Simon ausweichend. »Trotzdem wäre es besser, wenn du dich in meiner Praxis gründlich durchchecken und dabei auch gleich deine Blut- und Urinwerte prüfen lassen würdest.« Als Asja nichts darauf erwiderte, erhob er sich. »Du kannst dich anziehen«, sagte er und verließ das Zimmer.

*

Im Flur wurde er bereits von Jenny und Irene erwartet. »Was ist mit Asja?«, bestürmten sie ihn. Statt etwas darauf zu erwidern, schüttelte Simon den Kopf. »Nicht hier«, sagte er und wies auf die Küche. Die zwei Frauen folgten ihm wortlos. Nachdem sie die Tür hinter sich geschlossen und am Küchentisch Platz genommen hatten, teilte Simon ihnen mit gesenkter Stimme seine Vermutung mit. »Wenn ihr mich fragt«, begann er, »kann es nur einen Grund für ihre unnatürliche Blässe geben.«

»Und der wäre?«, drängte Jenny ihn, endlich die Katze aus dem Sack zu lassen.

»Ein Kind«, sagte Simon.

»Du meinst, sie bekommt ein Kind?«, vergewisserte Irene sich mit weit aufgerissenen Augen.

»Sie hat es bereits bekommen«, verbesserte Simon.

»Aber daran müsste sie sich doch erinnern.«

»Nicht unbedingt. Nicht, wenn die Umstände, unter denen sie dieses Kind zur Welt gebracht hat, so traumatisch waren, dass sie das Ganze verdrängt hat, um sich nicht damit auseinandersetzen zu müssen«, gab er zu bedenken.

»Was sagt Asja denn dazu? Ich meine, hast du sie darauf angesprochen?«

»Ich wollte erst mit euch reden.«

»Bist du dir auch wirklich sicher?«, hakte Irene nach. »Asja, nun, sie ist immerhin schon 46.«

»Ganz sicher!«, bekräftigte Simon. »Ich sehe es, wenn eine Frau erst kürzlich entbunden hat. Schon allein …«

»Was verstehst du unter kürzlich?«, hakte Jenny nach.

»Schwer zu sagen«, erwiderte Simon. »Ich würde auf vier bis sechs Monate tippen.«

»Vier bis sechs Monate«, wiederholte Jenny nachdenklich. »Wenn das stimmt, müsste sie das Kind bereits vor ihrer Zeit bei Anatevka zur Welt gebracht haben.«

»Davon gehe ich aus«, bestätigte Simon. »Sie sprach von ziehenden Schmerzen«, rief er ihnen ins Gedächtnis. »Dazu ihre durchscheinende Blässe. Wobei«, schränkte er ein, »es dafür auch andere Gründe geben kann.«

»Was machen wir denn jetzt?«, erkundigte Irene sich unschlüssig. »Wir können sie in ihrem Zustand doch unmöglich mit der Wahrheit konfrontieren.«

»Warum eigentlich nicht?«, widersprach Simon, der hoffte, Asjas Gedächtnis damit auf die Sprünge zu helfen. »Oder was meinst du?«, wandte er sich an Jenny.

»Ich denke auch, dass wir ihr die Wahrheit nicht vorenthalten dürfen.«

»Die Wahrheit worüber?«, fragte Asja.

*

Asja hatte unbemerkt die Küche betreten und Jennys letzte Worte gehört. Bevor eine der beiden Frauen etwas erwidern konnte, bat Simon sie, sich zu ihnen zu setzen. Der Ton, in dem er das sagte, ließ Asja nichts Gutes schwanen. »So schlimm?«

Statt darauf einzugehen, erkundigte Simon sich, ob sie schon einmal über ein Kind nachgedacht habe.

Seine Frage entlockte Asja ein ungläubiges Lächeln. »Über ein Kind?«, wiederholte sie. »Ich fürchte, ich verstehe nicht ganz …«

»Egal«, fuhr Simon unbeirrt fort, »beantworte einfach meine Frage.«

»Ich weiß nicht.« Asja schloss die Augen und lauschte in sich hinein. »Wäre vielleicht gar nicht so übel …«, meinte sie versonnen. Sie hatte kaum ausgesprochen, als ihr die Bedeutung seiner Worte klar wurde. »Soll das etwa heißen, ich bin schwanger?« Sie hatte bislang keinerlei Gedanken an diese Möglichkeit verschwendet. Was wohl vor allem daran lag, dass bei Frauen ihres Alters die Familienplanung in der Regel längst abgeschlossen war. Dennoch war ihr die Aussicht darauf keineswegs unangenehm. Im Gegenteil. Sie ging in sich, um nach versteckten Anzeichen einer Schwangerschaft zu suchen. Aber da war nichts. Nicht der geringste Hinweis. Während Asjas Zuversicht wie ein Kartenhaus in sich zusammenzustürzen drohte, spürte sie plötzlich wieder Anatevkas sorgenvolle Blicke auf sich ruhen. Hatte ihr Gefühl sie also doch nicht betrogen?, schoss es ihr durch den Kopf. Anatevka hat etwas vor ihr zu verbergen versucht. Sie hatte es die ganze Zeit über gespürt. Allerdings ohne zu wissen, worauf es sich bezog.

»Du bist nicht schwanger«, riss Simons Stimme sie aus ihren Gedanken. »Jedenfalls nicht mehr.«

Enttäuscht stieß Asja die Luft aus, von der sie nicht einmal gemerkt hatte, dass sie sie angehalten hatte. »Was soll das heißen?«

»Dass du das Kind bereits zur Welt gebracht hast.« Asja starrte ihn mit offenem Mund und weit aufgerissenen Augen an. Aus ihrem Gesicht war sämtliche Farbe gewichen. Sie hatte das Gefühl, als wäre ihr Inneres zerbrochen. Es dauerte einen Moment, bis die Botschaft zu ihr durchgedrungen war. »Müsste ich das denn nicht wissen?« Sie hatte die Frage noch nicht ganz ausgesprochen, als es hinter ihren Schläfen zu pochen begann. Ein Pochen, das bald von ihrem ganzen Kopf Besitz ergriff und jeden klaren Gedanken zunichtemachte. Asja presste die Hände an die Schläfen. Hinter ihren geschlossenen Lidern leuchtete ein greller Lichtblitz auf, in dessen Mitte für einen kurzen Moment das Bild eines Krankenwagens sichtbar wurde. Während Asja angesichts der gestochen scharfen Aufnahme der Atem stockte, signalisierte ihr Herz ihr klar und deutlich, dass Simon mit seiner Vermutung richtiglag. Sie hatte keine Ahnung, woher sie das wusste. Doch ihr Gefühl sagte ihr, dass damals etwas Schlimmes geschehen war. Etwas von so großer Tragweite, dass es ihr ganzes bisheriges Leben mit einem Schlag verändern sollte. Kurz stahl sich ein Lächeln in ihr Gesicht, das gleich darauf wieder verschwand, um einer tiefen Hoffnungslosigkeit Platz zu machen. Während Asja versuchte, dagegen anzukämpfen, begann sich das Zimmer vor ihren Augen zu drehen. Schneller und immer schneller. Sie spürte, wie sie hinuntergezogen wurde. Mitten hinein in einen schwarzen Abgrund, aus dessen Tiefen sich erneut das Bild des Krankenwagens herauszukristallisieren begann.

Bevor sie das Bewusstsein verlor, sah sie sich von oben dabei zu, wie sie wie eine willenlose Marionette darauf zuging, gestützt auf eine in weiß gekleidete Frau, die sie mit besorgter Miene musterte. Von irgendwoher war plötzlich noch eine weitere Person aufgetaucht. Ein schlaksiger junger Mann, der der Frau in Weiß dabei half, sie in den Krankenwagen zu bringen. Was danach geschah, nahm sie nur noch verschwommen wahr. Die Frau, deren Auftreten nach eine Ärztin, hatte ihr etwas injiziert und sie auf eine Liege geschnallt. Dann hatte der Krankenwagen sich in Bewegung gesetzt. Von einer bleiernen Müdigkeit erfasst, hatte Asja die meiste Zeit der Fahrt vor sich hingedämmert. Irgendwann war das Klingeln eines Handys an ihr Ohr gedrungen. Sie hatte die Stimme der Frau gehört. Erst leise, dann eindringlich, beinahe flehentlich. Asja versuchte, sich an ihre Worte zu erinnern, doch es wollte ihr nicht gelingen. Dabei spürte sie instinktiv, dass sie von ausschlaggebender Bedeutung waren. Es war schließlich um sie gegangen. Um sie und die Zukunft ihres Kindes. Und plötzlich war alles wieder da. Der Schmerz, das Blut, die Schreie. Von der Intensität ihrer Gefühle überwältigt, stieß Asja einen spitzen Schrei aus. Es dauerte eine Weile, bis sie begriff, dass jemand ihren Namen rief und sie an der Schulter rüttelte. Sie riss die Augen auf.

Das Erste, was sie wahrnahm, war Simons besorgtes Gesicht. Er war ihr so nahe, dass sie seinen Atem spüren konnte. »Ich fürchte, du hast recht«, stammelte Asja benommen, »das Kind …, es ist in einem Krankenwagen zur Welt gekommen.« Noch während sie das sagte, tauchten vor ihrem inneren Auge zwei Gesichter auf. Asjas Herz begann, wie wild zu schlagen. Sie hatte diese Menschen schon einmal gesehen. Und mit einem Mal wusste sie auch, wo. »Schnell«, stieß sie aufgeregt hervor, »ich brauche etwas zum Zeichnen.«

Kaum hatte Jenny ihr Block und Bleistift gebracht, flog Asjas Hand schon über das Papier. Gebannt verfolgten die anderen ihr Tun. Asja arbeitete schnell und konzentriert. Als sie fertig war, starrten ihnen von dem Block die lebensechten Gesichter einer Frau und eines Mannes entgegen. Darunter war ein Krankenwagen zu erkennen. »Das ist der Krankenwagen, in dem ich mein Kind zur Welt gebracht habe, und diese beiden haben mir dabei geholfen«, erklärte Asja mit vor Aufregung geröteten Wangen.

Je länger Jenny die Zeichnung betrachtete, desto nachdenklicher wirkte sie. »Kennst du sie? Ich meine, hast du sie vorher schon einmal gesehen?« Hinter Asjas Stirn arbeitete es. »Nicht dass ich wüsste.«

»Denk nach«, forderte Jenny sie auf, sich ihre Frage noch einmal durch den Kopf gehen zu lassen.

»Ich weiß nur, dass sie miteinander deutsch gesprochen haben.« Während sie das sagte, fiel ihr noch etwas ein. »Und dass es sich um Mutter und Sohn gehandelt hat.«

»Du meinst wegen der Ähnlichkeit?«, vergewisserte Jenny sich mit Blick auf die Zeichnung.

»Und wegen der vertrauten Anrede. Ich hab gehört, wie er sie ›Mum‹ genannt hat.«

»Sind noch irgendwelche Namen gefallen?«

»Ich glaube nicht.«

»Kannst du dich daran erinnern, was geschah, bevor du im Krankenwagen lagst, und wo er herkam?«, wechselte Jenny, die sich die ganze Zeit über Notizen gemacht hatte, das Thema.

»Er stand plötzlich da. Mitten auf der Straße.«

»Hast du das Kennzeichen erkennen können?«

Ihre Frage wurde mit einem Kopfschütteln beantwortet.

»Wäre ja auch zu einfach gewesen«, stellte Jenny enttäuscht fest. »Und dann?«

»Keine Ahnung.«

Doch damit ließ Jenny sich nicht abspeisen. »Denk nach! Jedes Detail kann wichtig sein. Auch wenn es dir noch so unbedeutend erscheint.«

»Meinst du, das weiß ich nicht?«, entgegnete Asja niedergeschlagen.

»Kannst du mir sagen, wie die Gegend aussah?«, versuchte Jenny, ihr auf die Sprünge zu helfen. Sie hatte die Frage noch gar nicht ganz ausgesprochen, als Asjas Miene sich plötzlich aufhellte. »Muss irgendwo in den Bergen gewesen sein. In der Nähe einer Teeplantage«, stieß sie aufgeregt hervor.

»Gut so«, lobte Jenny, die eifrig mitschrieb. »Das könnte ein wichtiger Anhaltspunkt sein.«

Von ihrem Lob angespornt, versuchte Asja, ihrem Gedächtnis weitere Details zu entlocken.

»Links davon ging es einen steilen Abhang hinunter.« Sie stöhnte.

»Was ist?«, erkundigte Jenny sich alarmiert.

»Ich habe Flammen gesehen.« Asja griff sich an den Hals. »Ein ganzes Meer.«

»Flammen?«

»Wie von einem Feuer«, bekräftigte Asja mit weit aufgerissenen Augen. »Aber es war kein Feuer, jedenfalls nicht im herkömmlichen Sinn.«

Jenny machte sich eine Notiz. »Das könnte wichtig sein, versuch dich zu erinnern.«

»Mach ich ja. Aber es will mir einfach nicht gelingen.« Asjas Stimme war gefährlich ins Trudeln geraten.

»Was ist eigentlich aus dem Kind geworden?«, platzte Irene dazwischen, die sich bislang diskret im Hintergrund gehalten hatte. »Ich meine, weißt du, ob es ein Junge oder ein Mädchen war?«

Asja schluckte. »Keine Ahnung. Die Frau hat es mir gleich nach der Geburt weggenommen.«

»Weggenommen?« Asja hielt sich die Hände vors Gesicht und begann zu weinen.

»Vielleicht sollten wir eine Pause machen«, schlug Jenny vor.

Doch davon wollte Asja nichts hören. »Geht schon wieder«, schniefte sie tapfer und wischte sich mit dem Handrücken die Tränen weg.

»Also gut, dann lass uns mal deine Personalien aufnehmen«, versuchte Jenny, sie auf andere Gedanken zu bringen. »Kannst du mir sagen, wann und wo du geboren bist?«

Am Ende ihrer Befragung hatte Jenny mit Asjas und Irenes Hilfe eine Liste von Daten, Namen und Orten erstellt, mit der sie Licht in das Dunkel von Asjas Vergangenheit zu bringen hoffte. »Ich werde sehen, was ich für dich tun kann«, versprach Jenny, sie auf dem Laufenden zu halten. »Bliebe nur noch zu klären, wie ich dich erreichen kann.« Sie warf Irene einen fragenden Blick zu. »Ich nehme an, sie wohnt bei dir?«

»Bei mir?« Man konnte Irene ansehen, dass sie daran bisher keinerlei Gedanken verschwendet hatte. »Du kennst doch unsere Wohnung. Drei Zimmer, und das bei vier Personen ...« Sie hielt inne, als wäre ihr gerade bewusst geworden, wie sich das für Asja anhören musste. »Aber keine Sorge«, versuchte sie, ihre Worte zu relativieren, »wir kriegen das schon irgendwie hin. Notfalls kann ich ...«

»Zerbrich dir darüber nicht den Kopf«, wurde sie von Jenny unterbrochen. »Ich habe eine Idee.« Sie sprang auf. »Bin gleich wieder da.«

Als sie kurz darauf zurückkam, lag ein zufriedener Ausdruck auf ihrem Gesicht. »Ich habe soeben mit meiner Freundin telefoniert. Sie heißt Leona Pirell, wohnt auf Rügen und würde sich freuen, dich vorübergehend bei sich aufzunehmen.«

»Das ist zwar lieb gemeint«, sagte Asja, »aber ...«

»Kein Aber«, schnitt Jenny ihr das Wort ab. »Sie macht im Moment eine schwere Zeit durch. Eine sehr gute Freundin von ihr wurde bei einem tragischen Verkehrsunfall schwer verletzt. Schlimme Geschichte. Von daher käme ihr etwas Abwechslung mehr als recht.«

»Gute Idee«, pflichtete Simon ihr bei. »Allerdings würde ich mir wünschen, dass du meiner Praxis zuvor noch einen Besuch abstattest, Asja.«

4

Rügen im April 2019

Der ufernahe Feldweg verlief durch bunt blühende Wiesen und tauchte nach ein paar Metern in einen Laubwald ein, in dem sie eine geradezu himmlische Ruhe empfing. Außer dem Rauschen der Bäume, dem Zwitschern der Vögel und dem Schlagen der Wellen war kein Laut zu hören. Allmählich wurde der Pfad schmaler und das Ufer immer steiler. Sie hatten Zicker Höft erreicht, den westlichen Teil der Halbinsel. Der zum Hochufer führende Weg gab den Blick auf die offene See frei. Oben angelangt, bot sich ihnen eine fast vollständige Rundumsicht. Das Hochufer von Klein Zicker und Thiessow war zum Greifen nahe. Genau wie Cemal, dessen warmer Atem wie eine Liebkosung über ihre Haut und ihr Haar strich. »Ich bin davon überzeugt, dass man es spürt, wenn einem die große Liebe begegnet«, sagte er und sah sie zärtlich an. Leona öffnete den Mund, um etwas zu erwidern. Doch bevor auch nur ein Wort über ihre Lippen kam, sank Cemal vor ihr auf die Knie. »Ich liebe dich«, hörte sie ihn sagen. Und dann den alles entscheidenden Satz: »Willst du mich heiraten?«

Die Sonne brannte plötzlich glühend heiß auf ihre Haut, und ihr Herz schlug rasend schnell. »Ja«, jauchzte sie überglücklich, »ja, ich will dich heiraten!«

Ihre Worte zauberten ein Strahlen auf Cemals Gesicht. »Du machst mich zum glücklichsten Mann auf Erden«, sagte er und stieß einen erleichterten Seufzer aus. Er erhob sich und nahm sie in die Arme. Atemlos vor Glück, ließ Leona es zu, dass er sie wie ein Kind herumwirbelte.

Als sie kurz darauf nebeneinander im Gras lagen, wurde Leona bewusst, dass sie beide sich noch nie so nah gewesen waren. Wir kennen uns im Grunde kaum, schoss es ihr durch den Kopf. Und trotzdem fühlt es sich unendlich vertraut an, als hätten wir unser bisheriges Leben miteinander verbracht. Dabei gab es noch so viele Dinge, die sie ihm sagen musste. Wichtige Dinge. Über ihre Vergangenheit. Darüber, dass sie …

»Mach dir keine Sorgen«, sagte Cemal, der ihre Gedanken zu erahnen schien. »Was gestern war, ist längst Vergangenheit und damit ohne jede Bedeutung. Für mich zählt lediglich das Hier und Heute.«

Leona hätte ihm nur zu gerne geglaubt. »Trotzdem gibt es etwas, was ich dir unbedingt sagen muss. Etwas überaus Wichtiges.« Sie nahm all ihren Mut zusammen. »Es ist …«

Doch Cemal schüttelte den Kopf. »Glaub mir, es spielt keine Rolle.« Er warf ihr einen aufmunternden Blick zu. »Na los, probier's aus.«

Leona betrachtete sein ebenmäßiges Gesicht, seine sanftmütigen braunen Augen, die sie schon bei ihrer ersten Begegnung in ihren Bann gezogen hatten. Also gut, dachte sie, auch wenn das Ganze in eine Richtung abzudriften drohte, die ihr nicht behagte. »Hör zu«, begann sie, »kurz vor meinem 18. Geburtstag hatte ich einen schweren Verkehrsunfall, an dessen Folgen ich beinahe gestorben wäre.«

»Bist du aber zum Glück nicht!«

Statt der erhofften Erleichterung spürte Leona, wie sich eine schreckliche Leere in ihr ausbreitete. »Dafür habe ich einen hohen Preis gezahlt«, gestand sie mit wild klopfendem Herzen. »Ich kann keine Kinder bekommen. Die Ärzte konnten mein Leben nur durch eine Notoperation retten ...«

»Ich begreife nicht ...«

»... bei der sie meine Gebärmutter entfernt haben.« Nun war es endlich heraus. Leona schluckte. »Tut mir leid. Aber du hast soeben einer Frau einen Heiratsantrag gemacht, die dir keine Erben schenken kann.«

Cemal nahm sie ebenso sanft wie nachdrücklich in den Arm und sagte ihr, dass das zwar bedauerlich sei, für ihn jedoch keine Rolle spiele und er sie deshalb nicht weniger liebe. Wie um das unter Beweis zu stellen, verschloss er ihre Lippen mit einem leidenschaftlichen Kuss.

Mit einem glückseligen Lächeln schlug Leona die Augen auf. Doch statt sich, wie erwartet, in Cemals Armen wiederzufinden, lag sie allein in ihrem Bett. Das Ganze war lediglich ein Traum gewesen. Es hatte diesen Heiratsantrag nie gegeben und würde ihn auch nie geben. In Wirklichkeit hatte Cemal sich vor Monaten von ihr zurückgezogen. Er liebte sie nicht, dachte sie. Hat sie nie geliebt, verbesserte sie sich. Jedenfalls nicht so, wie sie ihn. Die Erkenntnis war dermaßen niederschmetternd, dass Leona nur mit Mühe ein Schluchzen unterdrücken konnte.

In dieser gedrückten Stimmung hatte sie Jennys Anruf erreicht. Ihre Freundin hatte sich nicht mit langen Vorreden aufgehalten, sondern war gleich auf den Punkt gekommen. Ihr Anliegen hatte Leona derart überrumpelt, dass sie gar nicht zum Nachdenken gekommen war. Und selbst wenn, hätte sie ihr ihre Bitte nicht abschlagen können. Nicht nach dem, was Jenny ihr über Asja erzählt hatte. »Die Ärmste leidet unter Amnesie«, hatte sie ihr eröffnet, »und braucht dringend einen Rückzugsort.«

Jenny hatte ihr erzählt, dass Asja alles verloren hatte. Eine vom Schicksal gebeutelte Frau, die zu alledem auch noch mit dem Verlust ihres Kindes klarkommen musste. Ihre Freundin hatte angedeutet, dass es in einem Krankenwagen zur Welt gekommen und ihr dann weggenommen worden war. Aber stimmte das wirklich? Und wie hing das mit der Amnesie zusammen? Was, wenn sie nur vorgab, sich nicht erinnern zu können, weil ihr Kind in Wirklichkeit längst tot war, von ihr getötet? Man hörte schließlich immer wieder von Müttern, die ihre Kinder unmittelbar nach der Geburt erstickten, zu Tode schüttelten oder sie einfach unversorgt sich selbst und damit ihrem Schicksal überließen. Als Rechtsmedizinerin hatte Leona die haarsträubendsten Dinge erlebt. Dinge, die sich kein Mensch vorstellen, geschweige denn erfinden konnte und die nichts, aber auch gar nichts ausschlossen.

Doch dann hatte sie Asja am Bahnsteig gegenübergestanden, und ihr Anblick hatte sie derart berührt, dass sie all ihre Bedenken über Bord geworfen und ihr mit einem warmen Lächeln die Hand gereicht hatte. Als sie sich angesehen hatten, glaubte Leona, in Asjas Augen eine tiefe Trauer und Verletzlichkeit zu erkennen. Es war nicht zu übersehen, dass ihre Amnesie und der Verlust ihres Babys wie ein dunkler Schatten auf ihrer Seele lasteten. Sie wirkte genauso verloren, wie Leona sich fühlte. Nur mit dem Unterschied, dass Leona sich mit ihrem Schmerz auseinandersetzen konnte.

Sie musterte Asja verstohlen. Sie sah blass und müde aus. Wahrscheinlich lag sie jede Nacht wach und grübelte über ihr Leben nach. Wie sollte man etwas verstehen, geschweige denn verarbeiten, an das man sich nicht erinnern konnte? Allein der Gedanke war so beängstigend, dass Leona nicht anders konnte, als ihr helfen zu wollen. Aber dazu musste sie erst einmal ihr Vertrauen gewinnen.

5

In den folgenden Tagen und Wochen ließ Leona nichts unversucht, um Asja den Aufenthalt bei ihr so angenehm wie möglich zu gestalten. Sie zeigte ihr nicht nur die Insel, sondern ließ sie an ihrem Alltag teilhaben. An allem, was Asja und damit auch sie selbst für ein paar Stunden auf andere Gedanken brachte. Egal, ob es sich dabei um eine Theateraufführung, einen Strandspaziergang oder einen Einkaufsbummel handelte. Auf diese Weise lernten sie sich rasch näher kennen, und es stellte sich heraus, dass Asjas Gegenwart eine heilsame Wirkung auf Leona ausübte. Endlich hatte sie jemanden gefunden, mit dem sie reden konnte. Und das nicht nur über Asjas Vergangenheit, sondern auch über ihre eigene. Vielleicht war es ja Vorsehung gewesen, dass ihre Wege sich ausgerechnet hier und jetzt gekreuzt hatten. Zu einem Zeitpunkt, an dem Leona ihr Leben zunehmend sinnlos erschien und wo schon eine Kleinigkeit reichte, um sie aus der Bahn zu werfen. Dabei gab es objektiv betrachtet gar keinen Grund zur Klage. Sie war jung und gesund, hatte eine Arbeit, die sie erfüllte, und wohnte an einem Ort, an dem andere Urlaub machten. Es hieß schließlich nicht umsonst: Wer einmal auf Rügen war, kommt immer wieder. Als Leona dieser Ausspruch zum ersten Mal zu Ohren gekommen war, hatte sie darüber gelächelt. Doch inzwischen wusste sie, dass er der

Wahrheit entsprach. Zumindest in ihrem Fall. Hinzu kam, dass die Insel die idealen Voraussetzungen für ihr Hobby, das Wandern, bot. Leona liebte es, sich dabei den Seewind um die Nase wehen zu lassen, und sie war fasziniert von der Weite der Landschaft und dem vertrauten Rauschen des Meeres. Wie sich zeigen sollte, schien Asja diese Vorliebe zu teilen. Sie blühte jedes Mal regelrecht auf, wenn sie zusammen am Meer entlangstreiften oder die Insel erkundeten. Leonas Gesicht nahm einen verträumten Ausdruck an. Erst gestern hatte sie ihr Weg nach Thiessow auf den Lotsenberg geführt. Sie hatten bei für Anfang Mai angenehm milden Temperaturen auf der direkt am Meer gelegenen Terrasse des Strandcafés zu Abend gegessen. Danach waren sie auf den Aussichtsturm gestiegen und hatten den Blick über die Halbinsel Mönchgut und die Boddengewässer bis hin zu den Inseln Ruden und Oie schweifen lassen. Genau wie Leona konnte auch Asja stundenlang aufs Meer hinausstarren und sich im Anblick des Horizonts verlieren. Dort, wo Himmel und Meer ineinander übergingen, um miteinander zu verschmelzen. Erst recht an bleigrauen Tagen wie heute. Dabei hatte es gestern noch danach ausgesehen, als wollte der Frühling endlich Einzug halten.

Von einem leichten Frösteln erfasst, kuschelte Leona sich in ihre Jacke und zog den Kopf zwischen die Schultern. Inzwischen hatten sie das Steilufer erreicht, das an diesem Abend wie ausgestorben dalag. In Höhe des Lobber Ortes angekommen, legten sie eine kurze Pause ein, um die Möwen zu beobachten, die auf der Suche nach Nahrung über ihren Köpfen kreisten. Trotz der friedlichen Stimmung, die von dieser Szene ausging, gelang es ihr einfach nicht abzuschalten, geschweige denn sich aus dem Hamsterrad ihrer Erinnerungen zu befreien. Sie musste an ihre Freundin Marlies und deren schrecklichen Unfall denken. Und an den Anblick, der sich ihr bei ihrem letzten Besuch auf der Intensivstation geboten hatte: all die blinkenden Monitore und die aus Marlies' Mund und Nase ragenden Schläuche. Marlies hatte erschreckend blass ausgesehen. Sie lag noch immer im künstlichen Koma und war inzwischen in eine Spezialklinik im sächsischen Kreischa verlegt worden. Ihre eingefallenen Wangen und die bläulichen Schatten unter ihren Augen ließen wenig Raum für Optimismus. Hinzu kam, dass alle Versuche, sie aus dem künstlichen Koma zurückzuholen, bislang gescheitert waren. Daran konnten auch die Beteuerungen der Ärzte nichts ändern, sie würden alles tun, um ihr zu helfen. Allein die Vorstellung, Marlies könnte nie mehr aufwachen, verursachte bei Leona ein fast schon körperliches Unwohlsein und verstärkte ihr schlechtes Gewissen. Erst recht, wenn sie an die vielen unausgesprochenen Dinge dachte, die es zwischen ihnen gab. Leona hätte ihr nicht verschweigen dürfen, was damals in jener Finnhütte vorgefallen war. Wäre es umgekehrt gewesen, hätte sie schließlich auch erwartet, dass Marlies ihr reinen Wein einschenkt.

»Du wirkst niedergeschlagen«, sagte Asja und riss Leona damit aus ihren Gedanken.

»Ich musste gerade an meine Freundin denken.«

»Willst du darüber reden?«

Leona schluckte. »Sie hatte einen schweren Unfall und liegt seitdem im Koma.«

Statt etwas zu erwidern, griff Asja nach ihrer Hand und drückte sie sanft. Es war nur eine kleine Geste. Doch sie brachte unendlich viel Wärme und Mitgefühl zum Ausdruck. Und plötzlich war es ganz einfach für Leona, sich ihr anzuvertrauen. Mit ihr über all das zu sprechen, das wie Blei auf ihr lastete. Mit jedem Wort, das sie sagte, wurde ihr leichter ums Herz. Sie verspürte weder Kummer noch Schmerz und auch kein schlechtes Gewissen, im Gegenteil: Es tat einfach gut, sich einmal alles von der Seele zu reden. So gut, dass sie über Peer und Marlies dann noch auf Cemal zu sprechen gekommen war. Asja entpuppte sich als aufmerksame Zuhörerin. Erst recht, wenn es darum ging, zwischen den Zeilen zu lesen. Leona empfand es als angenehm, dass sie sie kein einziges Mal unterbrach und ihre Fragen erst danach stellte. Fragen, die Leona sich auch schon gestellt hatte, ohne eine Antwort darauf zu finden. Zum Beispiel, weshalb Cemal sich ohne ersichtlichen Grund von heute auf morgen von ihr abgewandt hatte. Dabei hatte alles sehr verheißungsvoll begonnen.

Während der Abend sich herabsenkte, stand Leona plötzlich wieder jener Tag vor Augen, an dem Cemal sie mit einem Blumenstrauß zu Hause überrascht und zu einem romantischen Abendessen eingeladen hatte, dem noch viele weitere folgen sollten. Zumindest bis zu jenem schicksalsschweren Oktobertag, der Leonas

Leben für immer verändern sollte. Es war ein grauer Montag gewesen. Der Sturm, der in der Nacht über die Insel gefegt war, hatte empfindlich kühle Luft mit sich gebracht. Von der Erinnerung eingeholt, sah Leona sich wieder am Küchentisch sitzen. Sie hatte gerade gefrühstückt, als es an der Tür klingelte. Es war Marlies. Sie wirkte so aufgelöst, dass Leona befürchtete, die Wehen könnten eingesetzt haben. Schließlich stand ihre Freundin kurz vor der Entbindung. Zum Glück hatten sich ihre Bedenken als gegenstandslos herausgestellt. Marlies war vorbeigekommen, um sich Leonas Auto auszuleihen. Leona hatte keinen Grund gesehen, ihr diesen Wunsch zu verweigern. Hätte sie geahnt, welches Unheil sie damit heraufbeschwor, hätte sie sich mit Sicherheit anders entschieden. Schließlich war es ihr Auto gewesen, in dem ihre Freundin verunglückte. Und das nicht etwa, weil Marlies unvorsichtig gewesen wäre, sondern weil sie sich schlicht und einfach zur falschen Zeit am falschen Ort aufgehalten hatte. Wie immer folgte an dieser Stelle die unausweichliche Frage nach dem Warum. Warum ausgerechnet Marlies? Dabei wusste Leona genau, dass es darauf keine Antwort gab, geben konnte. Jedenfalls keine, die auch nur annähernd dazu getaugt hätte, ihr ihre Schuldgefühle zu nehmen, die sie seit jenem Tag mit sich herumtrug. Selbst wenn dazu gar keine Veranlassung bestand. Plötzlich musste sie an Peer denken. Und an den Schock, den ihm die Nachricht von Marlies' Unfall versetzt hatte. Sie war dabei gewesen, als ein Anruf ihn darüber informierte. Es hieß, man habe Marlies mit lebensbedrohlichen Kopfverletzungen und einem Beckenbruch ins Hanseklinikum in Stralsund eingeliefert. Aufgrund der Schwere ihrer Verletzungen hatten die Ärzte sich zu einem Notkaiserschnitt entschlossen. Während Peer wie eine eingesperrte Raubkatze über die Krankenhausflure getigert war, wurde Marlies von einem gesunden Jungen entbunden. Er hatte den Unfall wie durch ein Wunder unverletzt überstanden und lag bei Leonas Ankunft bereits im Brutkasten auf der Frühchenstation des Krankenhauses, wo er von einem Team erfahrener Kinderärzten und Kinderkrankenschwestern betreut wurde. Zu diesem Zeitpunkt befand Marlies sich bereits im künstlichen Koma, in das die Ärzte sie versetzt hatten, damit sie sich von ihren schweren Kopfverletzungen erholen konnte.

Ein paar Tage später hatte Peer Leona angerufen, um ihr zu sagen, dass sie Ole, wie er den Kleinen auf Marlies' Wunsch hin genannt hatte, jetzt sehen könne. Wie der Zufall es wollte, war Cemal gerade bei ihr gewesen und hatte angeboten, sie nach Stralsund zu fahren. Leona seufzte. Diesen Tag würde sie niemals vergessen. Schon deshalb nicht, weil danach zwischen ihnen beiden nichts mehr war wie zuvor. Fast, als hätte Cemal eine unsichtbare Mauer um sich herum errichtet. Leona kam einfach nicht mehr an ihn heran. Sie konnte sich bis heute nicht erklären, worauf sein plötzlicher Sinneswandel zurückzuführen war. Dabei wusste sie genau, dass es einen Grund geben musste. Vielleicht würde sie ihn ja herausfinden, wenn sie den Tag noch einmal Revue passieren ließ. Während Leona dem Rauschen der Brandung lauschte, versuchte sie, sich darauf zu besinnen, was sich nach ihrer Ankunft im Krankenhaus zugetragen hatte. Cemal hatte sie auf die Frühchenstation begleitet. Dort waren sie von einer Krankenschwester in Empfang genommen worden, die sie zu Ole brachte. Mit einem Mal war der Moment wieder so gegenwärtig, dass Leona schlucken musste. Das Erste, was ihr an Ole aufgefallen war, waren seine puppenzarten Ärmchen und seine durchscheinende Haut: eine winzige Handvoll Mensch, die ihr wie ein Wunder erschienen war, ihr Herz im Sturm erobert und eine emotionale Achterbahnfahrt in ihr ausgelöst hatte. Ole hatte in seinem Brutkasten gelegen und dabei unglaublich verloren gewirkt. Es hatte ihr fast das Herz zerrissen. Sein winziges Gesicht war hinter einer Atemmaske verborgen und sein rechter Arm fast bis zum Ellenbogen bandagiert. Man hatte ihm eine Magensonde gelegt und eine Kanüle, durch die er eine Infusion bekam. Sein ganzer Körper war mit Elektroden übersät, die die Herztöne überwachten. Die Szene stand ihr so deutlich vor Augen, dass sie sogar das gleichmäßige Piepen der Apparate zu hören glaubte. Ole hatte so zart und zerbrechlich ausgesehen, dass Leona den Blick einfach nicht von ihm hatte abwenden können. Dabei waren ihr vor lauter Rührung Tränen die Wangen hinabgelaufen. In diesem Moment hatte sie alles um sich herum vergessen. Sogar Cemal.

Im Nachhinein konnte Leona sich nur noch daran erinnern, dass er ihr irgendwann sanft die Hand auf die Schulter gelegt und sie wortlos nach draußen zu seinem Wagen geführt hatte. Und dass er ein kaum merkliches

Stück von ihr abgerückt war, als er ihr die Tür aufgehalten hatte. Als habe sie plötzlich etwas an sich, was es auf jeden Fall zu meiden galt. Die Rückfahrt über hatte Cemal kein einziges Wort gesagt. Leona konnte sich nicht daran erinnern, ihn jemals derart schweigsam erlebt zu haben. Daran konnte auch seine zur Schau getragene Gelassenheit nichts ändern. Leona kannte ihn inzwischen gut genug, um zu wissen, wie er tickte. Wenigstens hatte sie das geglaubt. Inzwischen war sie sich da keineswegs mehr sicher. Was, wenn sie sein Schweigen völlig falsch interpretiert hatte? Nur weil Oles Anblick ihr an die Nieren gegangen war, musste es bei Cemal nicht zwangsläufig genauso gewesen sein. Seinem Gesicht war jedenfalls nicht die geringste Regung anzumerken gewesen. Ganz im Gegensatz zu Leona. So wie sie den Kleinen angeschmachtet hatte, war es für Cemal sicher nicht schwer zu erraten gewesen, dass sie Kinder mochte und sich nach eigenen sehnte. Wenngleich dieser Wunsch nie in Erfüllung gehen würde. Nur das Cemal das nicht wissen konnte. Und Leona hatte auch nicht vor, mit ihm darüber zu reden. Nicht, solange sie nicht hundertprozentig sicher war, wie er zu diesem Thema stand. Er ging schließlich auf die 50 zu und war damit in einem Alter, in dem manch andere Männer bereits Enkelkinder hatten. Was, wenn das der eigentliche Grund für sein seltsames Verhalten war? Dass er glaubte, Leona wolle bald Kinder und er fühlte sich einer solchen Herausforderung nicht mehr gewachsen oder hatte einfach kein Interesse? Hatte er sich deshalb nach ihrer Rückkehr aus dem Krankenhaus so schnell aus dem Staub gemacht und seither nichts mehr von sich hören, geschweige denn sehen lassen? Es gab nur eine Möglichkeit, um sich Klarheit darüber zu verschaffen. Leona musste mit ihm reden. Doch dann fiel ihr wieder ein, wie kühl und unnahbar er bei ihrem letzten Telefonat geklungen hatte, und ihr Mut sank.

6

Zwei Tage später verließ Leona in aller Herrgottsfrühe das Haus, holte ihr Fahrrad aus dem Schuppen und schwang sich auf den Sattel. Kurz darauf befand sie sich auf dem Radweg nach Thiessow. Sie folgte ihm für ein paar Kilometer und bog dann nach Gager ab. Dort startete Cemal jeden Donnerstagmorgen von dem in der Nähe des Hafens gelegenen Parkplatz aus zu seiner Joggingrunde durch die Zicker Alpen. Egal bei welchem Wetter. Als hätte es dafür noch eines Beweises bedurft, dass es auch heute so war, sah Leona schon von Weitem seinen silbergrauen Audi auf dem Parkplatz stehen. Doch die Erleichterung darüber währte nur kurz. Schließlich war sie nicht hier, um sich davon zu überzeugen, dass er seiner Gewohnheit treu blieb, sondern um sich mit ihm auszusprechen. Leona konnte und wollte sich einfach nicht damit abfinden, dass es zwischen ihnen aus sein sollte, bevor es richtig begonnen hatte. Der Gedanke stimmte sie unendlich traurig. Sie wollte Cemal nicht verlieren. Nicht bei dem, was sie für ihn empfand. Deshalb war sie hergekommen. Sie musste endlich wissen, woran sie bei ihm war. Selbst auf die Gefahr hin, dass sie sich bis auf die Knochen blamierte. Dabei war sie anfangs ganz sicher gewesen, dass er ihre Gefühle erwiderte. Sie glaubte, es an seinen Blicken zu erkennen. An der Art und Weise, wie er sie ansah, wenn sie zusammen waren. Auch wenn er das nie ausgesprochen hatte und so wie die Dinge derzeit standen, wohl nicht mehr zur Sprache bringen würde. Dennoch, oder gerade deshalb, wollte Leona einen letzten Versuch wagen. Es musste schließlich einen Grund für sein verändertes Verhalten geben, und den wollte sie herausfinden. Nachdem ihre Entscheidung gefallen war, hatte sie darüber nachgedacht, wo sie ihm möglichst unverfänglich über den Weg laufen konnte. Er sollte schließlich nicht den Eindruck gewinnen, dass sie ihm hinterherspionierte. Dabei war ihr eingefallen, dass er donnerstags vor der Arbeit immer zum Joggen nach Gager fuhr. Sie wusste das deshalb so genau, weil sie ihn im vergangenen Herbst auf einer seiner Runden begleitet hatte. Auch wenn es sie unendlich viel Überwindung gekostet hatte. Schließlich führte der Weg direkt durchs Nonnenloch, in dessen Nähe sich jene Hütte befand, in der einst Leonas schlimmster Albtraum wahr geworden war. Doch mit Cemal an ihrer Seite war sie bereit gewesen, sich ihren Ängsten zu stellen. Sie konnte die Zicker Alpen mit ihren malerisch aneinandergereihten Hügeln schließlich nicht zeit ihres Lebens meiden. Dafür war sowohl die Gegend als auch die Aussicht viel zu reizvoll. Zum Ausgleich hatte Cemal sie auf einer ihrer ausgedehnten Wanderungen entlang des Kaps begleitet. Es war ein sonniger Herbsttag gewesen, an den Leona sich noch bestens erinnern konnte. Sie hatten ihr Auto auf dem Parkplatz in Putgarten abgestellt. Der Dorfstraße folgend, waren sie zuerst am Rügenhof und danach an einer Buchhandlung vorbeigekommen, deren Tür nicht nur Besuchern, sondern außerdem den inmitten des Ladens nistenden Schwalben offenstand. Nach einem kurzen Plausch mit dem Buchhändler hatte ihr Weg sie in das idyllisch gelegene Fischerdörfchen Vitt geführt, wo sie in einem direkt am Meer gelegenen Restaurant zu Mittag gegessen hatten. Anschließend waren sie über die Veilchentreppe hinauf zur Jaromarsburg gewandert und von dort aus weiter zum Peilturm und den Leuchttürmen. Leonas Gedanken eilten zu der grandiosen Aussicht, die sich ihnen vom großen Leuchtturm aus über das Kap und die Ostsee geboten hatte.

Ein Blick auf ihre Armbanduhr brachte Leona in die Realität zurück. Inzwischen war es kurz nach 7 Uhr. Ihren Berechnungen zufolge, müsste Cemal gegen halb acht zurück sein. In diesem Punkt war er so zuverlässig wie ein Schweizer Uhrwerk.

Um sich die Zeit bis zu seiner Ankunft zu vertreiben, stellte Leona ihr Fahrrad im Ständer neben dem Buswartehäuschen ab, überquerte die Straße und schlenderte zum nahegelegenen Hafen. Es blies ein kühler Wind. Über dem Hafenbecken wölbte sich ein wolkenverhangener Himmel, der genauso grau wie der Bodden war, der dicke weiße Schaumkronen auf seinen aufgewühlten Wellen trug. Während Leona ihren Blick zu dem verwaisten Schiffsableger schweifen ließ, eilten ihre Gedanken dem Sommer entgegen. Sie musste an die Fahrgastschiffe der Boddenreederei denken, die nach Peenemünde auf der Insel Usedom übersetzten und mit denen man zu abendlichen Bodden- und Robbenfahrten starten konnte. Im Moment war es dafür leider noch zu früh. Die Saison begann meist erst im Juni. Sollte Asja dann nicht schon weitergezogen sein, könnten sie eine Schiffsfahrt unternehmen.

Vom Schrei einer über ihr kreisenden Möwe aufgeschreckt, kehrten Leonas Gedanken in die Gegenwart und damit zum Grund für ihr Hiersein zurück. Die Vorstellung, Cemal gleich gegenüberzustehen, ließ sie alle paar Minuten nervös auf ihre Armbanduhr schauen. Zehn vor halb, fünf vor halb. Wenn Cemal nicht aufgehalten worden war, müsste er jeden Moment von seiner Runde zurückkommen. Um ihn nicht zu verpassen, machte Leona sich auf den Rückweg. Sie hatte gerade das Buswartehäuschen erreicht, das mit seinem roten Anstrich und dem reetgedeckten Dach hübsch anzuschauen war, als sie ihn in einem leuchtend blauen Laufdress entdeckte. Er wirkte schmaler und blasser als bei ihrer letzten Begegnung. Sah aber immer noch so unverschämt gut aus, dass Leona für einen Moment der Mut verließ. Wie damals hatte er den Weg über Groß Zicker genommen, wo er in Höhe des Pfarrhauses auf den schmalen Wanderweg zum Bakenberg abgebogen war. Leona konnte sich noch gut daran erinnern, wie er mit ihr den höchstgelegenen Aussichtspunkt der Zicker Alpen erklommen hatte. Oben angekommen waren sie mit einer beeindruckenden Aussicht auf die Insel Usedom im Osten und das Göhrener Nordperd im Norden belohnt worden. Und auf die Hügel der Granitz, denen sich im Westen die Städte Putbus und Bergen anschließen. Der einzige Unterschied zu damals bestand darin, dass sich diesmal nicht sie, sondern eine auffallend hübsche Blondine in Cemals Begleitung befand. Ihrem fröhlichen Lachen nach zu urteilen, schienen sie sich bestens zu amüsieren. Leonas erster Impuls war wegzulaufen. Stattdessen zog sie sich in den Schatten des Buswartehäuschens zurück. Fehlte gerade noch, dass er sie jetzt sah. Ein plötzlicher Windstoß trieb ihr die Tränen in die Augen. Blind vor Enttäuschung fuhr Leona sich mit der Hand übers Gesicht. Immerhin kannte sie nun den Grund für sein seltsames Benehmen, wusste, warum er sich so abrupt von ihr zurückgezogen hatte. Nicht weil sie ihm Anlass dazu geboten hätte, sondern weil er seine Fühler längst nach einer anderen ausgestreckt hatte. Nach einer Frau, die vom Alter her locker seine Tochter sein könnte. Leona biss sich auf ihre bebende Unterlippe. Wie hatte sie so naiv sein können, zu glauben, er würde sich ernsthaft für sie interessieren? Wahrscheinlich war er nur deshalb mit ihr ausgegangen, weil sie ihm leidgetan und er sich dazu verpflichtet gefühlt hatte. Immerhin war es der Polizei mit Leonas Hilfe gelungen, den Mord an einem Taxifahrer aufzuklären, der Cemal Bissati zur Last gelegt worden war, und ihn damit zu rehabilitieren. Der Mohr hatte seine Schuldigkeit getan, der Mohr konnte gehen. Leona fühlte, wie sich eine schmerzhafte Leere in ihr ausbreitete. Nachdem die beiden Turteltäubchen, ohne ihre Anwesenheit zu bemerken, in Cemals Audi gestiegen und weggefahren waren, ging Leona zu ihrem Fahrrad. Mit jedem Schritt, den sie dabei zurücklegte, ließ sie auch ein Stück ihrer Hoffnungen und Sehnsüchte zurück.

7

Als sie wenig später zu Hause eintraf, war es kurz vor 8 Uhr. Niedergeschlagen schloss sie die Haustür auf und lauschte. Doch alles blieb still. Wahrscheinlich schlief Asja noch. Leona schlich ins Badezimmer, um sich die Spuren ihrer Enttäuschung vom Gesicht zu waschen. Asja sollte ihr nicht ansehen, dass sie geweint hatte. Danach ging sie in die Küche, um den Tisch zu decken und sich ums Frühstück zu kümmern. Sie war gerade dabei, die Kaffeemaschine einzuschalten, als Asja atemlos von draußen hereingestürmt kam. »Ich hab sie gesehen ...«, rief sie mit sich überschlagender Stimme.

Leona, die damit nichts anfangen konnte, legte fragend ihre Stirn in Falten. »Wen?«

»Na, die beiden.« Ihre Antwort verschlug Leona, die automatisch an Bissati und seine Begleiterin denken musste, für einen Moment die Sprache. »Ich wusste gar nicht, dass du Cemal kennst«, entfuhr es ihr verwundert.

Statt etwas zu erwidern, verließ Asja die Küche, um gleich darauf mit ihrem Skizzenbuch zurückzukommen. Leona hatte es ihr kürzlich als kleines Dankeschön für ein von ihr angefertigtes Porträt geschenkt. Seither verging kein Tag, an dem Asja nicht wenigstens ein neues Motiv hinzufügte. Meist handelte es sich dabei um Landschaftsaufnahmen. Oder um immer wiederkehrende Träume und Erinnerungen. So wie bei dem Bild, das Asja ihr nun unter die Nase hielt. Es zeigte die Gesichter einer Frau und eines Mannes. Darunter war ein Krankenwagen zu erkennen.

Leona, die sowohl das Bild aus Jennys Küche als auch die damit verbundene Geschichte kannte, schnappte unwillkürlich nach Luft. »Du musst dich täuschen«, war das Erste, was ihr dazu einfiel. Es konnte unmöglich wahr sein, dass die beiden sich ausgerechnet hierher verirrt haben sollten. Das wäre selbst für Leona ein zu großer Zufall.

»Ich bin mir aber sicher, ganz sicher«, beharrte Asja. »Sie waren es. Ich hab sie gesehen, als ich auf dem Fahrradweg in Richtung Middelhagen unterwegs war. Ich wollte eine Runde laufen und uns auf dem Rückweg frische Brötchen mitbringen«, berichtete sie aufgeregt. »Da sind die beiden in Höhe des Ortsausgangsschilds an mir vorbeigefahren.«

»Du sagst, sie sind an dir vorbeigefahren?«, vergewisserte Leona sich.

Asja nickte. »In einem Krankenwagen. Es war genau derselbe, in dem ich mein Kind zur Welt gebracht habe.«

»Sicher?«

»Ja, absolut!«

Das musste Leona erst einmal sacken lassen. »Hast du dir das Kennzeichen gemerkt?«

Asja schüttelte den Kopf. »Das ging alles so schnell«, meinte sie niedergeschlagen. »Außerdem war da ein Busch, der mir die Sicht genommen hat. Dabei hab ich mir fast den Hals verrenkt. Und schon war der Moment vorbei, der Krankenwagen zu weit weg, um ...« Ihre Stimme drohte, sich zu überschlagen.

»Du musst dich doch deshalb nicht rechtfertigen«, versuchte Leona, sie zu trösten. »Wenn es wirklich die beiden waren«, bekräftigte sie, »dann finden wir sie.«

»Und wie?«

»Indem wir herausfinden, was sie hier wollen.«

Sie hatte kaum ausgesprochen, als Asja kreidebleich

wurde und sich an den Hals griff. »Meinst du, sie wissen, dass ich hier bin?«

Daran hatte Leona noch keinerlei Gedanken verschwendet. »Du meinst, sie sind wegen dir hier? Weil sie nach dir suchen?« Allein die Vorstellung verursachte ihr eine Gänsehaut. Wo war sie da nur wieder hineingeraten?

»Keine Ahnung. Aber es ist das Einzige, was Sinn machen würde«, entgegnete Asja widerstrebend.

Auf Leonas Stirn hatte sich eine steile Falte gebildet. Wenn Asjas Vermutung stimmte, befand sie sich womöglich in großer Gefahr. Andererseits …

»Was ist?«, wollte Asja, die ihre Gedanken zu erahnen schien, wissen.

»Ich frage mich gerade, ob sie dich …«

»Du meinst, ob sie mich erkannt haben?«

Leona nickte.

»Ich glaube nicht …«

»Aber du kannst es nicht ausschließen, oder?«

Statt einer Antwort zuckte Asja mit den Schultern. Dabei wirkte sie so niedergeschlagen, dass Leona sie tröstend in den Arm nahm. »Wenn sie es tatsächlich waren, dann finden wir auch heraus, was sie hier wollten«, versprach sie, ohne zu ahnen, welche Probleme sie damit heraufbeschwor.

8

Während sie zusammen frühstückten, fasste Leona einen Entschluss. Sie würde Jenny anrufen und ihr von dem Gespräch mit Asja erzählen. Selbst auf die Gefahr hin, dass sich das Ganze als Irrtum entpuppen sollte. Asja hatte ja nicht einmal das Kennzeichen erkennen können. Leona vermutete, dass allein der Anblick eines Krankenwagens reichte, um sie in Alarmbereitschaft zu versetzen. Andererseits konnte sie nicht ausschließen, dass Asja recht hatte.

Ihr Anruf erreichte Jenny auf dem Weg zur Arbeit. Entgegen Leonas Vermutung nahm sie Asjas Beobachtung durchaus ernst. Die Erfahrung hatte sie gelehrt, jedem auch noch so kleinen Hinweis nachzugehen. Egal, wie unwahrscheinlich er sich anhörte. »Ich hatte ohnehin vor, die beiden zur Fahndung wegen des Verdachts auf Kindesentzug auszuschreiben«, bekräftigte Jenny. »Die Gesichter auf den Porträts von Asja sind so detailliert herausgearbeitet, dass ich mir gute Chancen auf Erfolg ausrechne.«

Jennys Worte brachten Leona auf eine Idee. »Habt ihr es schon mal mit einer Gesichtserkennungssoftware probiert?«, erkundigte sie sich.

»Das war auch mein erster Gedanke«, erklärte Jenny ihr. »Allerdings funktioniert das nur mit Fotografien oder Einzelbildern aus Videos.«

Leona dachte nach. »Und was ist mit der Datenbank?«

Jenny seufzte. »Gleichfalls Fehlanzeige. Zumindest wissen wir jetzt«, fügte sie nach einer kurzen Pause hinzu, »dass die beiden in Deutschland noch nie straffällig geworden sind. Sonst hätte unser System sie mit Sicherheit erfasst.«

»Und wenn ihr die Suche ausdehnt?«, hakte Leona nach, die an Interpol dachte.

»Bin dabei, wobei das gar nicht so einfach ist«, gab Jenny ihr in Hinblick auf den dafür vorgeschriebenen Amtsweg zu verstehen. »Apropos einfach: Mir ist gerade etwas eingefallen. Was hältst du davon, die von Asja erstellten Porträts in der Ostseezeitung zu veröffentlichen? Wenn sie den Mann und die Frau tatsächlich gesehen hat, sind sie womöglich noch anderen Menschen aufgefallen.«

»Gar keine schlechte Idee«, musste Leona ihr beipflichten. »Allerdings sollte aus dem Artikel möglichst wenig über die Hintergründe hervorgehen. Ich meine, wenn sie wirklich wegen Asja hier sind, dann …«

»Keine Sorge«, versuchte Jenny, ihr die Bedenken zu nehmen. »Ich bin schließlich kein blutiger Anfänger. Von mir erfährt niemand etwas über Asjas derzeitigen Aufenthaltsort. Außer meinem Vorgesetzten natürlich«, schränkte sie ein. »So wie die Dinge liegen, ist es sicher kein Fehler, ihn ins Vertrauen zu ziehen. Sobald wir miteinander gesprochen und uns über das weitere Vorgehen abgestimmt haben, gebe ich dir Bescheid.« Damit legte sie auf.

9

Am nächsten Morgen wurde Leona Punkt 5 Uhr vom Klingeln ihres Weckers aus dem Schlaf gerissen. Seit Asja bei ihr wohnte, übernachtete sie nur noch in Ausnahmefällen in ihrem Zimmer in Greifswald, wo sie unter der Woche wegen ihrer Arbeit bei der dortigen Rechtsmedizin oft schlief. Was zur Folge hatte, dass sie jeden Tag an die drei Stunden für die Hin- und Rückfahrt einplanen musste. Zum Glück hatte sie einen verständnisvollen Chef und ein dickes Überstundenpolster, auf das sie bei Bedarf zurückgreifen konnte. Ab und zu nahm sie Asja mit nach Greifswald, was dieser Gelegenheit bot, mit dem Rad die vor den Toren der Stadt gelegenen Ausflugsziele zu erkunden. Genau wie Leona liebte sie es, den Spuren des alten Treidelpfades folgend, an den Ufern des Ryck entlangzuradeln oder sich in die Abgeschiedenheit des Elisenhains oder des ehemaligen Zisterzienserklosters in Eldena zu flüchten. Gerade jetzt im Frühling, wo die Tage wieder länger wurden und die Natur in voller Blüte stand, bot Greifswald mit seinem malerischen Umfeld die ideale Kulisse für einen entspannten Ausflug. Ein Blick aus dem Fenster zeigte ihr jedoch, dass heute kaum das geeignete Wetter dafür war. Es regnete in Strömen. Trotzdem beschloss Leona, es auf einen Versuch ankommen zu lassen.

*

Ein zaghaftes Klopfen an der Tür riss Asja aus dem Schlaf. Sie setze sich benommen auf. Draußen war es noch dunkel. Vor dem Fenster trieben Nebelschwaden, und Regen trommelte gegen die Scheibe. Asja schaltete die Nachttischlampe an. Ihre Armbanduhr verriet ihr, dass es kurz nach fünf war. »Ich fahr in einer halben Stunde los«, hörte sie Leona durch die Tür hindurch sagen. »Wenn du mitkommen willst …«

»Danke für das Angebot«, erwiderte Asja. »Aber ich würde lieber hierbleiben.«

»Alles in Ordnung?«, vergewisserte Leona sich.

»Ja, ich bin bloß müde.«

»Tut mir leid, wenn ich dich geweckt habe«, entgegnete Leona mit zerknirschter Stimme. »Ich dachte …«

»Kein Problem«, versicherte Asja. »Ich hab nur keine Lust, bei diesem Wetter rauszugehen.«

»Du könntest dir ein Buch mitnehmen und es dir damit in meinem Zimmer gemütlich machen«, schlug Leona vor.

Die Aussicht darauf ließ Asja einen Moment zögern. Schließlich lag Leonas Zimmer nur wenige Gehminuten vom Museumshafen und der Innenstadt mit ihrem beschaulichen Marktplatz entfernt. Dort setzte sich Asja bei schönem Wetter gerne auf eine der Bänke, um zu lesen, die Leute zu beobachten oder sich von der Sonne verwöhnen zu lassen. Das würde heute zwar nicht der Fall sein, aber vielleicht ließ sich der Tag trotzdem noch anderweitig nutzen. Auf der Suche nach einem Job zum Beispiel. Sobald Asja über die notwendigen Papiere verfügte, wollte sie sich als Aushilfe bei einem der am Marktplatz gelegenen Geschäfte oder Gaststätten bewerben. Dann bliebe ihr nicht mehr so viel Zeit zum Grübeln. Außerdem wäre es ein erster Schritt hin zu Normalität und Selbstständigkeit. Asja konnte sich nichts Schlimmeres vorstellen, als zur Untätigkeit verdammt zu sein und anderen auf der Tasche zu liegen. Sie dachte dabei in erster Linie an Leona, die sie wie selbstverständlich bei sich aufgenommen hatte und mit allem, was zum Leben notwendig war, versorgte. Und das ohne die geringste Gegenleistung. »Also dann, bis heute Abend«, riss Leonas Stimme sie aus ihren Gedanken. Asja hörte, wie sie die Treppe hinabstieg. Wenig später fiel die Haustür ins Schloss.

10

Als Leona in Greifswald ankam, war es kurz nach sieben Uhr. Sie parkte ihr Auto auf dem Klinikgelände. Beim Aussteigen klatschte ihr der mittlerweile in rauschenden Kaskaden herabströmende Regen ins Gesicht.

Es wehte ein kühler Wind. Fröstelnd zog Leona den Reißverschluss ihrer Jacke nach oben und spannte einen Regenschirm auf. Kurz darauf überquerte sie schnellen Schrittes den Innenhof, um zur Kopfseite des wuchtigen Backsteingebäudes zu gelangen, in dem das Institut für Anatomie untergebracht war. An diesem Morgen hatte Leona jedoch keinen Blick für die Schönheit des Bauwerks, das mitsamt seinen unterhalb der Fenster angebrachten Ornamenten im Stil der italienischen Frührenaissance errichtet worden war. Sie wollte so schnell wie möglich ins Trockene, von dem sie inzwischen nur noch wenige Treppenstufen trennten. Nach einem kurzen Spurt hatte Leona die massive Eingangstür erreicht. Als sie das Vestibül durchquerte, hinterließen ihre nassen Schuhe feuchte Abdrücke auf den im Schachbrettmuster angeordneten Fliesen. Um diese Zeit war meist nicht viel los auf den Gängen und Fluren. Auf dem Weg zu ihrem im Kellergeschoss gelegenen Büro traf sie auf ihren Vorgesetzten.

Doktor Pieter Ahlsen war ein Mann wie ein Baum, den nichts und niemand so schnell aus der Ruhe bringen konnte. Leona kannte ihn inzwischen gut genug, um zu wissen, dass sich hinter der rauen Schale ein einfühlsamer Mensch verbarg, der das Herz am rechten Fleck hatte und über ein sonniges Gemüt verfügte. Auch wenn er das mitunter gern zu verbergen suchte. An diesem Morgen wirkte er jedoch so abwesend, dass er weder Leona wahrnahm noch ihren Gruß erwiderte. Unter seinen hinter einer runden Brille verborgenen Augen lagen dunkle Schatten. Leona fiel auf, dass er unrasiert war. Das war insofern ungewohnt, da er immer großen Wert auf sein Äußeres legte. Nicht etwa aus Eitelkeit, wie sie wusste, sondern um einen Gegenpol zu seiner Arbeit zu setzen, in der es leider nur allzu oft um menschliche Abgründe ging. Einer seiner Mitarbeiter hatte einmal über ihn gesagt, er versuche dem, was seine Arbeit an Ästhetik entbehrte, mit gepflegter Kleidung und tadelloser Erscheinung entgegenzutreten. Pieter Ahlsen war ein Schöngeist, der für sein Leben gern ins Theater ging oder die Abende zusammen mit seiner Frau bei einem Glas Wein und einem Buch in seinem Wintergarten verbrachte.

Leona konnte sich noch gut an den Sektempfang zu Ehren seines 50. Geburtstags erinnern. Pieter Ahlsen hatte alle seine Mitarbeiter zu sich nach Hause eingeladen. Dabei hatte Leona seine Frau kennengelernt. Mia Ahlsen war eine strahlende Erscheinung, die mit ihrer Eleganz und Schönheit an Audrey Hepburn erinnerte und eine perfekte Gastgeberin abgegeben hatte. Sie war Leona auf Anhieb sympathisch gewesen. Und das nicht nur, weil sie in etwa dem gleichen Alter waren, sondern weil sie über dieselben Dinge lachen konnten. Bevor Leona sich einen Reim auf das ungewöhnliche Verhalten ihres Chefs machen konnte, öffnete sich die Tür zum Sektionssaal und Kai Mertens, ihr Sektionsassistent, erschien. Leona fiel auf, dass auch er ungewöhnlich ernst wirkte. »Alles in Ordnung?«, erkundigte sie sich.

Auf Kai Mertens Stirn bildete sich eine steile Falte. »Dann wissen Sie es also noch gar nicht?«

»Was?«

Mertens bat sie, ihm in den Sektionssaal zu folgen. Sobald die Tür hinter ihnen zugefallen war, lehnte er sich mit einem tiefen Seufzer dagegen und schloss für einen Moment die Augen. »Es geht um Lotta.«

»Lotta?«, wiederholte Leona.

»Ahlsens Tochter. Sie wurde gestern Nachmittag ins Uniklinikum eingeliefert.«

Leona spürte, wie sich ihr Herz verkrampfte. »Warum?«

»Die Ärzte sind sich bisher nicht sicher. Scheint was Ernstes zu sein. Ahlsen und ich waren gerade in ein Gespräch vertieft, als seine Frau anrief. Daraufhin ist er ganz blass geworden und nach draußen gestürmt.«

Leona nickte. »Das erklärt, warum er so angespannt wirkte, als wir uns gerade begegnet sind.«

Leona begegnete ihrem Chef erst wieder, als er kurz vor Dienstschluss aus seinem Büro kam. Er sah ungewöhnlich ernst und blass aus. Zumindest nahm er diesmal Notiz von ihr und nickte ihr im Vorbeigehen kurz zu.

Als Leona sich wenig später auf den Heimweg machte, verkündeten die Glocken des nahe gelegenen Doms, dass es 18 Uhr war. Sie war gerade auf dem Weg zu ihrem Auto, als Mia Ahlsen ihr mit hängenden Schultern und verweintem Gesicht entgegenkam. Sie begrüßten einander. »Wie geht es Lotta?«, erkundigte Leona sich nach kurzem Zögern.

Sie hatte die Frage kaum ausgesprochen, als Mia Ahlsens Augen sich mit Tränen füllten. »Ich komme gerade aus der Klinik.« Sie schluckte. »Die Ärzte … Sie haben herausgefunden, dass Lotta, dass sie …« Ihre Worte gingen in einem herzzerreißenden Schluchzen unter.

Bestürzt legte Leona ihr die Hand auf den Arm. »Kommen Sie«, sagte sie und führte sie zu einer in der Nähe gelegenen Sitzgruppe. Mia folgte ihr wortlos.

»Wollen Sie darüber reden?«, erkundigte Leona sich behutsam, nachdem sie auf einer der Bänke Platz genommen hatten.

»Es ging Lotta schon die ganze letzte Zeit über nicht gut«, begann Mia stockend. »Sie hatte einen Infekt nach dem anderen. Dazu diese unerklärliche Schwäche. Es gab Tage, da hat sie fast nur geschlafen. Der Kinderarzt konnte sich keinen Reim darauf machen und verwies uns ans Uniklinikum. Als ich heute Morgen dort war, um mich nach dem Ergebnis der Blutuntersuchung zu erkundigen, sagte man mir …« Sie schluckte erneut. Das Reden schien sie anzustrengen, was angesichts dessen, was sie ihr mitzuteilen hatte, auch kein Wunder war. »Da sagte man mir, Lotta sei an Akuter Lymphatischer Leukämie erkrankt.«

Nun war es heraus. Das Unbegreifliche in Worte gefasst. Leona, die wusste, dass dabei das blutbildende System erkrankt war, brauchte einen Moment, um sich von ihrer Erschütterung zu erholen. Als ihre Blicke sich begegneten, senkte sie betroffen den Kopf. Der Schmerz in Mias Augen wühlte Leona derart auf, dass sie nicht anders konnte, als nach ihrer Hand zu greifen und sie mitfühlend zu drücken. Mias Finger fühlten sich eiskalt an. Als wäre alles in ihr abgestorben. »Ich habe solche Angst um mein kleines Mädchen«, würgte sie unter Tränen hervor. Ihren Worten folgte eine drückende Stille, die keine von ihnen zu durchbrechen wagte. Mia schien erst aus ihrer Starre zu erwachen, als Pieter, der sich ihnen unbemerkt genähert hatte, ihr von hinten eine Hand auf die Schulter legte.

»Lass uns gehen«, sagte er mit belegter Stimme. Leona konnte seine Unsicherheit fühlen, seine Suche nach den richtigen Worten. Die Sorge um sein kleines Mädchen war so greifbar, dass es ihr einen schmerzhaften Stich versetzte.

Als Leona am nächsten Tag zur Arbeit kam, hatte die Nachricht über Lottas Erkrankung bereits die Runde gemacht. Sie erkannte es an den betroffenen und ernsten Mienen. Im ganzen Institut gab es niemanden, den der Schicksalsschlag, der ihren Chef ereilt hatte, unberührt ließ. Gegen Nachmittag betrat Katja Baumann, Ahlsens Sekretärin, Leonas Büro. Sie wirkte angespannt. »Ich würde gerne etwas mit Ihnen besprechen. Haben Sie einen Moment Zeit?«

»Sicher doch«, sagte Leona und wies auf den vor ihrem Schreibtisch stehenden Stuhl. »Bitte, nehmen Sie Platz. Worum geht es?«

»Um Lotta. Sie ist an Akuter Lymphatischer Leukämie erkrankt und benötigt dringend eine Knochenmarkspende.«

Leona musste bei Frau Baumanns Worten daran denken, dass diese Diagnose vor 30 bis 40 Jahren für die Betroffenen innerhalb von wenigen Wochen unweigerlich zum Tode geführt hatte, und nickte. »Soviel ich weiß, liegen die Überlebenschancen bei Kindern mittlerweile bei circa 80 Prozent.«

»Allerdings nur, wenn rechtzeitig ein passender Spender gefunden wird«, ergänzte Ahlsens Sekretärin. »Deshalb bin ich hier. Ich plane eine Spendenaktion für Lotta und suche dafür Mitstreiter.«

»Wissen die Ahlsens davon?«

»Nun also …, ich dachte, es wäre eine schöne Idee, sie damit zu überraschen«, druckste Frau Baumann herum. »Zumal …«

»Zumal was?«, hakte Leona nach.

»Ach nichts.« Plötzlich wirkte Ahlsens Sekretärin verunsichert. »Ich musste nur gerade daran denken, dass wir in diesem Fall noch nicht einmal auf die Hilfe der leiblichen Eltern zählen können.«

Ihre Worte ließen Leona aufhorchen. »Was soll das heißen?«

Katja Baumann hob den Kopf und sah sie erstaunt an. »Dass Lotta von den Ahlsens adoptiert wurde. Ich dachte, das hätte sich inzwischen herumgesprochen.«

»Davon höre ich heute zum ersten Mal«, bekannte Leona. »Aber ich gebe Ihnen natürlich recht«, fügte sie rasch hinzu. »Selbst wenn die Aktion nicht den gewünschten Zweck erfüllt, ist es eine gute Möglichkeit, um unser Mitgefühl zum Ausdruck zu bringen.« Sie lächelte Katja Baumann aufmunternd an. »Sagen Sie mir einfach, was ich tun soll.«

11

Seine Karriere hatte mit Autohandel, Drogendeals und Zigarettenschmuggel begonnen. Inzwischen besaß er ein kleines Imperium. Es wurde gemunkelt, dass sein Einfluss bis in die höchsten Kreise aus Politik und Wirtschaft reichte. Dabei kannte bis heute kaum jemand seine wahre Identität. Und er hatte auch nicht vor, dieses Geheimnis jemals zu lüften. Zumal es auf der ganzen Welt nur zwei Menschen gab, die wussten, wer sich hinter Pardus, der lateinischen Bezeichnung für Leopard, verbarg. Und diese beiden würden sich lieber vierteilen lassen, als dieses Wissen preiszugeben.

Ein spöttisches Lächeln umspielte seine Lippen, als er daran dachte, wofür sein Pseudonym in Wirklichkeit stand: für das in ihm schlummernde Raubtier, das sich unsichtbar an seine Beute heranzuschleichen verstand. Jemand wie er, der das seltene Talent besaß, sich jeder Lage anzupassen, was ihn für seine Feinde und Widersacher zu einem unberechenbaren Gegner machte. Einem Gegner, dem nichts und niemand Einhalt gebieten konnte. Wer einmal auf seiner Gehaltsliste stand, würde für immer darauf stehen. Dafür hatte er gesorgt. Er und seine Organisation. Jenes eng gestrickte Netz aus Ministern, Bankiers, Richtern, Staatssekretären, Anwälten, Ärzten, Polizisten und Lobbyisten, die im Laufe der Jahre in seine Dienste getreten waren.

Wenn auch nicht immer ganz freiwillig, wie er zugeben musste.

Die Liste ließe sich unendlich fortführen. Inzwischen gab es keinen Bereich des gesellschaftlichen Lebens, in dem er nicht irgendjemand kannte, der ihm einen Gefallen schuldete. Je mehr Menschen ihm zu Dank verpflichtet waren, desto mächtiger wurde sein Imperium – und damit er. Es war ein beruhigendes Gefühl zu wissen, dass es da draußen immer jemand gab, der ihm im Falle eines Falles aus der Patsche half. Alles, was Pardus, der sein Geschäft von der Ukraine aus betrieb, unternahm, tat er mit dem Hintergedanken, sich unersetzlich zu machen. Bei ihm liefen alle Fäden zusammen. Wie bei einem Marionettenspieler, der das auf Bestechung und Einschüchterung basierende Spiel perfekt beherrschte. Denn Pardus hatte nicht nur das nötige Geld, sondern auch die Polizei auf seiner Seite, die großzügig über seine illegalen Geschäfte hinwegsah. Egal, ob es dabei um den Handel mit Autos, Drogen oder Menschen ging. Vor allem bei Letzterem war der Bedarf sprunghaft angestiegen. Hauptsächlich die Nachfrage nach Babys. Seit Anfang des Jahres hatte er 50 davon allein nach Deutschland vermittelt. Was ihm dank der wasserdichten Papiere 70.000 Mäuse pro Nase einbrachte. Und das auf ganz legale Art und Weise. Sofern man in den Kreisen, in denen er verkehrte, überhaupt von legal sprechen konnte. Klar, dass er deshalb den Großteil dieses Geldes für sich allein beanspruchte. Der Rest war für seine Vasallen bestimmt. Für all diejenigen, die dafür sorgten, dass sein Unternehmen wie ein gut geschmiertes Getriebe lief. Auch wenn er dafür hin und wieder über Leichen gehen musste. So wie bei diesem Anwalt.

Bei dem Gedanken verfinsterte sich seine Miene. Der Kerl hätte ihm noch gute Dienste leisten können, ausgesprochen gute. Deshalb hatte er seine Leute ja auch auf ihn angesetzt. Um ihn auf mögliche Schwachstellen hin zu durchleuchten, die sich als Druckmittel eigneten, um ihn gefügig zu machen. Die Erfahrung hatte ihn gelehrt, dass jeder Mensch ein dunkles Geheimnis besaß. Etwas, was dazu taugte, sein Leben für immer zu zerstören. Erst recht das Leben eines angesehenen Anwaltes, der den Posten eines Richters am Bundesverfassungsgericht anstrebte. Dummerweise war ihm nicht das Geringste nachzuweisen gewesen. Er schien über eine blütenreine Weste zu verfügen. Genau wie der Rest seiner Familie. Es gab nur eine einzige Schwachstelle. Die hatte Pardus aufgespürt und für seine Zwecke genutzt, allerdings ohne zu ahnen, welches Desaster er damit heraufbeschwor. Und das alles bloß, weil diese dumme Pute ihm einen Strich durch die Rechnung gemacht hatte. An seiner Schläfe begann eine Ader zu pochen. Dabei hatte er den Anwalt fast so weit gehabt, dass er ihm aus der Hand fraß.

12

Schweißgebadet schreckte sie hoch. Es dauerte einen Moment, bis sie begriff, dass sie alles nur geträumt hatte. Wieder einmal. Sie seufzte. Ihr Radiowecker zeigte 4.30 Uhr an. Draußen begann es bereits zu dämmern. Da an Schlaf nicht mehr zu denken war, stand sie auf und ging nach nebenan in die Küche, um sich einen Kaffee aufzubrühen. Während sie in kleinen Schlucken davon trank, kehrte die Erinnerung an den Traum zurück. Und mit ihr die Bilder. Es gelang ihr nicht, sie auszublenden. Sie musste sich ihnen stellen. Immer und immer wieder.

Sie hatte von ihrem Mann geträumt. Davon, wie er nach ihrem Streit ohne ein Wort des Abschieds gegangen war. Wenn sie die Augen schloss, hörte sie wieder jenen dumpfen Knall, mit dem die Wohnungstür hinter ihm ins Schloss gefallen war. Für immer. Auch wenn sie das in diesem Moment noch nicht hatte wissen können. Sie versuchte, den Gedanken daran zu verdrängen. Doch er ließ sie nicht mehr los, verbiss sich wie eine Zecke in ihrem Fleisch und verstärkte ihre Schuld. Es hatte sie schließlich niemand dazu gezwungen, ihm die Wahrheit zu sagen. Ganz im Gegenteil: Sie hätte einfach den Mund halten müssen, wie sie es all die Jahre über getan hatte, und alles wäre gut gewesen. Zumindest besser als jetzt. Wenngleich ihr die ganze Reichweite dessen, was sie mit ihrem Geständnis angerichtet hatte, erst nach jenem Anruf klar geworden war. Sie bekam eine Gänsehaut, wenn sie daran zurückdachte: an jene ihr unbekannte männliche Stimme, die ihr ein Treffen vorgeschlagen hatte, was sie unmöglich ablehnen konnte. Schon deshalb nicht, weil der Anrufer sich als Freund ihres Mannes ausgegeben hatte. Das wiederum legte den Schluss nahe, dass er etwas über dessen Verbleib wusste, darüber, wohin er nach ihrem Streit gegangen war.

Nachdem sie sich Ort und Zeitpunkt notiert hatte, war sie zu der angegebenen Adresse gefahren: einem etwa zehn Kilometer von ihrem Haus entfernten Waldstück. Bei ihrer Ankunft wurde sie von zwei großen, breitschultrigen Typen mit Baseballmützen und verspiegelten Sonnenbrillen erwartet. Nachdem sie sich davon überzeugt hatten, dass sie allein gekommen war, überreichte einer von ihnen ihr ein schwarzes Samtkästchen. »Ihr Mann lässt grüßen«, hörte sie ihn in einem an Zynismus kaum zu überbietenden Tonfall sagen. Der ganzen Szene haftete etwas Unwirkliches an, das sich noch verstärkte, als sie den Deckel öffnete. Auf einem mit Blut getränktem Samtkissen lag ein abgetrennter Finger, an dem sich ein goldener Ring befand. Sie wusste sofort, dass es sich dabei um den Ehering ihres Mannes handelte. Um auch ihre letzten Zweifel auszuräumen streckte der Fremde ihr sein Smartphone entgegen. Von dem Display blickte ihr ihr Mann entgegen. Er hielt seine rechte Hand mit den verbliebenen vier Fingergliedern in die Kamera. Sein Gesicht war schmerzverzerrt. Auf einem weiteren Bild stand er bis zu den Knien in einer mit Beton gefüllten Wanne an Bord einer Jacht. In seinen Augen spiegelte sich blankes Entsetzen. Er schien genau zu wissen, was gleich mit ihm geschehen würde. Sie erinnerte sich an einen Film, in dem die Mafia sich ihrer Verräter und Feinde auf ähnliche Art und Weise entledigte. Wie sich bald zeigen sollte, lag sie mit ihrer Einschätzung gar nicht so falsch.

Inzwischen war auf dem Display zu sehen, wie ihr Mann mit rudernden Armbewegungen über Bord ging. Auf der folgenden Aufnahme reichte ihm das Wasser bereits bis zum Hals. Sein verzweifeltes Gesicht erinnerte an Edvard Munchs Gemälde »Der Schrei«. Das nächste Bild zeigte, wie er sich über Wasser zu halten versuchte. Doch der Betonklotz an seinen Füßen zog ihn unerbittlich nach unten. Auf dem letzten Bild war nur noch sein zu diesem Zeitpunkt bereits vollständig von den Wassermassen umschlossener Kopf zu erkennen. Es brauchte nicht viel Fantasie, um zu erahnen, unter welchen Qualen er sein Leben ausgehaucht hatte.

Sie wollte schreien, ihren Schmerz herausbrüllen. Doch über ihre Lippen kam kein einziger Ton. Sie konnte sich weder rühren noch sich von dem inzwischen längst erloschenen Display lösen. Irgendwann hatte der Fremde ihr das Smartphone aus der Hand genommen und war auf sein Anliegen zu sprechen gekommen. Spätestens da war ihr klar geworden, dass er und seine Hintermänner vor nichts und niemandem zurückschreckten, wenn es um die Durchsetzung ihrer Interessen ging.

13

Es war gegen 18 Uhr, als Leona in die Einfahrt zu ihrem Grundstück abbog. Hinter ihr lag ein anstrengender Arbeitstag, und sie war froh, endlich zu Hause zu sein. Sie sehnte sich nur noch nach einer Dusche und ihrem Bett. Bei ihrer Ankunft wurde sie bereits von Asja erwartet, die für sie beide ein leckeres Abendessen vorbereitet hatte. »Ich war heute in Gager bei den Fischern«, eröffnete Asja ihr. »Die hatten so leckere Scholle im Angebot, dass ich einfach nicht widerstehen konnte.«

Die in goldgelber Butter brutzelnden Filets ließen Leona, die erst jetzt merkte, wie hungrig sie war, das Wasser im Mund zusammenlaufen. Kurz darauf saßen die Frauen sich bei einem Glas Weißwein am Küchentisch gegenüber und ließen es sich schmecken. »Wie war dein Tag?«, erkundigte Asja sich zwischen zwei Schlucken Wein.

»Hätte besser sein können«, meinte Leona, die an Lotta denken musste.

»Willst du darüber reden?«

Leona seufzte. »Es geht um meinen Chef, besser gesagt, um seine Tochter. Sie ist an Leukämie erkrankt.«

»Das tut mir leid.« In Asjas Stimme schwang aufrichtiges Mitleid mit. »Wie stehen ihre Chancen?«

»Schwer zu sagen, bei einem so kleinen Kind.«

»Wie alt ist sie denn?«

»Fünfeinhalb Monate.«

»Wie furchtbar«, entfuhr es Asja.

Leona nickte. »Ich kann nur hoffen, dass sich schnellstmöglich ein passender Knochenmarkspender für sie findet. Das würde ihre Chancen erheblich verbessern.« Sie hielt kurz inne, da ihr etwas eingefallen war. »Apropos Spender. Wir planen eine Typisierungsaktion für Lotta, falls du Interesse hast …«

»Das ist doch selbstverständlich«, stimmte Asja sofort zu. »Sag mir einfach, was ich tun soll.« Während Leona ihr die Einzelheiten erörterte, klingelte es an der Tür. »Ich geh schon«, sagte Asja und stand auf. Wenig später kam sie mit Peer und dessen Sohn zurück. »Ich lass euch dann mal allein«, sagte sie und verschwand nach draußen, ohne eine Antwort abzuwarten.

Ole war hochrot im Gesicht und weinte so jämmerlich, dass es Leona fast das Herz brach. Mit einem Satz war sie bei Peer und nahm ihm den Kleinen ab. »Sch…, ist ja gut«, sagte sie, ohne Peer dabei auch nur eines Blickes zu würdigen. Im Gegensatz zu Ole, dem, kaum dass er in ihren Armen lag, ihre ganze Aufmerksamkeit galt. Leona war so auf ihn fixiert, dass sie alles um sich herum vergaß. Ohne weiter darüber nachzudenken, beugte sie sich zu ihm hinab, presste ihr Gesicht an seine Wange und atmete seinen reinen, unschuldigen Duft ein. Der Moment währte höchstens ein, zwei Herzschläge, dann wurde ihr bewusst, was sie tat, und sie ließ beschämt von ihm ab. Doch entgegen ihrer Befürchtung hatte Ole ihren Gefühlsausbruch ohne die geringste Regung über sich ergehen lassen. Er lag still in ihrem Arm und sah sie aus großen Augen an. Fast hatte es den Anschein, als würde er die Situation genießen. Leona wäre wohl noch ewig so dagestanden, wenn Peers Räuspern sie nicht in die Gegenwart zurückgebracht und ihr in Erinnerung gerufen hätte, dass sie nicht allein war. Wie konnte sie sich nur derart gehen lassen? Dabei wusste sie genau warum. Leona zwang sich, den Gedanken zu verdrängen. Es ging hier schließlich nicht um sie, sondern um Ole. »Seine Wange fühlt sich ganz heiß an«, wechselte sie verlegen das Thema. »Hast du mal Fieber gemessen?«

Während Peer etwas von leicht erhöhter Temperatur sagte, legte sie Ole vorsichtig vor sich auf der Eckbank ab und zog ihm sein Jäckchen aus. »Kein Wunder, dass er sich so heiß anfühlt. Er ist ja völlig durchgeschwitzt.« Leona bemühte sich, es nicht wie einen Vorwurf klingen zu lassen.

»Weil er die ganze Zeit wie ein Irrer plärrt«, entgegnete Peer genervt. »Das macht er jetzt seit fast drei Tagen. Die Nächte nicht mit eingerechnet.«

Leona, die Ole inzwischen wieder hochgenommen hatte, musste Peer nur anschauen, um zu wissen, dass ihn die Situation überforderte und er ihre Hilfe brauchte. Sonst wäre er ja auch wohl kaum hergekommen. Doch sein Stolz verbot es ihm, das zuzugeben. Aber so war Peer nun einmal. Leona würde ihn nicht ändern. Sie war schon froh, dass er sich endlich dazu durchgerungen hatte, zu ihr zu kommen. Natürlich erwähnte sie das mit keinem Wort. Es war schließlich das erste Mal, dass er sie seit Oles Entlassung aus dem Krankenhaus aufsuchte. Das hätte er bestimmt nicht getan, wenn er nicht derart verzweifelt wäre, was wiederum dafür sprach, dass es sonst niemanden gab, an den er sich wenden konnte. Niemanden, der sich mit so kleinen Kindern wie Ole auskannte. Marlies lag noch immer im Koma, und auf seinen inzwischen fast 80-jährigen Vater konnte er in dieser Situation nicht bauen.

Plötzlich tat Peer ihr leid. Erst der Schock wegen Marlies und dann die Sorge um seinen viel zu früh auf die Welt gekommenen Sohn. Wobei die völlig unbegründet war. Ole entwickelte sich prächtig. Peer, der unmittelbar nach der Geburt seines Sohnes in Elternzeit gegangen war, hatte ihn schon kurz nach Weihnachten zu sich nach Hause holen können. Seitdem hatte Leona ihn ein paarmal mit dem Kinderwagen durch den Ort fahren sehen. Allerdings nur aus der Ferne. Es war nicht zu übersehen, dass er ihr aus dem Weg ging. Warum, dafür hatte Leona keine Erklärung, sie hatte lediglich eine Vermutung.

»Wo ist eigentlich Cemal?«, erkundigte Peer sich, als hätte er ihre Gedanken erahnt.

Seine Frage berührte Leona unangenehm. »Keine Ahnung. Wir haben uns seit Längerem nicht mehr gesehen.«

Ihre Antwort schien Peer ernsthaft zu erstaunen. »Und ich dachte, ihr zwei …«

Er musste den Satz nicht beenden. Leona wusste auch so, was er sagen wollte. »Da hast du wohl falsch gedacht.«

Obwohl Peer versuchte, sich nichts von seinen Gefühlen anmerken zu lassen, konnte er seine Erleichterung kaum verbergen. »Dabei hätte ich mein letztes Hemd verwettet, dass ihr inzwischen ein Paar seid«, entfuhr es ihm.

»Sind wir aber nicht.« Leonas Tonfall stellte klar, dass das Thema damit für sie beendet war. Sie hatte kaum ausgesprochen, als Ole sich in ihren Armen zu winden begann. Das Unbehagen stand ihm deutlich ins Gesicht geschrieben. Er schien die Spannung zu spüren, die plötzlich in der Luft lag. Leona wog ihn sacht und strich ihm besänftigend übers Haar. »Ist ja gut«, sagte sie, darum bemüht, ihrer Stimme einen sanften Klang zu verleihen. Und tatsächlich beruhigte Ole sich langsam. Leona sah, wie er einen Daumen in den Mund steckte und wie ein Besessener daran zu nuckeln begann. »Kann es sein, dass er zahnt?«, erkundigte sie sich mit Blick auf seine vor Hitze glühenden Wangen.

»Woher soll ich das denn wissen?« Peer schien mit seinem Latein am Ende zu sein. Leona überlegte, wie sie ihm helfen konnte: »Ich hab morgen frei«, begann sie, »du könntest Ole hier lassen und dich mal wieder richtig ausschlafen. Was hältst du davon?« Sie konnte Peer beinahe ansehen, wie ihm ein Stein vom Herzen fiel. »Würdest du das wirklich für mich tun?«

»Hätte ich es dir sonst angeboten?«

»Ich habe gehofft, dass du das sagen würdest«, gestand er ihr verschämt ein. »Hier«, fügte er rasch hinzu und griff nach dem über seiner Schulter hängenden Rucksack, »da ist alles drin, was er braucht: Trinkflaschen,

Windeln, Wechselwäsche«, begann er aufzuzählen. »Ich hoffe, ich habe nichts vergessen.«

»Wird bestimmt passen«, sagte Leona und nahm ihm den Rucksack ab, wobei sie wie nebenbei bemerkte, dass er das auch schon viel eher hätte haben können. »Ein Wort von dir und ich wäre da gewesen.« Und das nicht nur wegen meines schlechten Gewissens Marlies gegenüber, ergänzte sie in Gedanken. »Wir sind schließlich Freunde.«

Als Peer nichts darauf erwiderte, fügte sie hinzu: »Oder gibt es einen Grund, weshalb du dich in letzter Zeit so rargemacht hast?«, fragte sie, ohne ihn dabei aus den Augen zu lassen.

»Du hast dich ja auch nicht gemeldet«, erwiderte Peer, wobei er es vermied, sie anzusehen.

»Stimmt«, musste Leona ihm recht geben. »Aber nur, weil ich angenommen habe, du wärst mir noch immer böse.«

Ihre Antwort schien Peer zu verwundern. »Warum sollte ich dir böse sein?«

»Wegen Marlies, wegen dem, was mit ihr geschehen ist. Weil du mir die Schuld daran gibst. Schließlich war es mein Wagen, mit dem sie verunglückt ist.« Es tat Leona gut, endlich mit Peer darüber reden zu können. Die Worte kamen nur so aus ihr herausgesprudelt.

Auf Peers Gesicht machte sich Betroffenheit breit. »Wie kommst du darauf, dass ich dir deshalb böse sein könnte? Ich meine, das Ganze war schließlich ein Unfall. Ein tragischer Unfall«, unterstrich er seine Worte. »Wenn es Marlies nicht getroffen hätte, dann dich. Bruhns ...« Es fiel ihm sichtlich schwer, den Namen des Mannes auszusprechen, der um ein Haar seine Familie ausgelöscht hätte. »Er ist ... war«, verbesserte er sich, »ein unberechenbarer Psychopath. Jemand, der ...« Statt weiterzusprechen, fuhr Peer sich mit einer müden Handbewegung über die Augen. »Wenn überhaupt, dann hab ich mich deshalb so lange nicht bei dir sehen lassen, weil ich deinem Glück mit Cemal nicht im Wege stehen wollte. Auch wenn diese Sorge anscheinend unbegründet war.« Er warf Leona einen unergründlichen Blick zu, den diese mit einem trotzigen Gegenblick erwiderte, in dem nichts mehr von der Annäherung zu lesen war, die Momente zuvor zwischen ihnen stattgefunden hatte.

»Du sagst es«, meinte sie knapp, bevor sie ihn, Ole immer noch im Arm haltend, sanft zur Tür hinausbeförderte. Versehen mit der Ermahnung, sich erst wieder bei ihr blicken zu lassen, wenn er sich gründlich ausgeschlafen habe.

Als sich die Haustür hinter Peer geschlossen hatte, atmete Leona erst einmal tief durch. Dann hielt sie nach Asja Ausschau. Sie fand sie im Wohnzimmer. »Du hättest uns nicht allein lassen müssen«, stellte sie klar.

»Ich wollte nicht stören.«

»Das hast du nicht.« Die Art und Weise, wie Leona das sagte, machte deutlich, dass sie nicht die geringste Lust darauf verspürte, das Thema zu vertiefen. »Egal. Jetzt ist Peer fort, und ich könnte deine Hilfe gebrauchen«, meinte sie mit Blick auf Ole. Der Kleine schien sich zwar für den Moment recht wohl bei ihr zu fühlen, aber Leona ahnte, dass das nicht von langer Dauer sein würde. Das war es bei so kleinen Kindern nie. Um das zu wissen, musste man nicht selbst Mutter sein.

»Was soll ich tun?«, riss Asjas Stimme sie aus ihren Überlegungen. Leona reichte ihr den Kleinen. »Wenn du ihn kurz nehmen könntest«, sagte sie und verließ das Zimmer. Wenig später kam sie mit einer Tragetasche aus Oles Kinderwagen, den Peer im Hausflur abgestellt hatte, zurück. Nachdem sie den Kleinen hineingelegt hatte, was er, ohne dagegen zu protestieren, geschehen ließ, nahm sie sich den Inhalt des Rucksacks vor. Peer hatte an alles gedacht. Beginnend mit einer reichlich bemessenen Anzahl von Windeln und Wechselwäsche bis hin zu Schnuller, Fläschchen und Babynahrung. Sogar ein Fieberthermometer hatte er eingepackt, genauso wie Oles Kuscheltier: ein flauschiges blaues Häschen mit integrierter Spieluhr. »Scheint alles da zu sein«, stellte Leona erleichtert fest. Während sie mit Ole im Badezimmer verschwand, um ihn für die Nacht fertig zu machen, versuchte sie, sich ihr Wissen aus der Zeit, in der sie hin und wieder als Babysitter für die Tochter einer früheren Bekannten eingesprungen war, in Erinnerung zu rufen. In der Zwischenzeit kümmerte Asja sich auf Leonas Bitte hin um sein Fläschchen, das er bis zum letzten Tropfen austrank. Wenig später war er eingeschlafen.

14

Cemal Bissati schuftete wie ein Besessener, um Leona zu vergessen. Die Frau, die er über alles liebte und begehrte. Auch wenn ihm das erst so richtig bewusst geworden war, nachdem er sie aus seinem Leben verbannt hatte. Nicht, weil sie ihm nichts bedeutet hätte, ganz im Gegenteil. Er sah sie noch genau vor sich, wie sie ihn angesehen hatte, als er sich damals, an ihrem letzten gemeinsamen Abend, von ihr verabschiedet hatte. Nie würde er ihren Blick vergessen. Als hätte sie geahnt, dass es ein Abschied für immer sein würde. Auch wenn sie das zunächst nicht wahrhaben wollte. Es hatte eine Weile gedauert, bis ihr die Sinnlosigkeit ihres Tuns aufgegangen war, bis ihre Anrufe seltener wurden und zum Schluss ganz aufhörten. Cemal fühlte sich wie ein Schuft, wenn er daran dachte, was er ihr mit seinem Rückzug angetan hatte, für den es keinen plausiblen Grund gab. Jedenfalls nicht aus Leonas Sicht. Wie sollte man auch etwas verstehen, was eigentlich nicht zu verstehen war? Zumindest nicht mit dem gesunden Menschenverstand. Kein Wunder, dass Leona sich immer wieder nach dem Warum erkundigt hatte. Sie hatte ihn geradezu angefleht, ihr endlich die Wahrheit über den Grund für sein sonderbares Verhalten zu sagen. Doch statt ihr reinen Wein einzuschenken, war er ihr die Antwort schuldig geblieben. Vielleicht hätte sie seine

Beweggründe ja verstanden, wenn sie sie gekannt hätte. Vielleicht …

Cemal versuchte, den Gedanken wie ein lästiges Insekt zu vertreiben. Es war mühselig, darüber nachzudenken. Die Würfel waren gefallen. Er hatte es schließlich nicht anders gewollt. Nun musste er damit leben. Egal, ob es ihm gefiel oder nicht. Er seufzte. Wenn ihn Leonas Verlust nur nicht so verdammt schmerzen würde. An manchen Tagen war es kaum auszuhalten. Dann blieb ihm nichts anderes übrig, als sich in seine Arbeit zu stürzen, um zu vergessen. Er sah schmal und blass aus, kam kaum noch an die frische Luft, weil er den Großteil seiner Zeit in der Praxis verbrachte. Am liebsten wäre er gar nicht mehr nach Hause gegangen. In seine leere Wohnung, in der ihn alles an Leona erinnerte und daran, was er verloren hatte. Kein Wunder, dass nichts und niemand es schaffte, ihn aus seiner Lethargie zu befreien. Selbst das Joggen hatte er darüber vernachlässigt. Bis er sich gestern spontan dazu entschlossen hatte, eine Runde durch die Zicker Alpen zu drehen. Cemal schloss die Augen, um die Erinnerung daran auszublenden. Doch es gelang ihm nicht.

Es war kurz nach dem Mittagessen gewesen, als einer seiner Patienten kurzfristig seinen Termin für den Nachmittag abgesagt hatte. Statt die Zeit untätig verstreichen zu lassen, war Cemal mit dem festen Vorsatz nach Hause gegangen, die Zeit zu nutzen, um mal wieder etwas für seine Fitness zu tun. Nachdem er seine Joggingsachen angezogen hatte, war er losgefahren. Er hatte gerade das »Strandhus« passiert, als ihm auf dem neben der Hauptstraße gelegenen Fußweg zwei Frauen mit einem Kinderwagen entgegenkamen. Er war schon fast an ihnen vorbei, als er in einer von ihnen Leona erkannte. Sie war es auch gewesen, die den Kinderwagen schob.

15

Leona bemerkte kaum, dass sie immer langsamer wurde. Erst als Asja sie darauf ansprach, erwachte sie aus ihrer Starre und sah sie aus weit aufgerissenen Augen an. Aus ihrem Gesicht war sämtliche Farbe gewichen.

»Was ist denn los? Was ist passiert?«, erkundigte Asja sich besorgt.

Leona schluckte. »Hast du das Auto gesehen, das gerade an uns vorbeigefahren ist?«

Asja drehte sich um. »Welches meinst du?«

»Den silbergrauen Audi. Das war Cemals Wagen. Er saß hinter dem Steuer.«

»Du Ärmste«, sagte Asja mitfühlend. »Ich wusste gar nicht, dass er dir noch so viel bedeutet.« Leona winkte mit einer unwirschen Handbewegung ab. »Ich kann es ja selbst nicht verstehen.« Ihr Blick fiel auf Ole, der friedlich schlummernd in seinem Kinderwagen lag, als läge die Erklärung dafür bei ihm. Dabei hatten die letzten beiden Tage zu den glücklichsten ihres Lebens gehört. Sie hatte weder an Cemal noch an Peer gedacht, dafür jede Minute mit Ole genossen. Der Kleine besaß trotz seines lebhaften Temperaments ein sonniges Gemüt, weshalb sie ihn am liebsten gar nicht mehr hergeben würde. Auch wenn sie wusste, dass das Unsinn war. Dieser Wunsch würde sich niemals für sie erfüllen. Es sei denn …

Leona verdrängte den Gedanken genauso schnell, wie er gekommen war. Nie und nimmer, schwor sie sich, dann lieber …

Das Klingeln ihres Handys riss sie aus ihren Überlegungen. Es war Peer. Er rief an, um ihr mitzuteilen, dass er in der nächsten halben Stunde vorbeikäme, um Ole abzuholen. Seine Worte versetzten Leona einen schmerzhaften Stich, was sie jedoch nie zugegeben hätte. »Lass dir ruhig Zeit«, sagte sie in dem sinnlosen Versuch, den bevorstehenden Abschied hinauszuzögern, »wir sind gerade eine Runde spazieren.«

»Das war Peer«, sagte sie, nachdem sie das Gespräch beendet hatte. »Er kommt nachher vorbei, um Ole abzuholen.«

Asja musterte sie mitfühlend. »Es fällt dir schwer, dich von ihm zu trennen, stimmt's?«

Leona versuchte, den Kloß in ihrer Kehle zu ignorieren. »Man kann sich schnell an so ein kleines Kerlchen gewöhnen«, entgegnete sie ausweichend.

Doch Asja schien zu spüren, dass sich hinter ihren Worten weit mehr verbarg. »Warum hast du eigentlich keine Kinder?«, erkundigte sie sich vorsichtig. Ein Schatten huschte über Leonas Gesicht.

»Du musst nicht darauf antworten«, beeilte Asja sich zu sagen.

Doch Leona wollte ihr antworten. Nicht nur, weil sie fand, dass Asja es verdiente, die Wahrheit zu erfahren, sondern weil sie ihr vertraute. Dennoch fiel es ihr unendlich schwer, darüber zu reden. »Ich habe keine Kinder«, begann sie so leise, dass Asja sie gerade noch verstehen konnte, »weil ich keine bekommen kann.«

Statt etwas darauf zu erwidern, schloss Asja sie wortlos in ihre Arme. Und plötzlich fiel es Leona ganz leicht, ihren Tränen freien Lauf zu lassen. Es dauerte eine Weile, bis sie sich so weit beruhigt hatte, dass sie den Heimweg antreten konnten. Als sie in die Einfahrt von Leonas Grundstück einbogen, wusste Asja alles über die Gründe, die zu Leonas ungewollter Kinderlosigkeit geführt hatten. Leona fühlte sich befreit, nachdem sie sich das alles einmal von der Seele hatte reden können. Doch die Leere in ihrem Inneren blieb.

16

An einem sonnigen Frühlingsmorgen fand auf dem Greifswalder Marktplatz die Typisierungsaktion für Lotta statt. Auf Katja Baumanns Aufruf hin hatten sich mehrere hundert Menschen versammelt, um sich testen zu lassen. Darunter neben den Mitarbeitern aus der Rechtsmedizin auch Asja, die in Leonas Begleitung erschienen war. Alles, was sie nach ihrer Registrierung tun musste, war, sich ein paar Sekunden lang mit einem Wattestäbchen an der Mundschleimhaut entlangzufahren. Dann war sie entlassen und konnte wieder nach Hause gehen.

Asja hätte das Ganze wohl schon bald vergessen, wenn nicht kurz darauf ein dicker Umschlag vom ZKRD, dem Zentralen Knochenmarkspender-Register, im Briefkasten gelegen hätte. Er enthielt neben Infomaterial ein Blutentnahme-Set. In einem beigefügten Schreiben wurde ihr mitgeteilt, dass sie als Spender für einen an Leukämie erkrankten Menschen infrage käme. Dank Leonas Fürsorge hatte sie in letzter Zeit sogar wieder etwas an Gewicht zulegen können und fühlte ihre Kräfte langsam zurückkehren. Nachdem Asja sich von ihrer Überraschung erholt hatte, kontaktierte sie noch am selben Tag die ihr im Brief genannte Ansprechpartnerin. Diese vereinbarte für Asja einen Termin bei Leonas Hausarzt. Kurz darauf saß Asja in dessen Praxis, um sich Blut abnehmen zu lassen, das auf eine genetische Übereinstimmung mit dem unbekannten Patienten getestet würde. Nachdem ihre Eignung bestätigt worden und die für den Eingriff notwendige Voruntersuchung abgeschlossen war, stand bald der Termin für die Entnahme fest. Endlich konnte Asja auch einmal etwas Gutes für andere tun. Der Gedanke erfüllte sie mit Freude, die noch größer wurde, als sie durch Zufall den Namen des Patienten erfuhr.

»Und du bist dir wirklich sicher, dass es sich dabei um Lotta handelt?«, hakte Leona nach, als Asja ihr davon erzählte.

»Ich konnte es selbst kaum glauben«, meinte Asja. »Die Tür zum Behandlungszimmer war lediglich angelehnt. Ich konnte jedes Wort verstehen. Lottas Name ist zwar nur ein einziges Mal gefallen. Aber ich bin mir trotzdem hundertprozentig sicher, dass die beiden Ärzte sich über sie unterhalten haben.« Sie warf Leona einen nachdenklichen Blick zu. »Ich frage mich gerade, wie es Lotta und ihren Eltern geht. Ob sie schon benachrichtigt wurden?«

»Soviel ich weiß, muss Lotta sich demnächst einer hochdosierten Chemotherapie in Kombination mit einer Ganzkörperbestrahlung unterziehen«, entgegnete Leona. »Dabei werden die kranken Zellen zerstört und gleichzeitig wird das Abwehrsystem unterdrückt, um Abstoßungsreaktionen nach der Transplantation zu vermeiden.«

»Ich meinte eigentlich, ob sie …, ob man ihnen …«, druckste Asja verlegen herum.

Der Gedanke schien Leona bislang gar nicht gekommen zu sein. »Du meinst, ob sie wissen, dass du diejenige bist …?«

Leona hatte kaum ausgesprochen, als sich eine flammende Röte auf Asjas Gesicht auszubreiten begann. »Vergiss es!«, wehrte sie verlegen ab.

»Warum?«, fragte Leona überrascht. »Ich sehe keinen Grund, es ihnen nicht zu sagen.«

»Aber ich. Am Ende fühlen sich Lottas Eltern mir gegenüber zu Dank verpflichtet. Dabei bin ich doch diejenige, die dankbar sein sollte«, sprudelte es aus Asja heraus. »Darüber endlich etwas Gutes für andere tun zu können. Dann komm ich mir nicht mehr ganz so nutzlos vor.«

Das musste Leona erst einmal verdauen. »Du bist doch nicht nutzlos«, beeilte sie sich zu versichern.

»Und ob ich das bin«, beharrte Asja. »Sieh mich nur an. Ich kann ja nicht einmal etwas zu meinem Lebensunterhalt beisteuern. Das Einzige, wozu ich in der Lage bin, ist, dir auf der Tasche zu liegen und deine Zeit für mich zu beanspruchen.«

So hatte Leona das Ganze noch nie betrachtet, und sie wollte es auch nicht einfach so stehen lassen. »Du liegst mir weder auf der Tasche noch stiehlst du mir meine Zeit«, stellte sie klar. Allein die Vorstellung, dass sie so empfinden könnte, war absurd, und sie konnte ihre Betroffenheit darüber kaum verbergen. Offenbarte Asjas Eingeständnis ihr doch, wie es in Wirklichkeit in ihr aussah. Wenngleich sie sich tapfer bemühte, sich nichts davon anmerken zu lassen. Leona fragte sich, wie sie derart blind hatte sein können. Und wie sie Asja helfen konnte, damit umzugehen. »Hab ich dir eigentlich schon mal gesagt, wie froh und dankbar ich bin, dass es dich gibt?«

Asja schluckte. »Das sagst du jetzt nur, um meine Schuldgefühle nicht noch zu verstärken.«

»Traust du mir das wirklich zu?«

Leonas Frage beschämte Asja. »Natürlich nicht. Ich weiß durchaus zu schätzen, was du für mich tust.«

Leona konnte sie damit nicht überzeugen. »Aber?«

»Nichts aber«, entgegnete Asja, um im gleichen Atemzug hinzuzufügen, dass sie es selbst nicht wisse. »Es ist mehr ein Gefühl. Etwas, was mir sagt, dass du nur deshalb so nett zu mir bist, weil ich dir leidtue. Wegen dem, was ich durchgemacht habe.«

»Natürlich hast du mir leidgetan«, räumte Leona ein. »Wenn du allerdings glaubst, dass ich dich allein aus Mitleid bei mir aufgenommen habe, dann täuschst du dich. Ich habe es auch für mich getan. Damit mir die Decke nicht auf den Kopf fällt. In diesem großen leeren Haus, das voller schmerzlicher Erinnerungen ist. Im Grunde genommen hätte Jenny keinen besseren Zeitpunkt für ihren Anruf wählen können. Auch wenn ich anfangs meine Bedenken hatte«, gestand Leona freimütig ein. »Doch dann standen wir uns gegenüber.« Sie räusperte sich. »Und ich konnte gar nicht anders, als dich gern zu haben. Vielleicht war es ja Vorsehung, dass unsere Wege sich gekreuzt haben«, sprach Leona aus, was sie bisher lediglich gedacht hatte. »Endlich gab es jemanden, mit dem ich reden konnte. Du hast meinen Blick für das Wesentliche geschärft und mir klargemacht, dass es auch noch anderes im Leben gibt, als in Selbstmitleid zu zerfließen. Mit dir kann ich über alles reden. Selbst über Dinge, die ich sonst niemandem anvertraue.« Leona sah Asja in die Augen. »Weißt du eigentlich, wie gut es tut, jemanden zu haben, der einfach nur da ist und zuhört. Schon allein dafür kann ich dir gar nicht genug danken. Oder all die Abende, an denen ich müde von der Arbeit nach Hause kam und du mich mit einer warmen Mahlzeit erwartet hast. Ist das etwa nichts? Es ist ja nicht so, dass du mir nicht auch etwas zu geben hättest. Etwas, was weitaus wertvoller ist als alles Geld der Welt: deine Freundschaft.« Ihre Worte zauberten ein zaghaftes Lächeln auf Asjas Gesicht.

»Du bist mir inzwischen so lieb und vertraut«, fuhr Leona fort, »dass ich gar nicht daran denken darf, was sein wird, wenn du irgendwann wieder aus meinem Leben verschwindest.« Als hätte es dafür noch eines Beweises bedurft, ging Leona auf Asja zu und schloss sie in ihre Arme.

Asja erwiderte ihre Umarmung mit einem erleichterten Seufzer. »Ich hoffe, du kannst mir noch einmal verzeihen.«

»Nur wenn du mir versprichst, dein Licht fortan nicht mehr unter den Scheffel zu stellen, hörst du? Es gibt keinen Grund, dich kleiner zu machen, als du bist. Immerhin erhält durch dich ein anderer Mensch die Chance auf ein zweites Leben«, kam sie auf die bevorstehende Knochenmarkspende zurück. »Hast du noch einmal darüber nachgedacht, Lottas Eltern an deinem Wissen teilhaben zu lassen?« Leona hatte kaum ausgesprochen, als ihr noch etwas einfiel. »Apropos Eltern: Hab ich dir eigentlich schon erzählt, dass Lotta adoptiert wurde?«

»Macht das einen Unterschied?«

»Natürlich nicht«, beeilte Leona sich zu sagen. »Ich wollte nur, dass du es weißt. Für den Fall, dass es mal zur Sprache kommt.«

»Du meinst, falls ich mich doch dafür entscheiden sollte, ihnen reinen Wein einzuschenken?«

Während Leona nickte, konnte sie sehen, wie es hinter Asjas Stirn arbeitete, wie sie mit sich rang. »Dann sag es ihnen halt«, gab Asja ihren Widerstand auf.

Ihre Worte ließen Leona zum Telefonhörer greifen. Wenig später hatte sie ihren Chef am Apparat. Wie sich herausstellte, war er bereits darüber informiert worden, dass man einen geeigneten Spender für Lotta gefunden hatte. Allerdings ohne zu wissen, um wen es sich dabei handelte. Als Leona ihn darüber aufklärte, war seine Freude so groß, dass er sich am liebsten gleich ins Auto gesetzt hätte, um vorbeizukommen und die Spenderin persönlich kennenzulernen. Am Ende vereinbarten sie, sich am nächsten Tag bei ihm zu Hause zu treffen.

17

Das Haus, in dem Pieter und Mia Ahlsen zusammen mit ihrem Töchterchen wohnten, lag in dem malerischen Fischerdörfchen Wieck, direkt vor den Toren der Hansestadt Greifswald. Auf dem Weg dorthin stand Leona plötzlich wieder jener Abend vor Augen, an dem Cemal sie im vergangenen Herbst zum Abendessen in ein Hotel am Wiecker Hafen eingeladen hatte. Obwohl es noch gar nicht lange her war, kam es ihr wie eine gefühlte Ewigkeit vor.

Von der Erinnerung eingeholt, sah Leona sich im Wintergarten des »Utkiek« sitzen. Kerzenschein und ein Glas Wein hatten für eine romantische Stimmung gesorgt. Dazu kam die herrliche Aussicht, die sich ihnen von ihrem Platz aus auf die Skulpturengruppe der »Drei Weisen« sowie den Greifswalder Bodden geboten hatte. Es war ein wunderschöner Abend gewesen, der Leona für immer im Gedächtnis bleiben würde. Ohne es zu merken, stieß sie einen tiefen Seufzer aus.

»Alles gut?«, erkundigte Asja sich besorgt.

Leona nickte. »Ich musste nur gerade an Cemal denken. Daran, dass er mich vor gar nicht allzu langer Zeit hierher zum Abendessen eingeladen hat.« Als Dankeschön für meine Hilfe, fügte sie in Gedanken hinzu.

»Tut mir leid, ich wollte nicht …«

»Schon gut.« Leona winkte müde ab. »Du konntest nicht wissen, welche Erinnerungen mich mit diesem Ort verbinden. Außerdem ...«

Statt weiterzureden, deutete Leona auf ein futuristisch anmutendes Bauwerk, das in diesem Moment vor ihnen auftauchte. Es lag auf einer kleinen Anhöhe inmitten eines großen Grundstücks und bot einen beeindruckenden Blick auf den Greifswalder Bodden. »Wir sind da«, verkündete sie.

»Nicht schlecht«, zeigte Asja sich beeindruckt. »Und bestimmt auch nicht billig.«

Bevor sie das Thema vertiefen konnten, öffnete sich das schmiedeeiserne Gartentor und gab den Weg auf eine gepflasterte Zufahrt frei. Kurz darauf standen sie Pieter Ahlsen und dessen Frau gegenüber.

*

Mia Ahlsen trug ein schlichtes hellblaues Etuikleid und strahlte übers ganze Gesicht. Nachdem sie Leona begrüßt hatte, wandte sie sich Asja zu. »Ich kann Ihnen gar nicht sagen, wie dankbar ich Ihnen bin. Frau ...?«

»Teutsch«, sagte Asja, der Mia Ahlsens Worte sichtlich unangenehm waren. »Das ist doch selbstverständlich. Sie können mich übrigens Asja nennen. Ich meine, in Anbetracht der Umstände ...«

»Ich bin Mia.« Sie trat einen Schritt beiseite. »Bitte, kommt herein. Sie ..., du«, verbesserte sie sich, »willst sicher mal einen Blick auf Lotta werfen?«, erkundigte sie sich. Sie war sichtlich angespannt.

»Das wäre schön«, pflichtete Asja ihr bei.

»Mal sehen, ob sie schon munter ist«, sagte Mia und führte ihre Besucher ins Wohnzimmer.

Wenig später stand Asja vor einem mit sonnengelber Spitze verzierten Stubenwagen. »Das ist Lotta«, verkündete Mia mit nicht zu überhörendem Stolz. »Und das hier«, sagte sie, als sie die Kleine hochnahm, die inzwischen von ihrem Mittagsschlaf erwacht war, und sie ihrem Gast in die Arme legte, »ist Asja. Sie ist gekommen, weil sie dir helfen möchte. Ich …« Plötzlich füllten sich ihre Augen mit Tränen. Mia versuchte, sie mit einem tapferen Lächeln wegzublinzeln. Ihr Gefühlsausbruch ließ erahnen, unter welch enormem Druck sie stand. Daran konnte auch ihre zur Schau getragene Fröhlichkeit nichts ändern. Sie war außer sich vor Sorge um ihr Kind. Denn noch stand ja nicht fest, ob die Behandlung tatsächlich anschlagen würde. Was, wenn nicht? Eine Frage, die sich Asja schon mehrfach gestellt hatte. Allerdings ohne eine Antwort darauf zu finden. Von daher konnte sie gut nachvollziehen, wie es in Mia aussehen musste. In diesem Moment machte Lotta sich an den Knöpfen ihrer Bluse zu schaffen. Diese Handlung hatte etwas so eigentümlich Vertrautes an sich, dass Asja plötzlich ein heftiges Ziehen in ihrer Brust verspürte. Irgendetwas ging von der Kleinen aus, dem sie sich nur schwer entziehen konnte und das sie nie zuvor derart intensiv empfunden hatte. Auch nicht in Oles Gegenwart. Als könnte Lotta spüren, welche Gefühle sie in ihr ausgelöst hatte, hob sie den Kopf und sah Asja direkt an. Während ihre Blicke ineinander versanken, begann sich in Asja, ganz schwach eine Erinnerung zu regen. Sie hätte nicht sagen können, um was es dabei ging, sie wusste nur, dass es etwas mit der Farbe von Lottas Augen zu tun hatte: dunkelbraun wie Walnüsse. Sie war so in ihren Anblick vertieft, dass sie kaum mitbekam, dass die anderen sie unverhohlen anstarrten.

»Lotta scheint dich ja mächtig zu beeindrucken«, riss Leonas Stimme sie aus ihrer Versunkenheit. Es dauerte einen Moment, bis der Sinn ihrer Worte wirklich zu Asja durchdrang. Während sie langsam den Kopf hob, ging eine besorgniserregende Veränderung mit ihr vor. Asja hatte das Gefühl, dass die Wände auf sie zukamen und ihr die Luft zum Atmen nahmen. Sie erbleichte und griff sich mit der Hand an den Hals.

Im Nachhinein konnte Asja sich nur noch daran erinnern, dass Leona ihr Lotta aus dem Arm genommen und sie zum nächstbesten Stuhl geleitet hatte. Dort war sie kraftlos in sich zusammengesackt.

»Du siehst sehr blass aus. Geht es dir nicht gut?«, hatte Leona sich besorgt erkundigt. Bevor Asja etwas darauf erwidern konnte, war es schwarz um sie herum geworden. Das Letzte, was sie gehört hatte, waren Mias Rufe nach einem Glas Wasser gewesen. Dann hatte sie die Besinnung verloren.

Als sie wieder zu sich kam, lag sie auf einer Couch. Im Sessel neben ihr saß Leona und musterte sie mit sorgenvoller Miene.

»Was ist geschehen?«

»Du bist ohnmächtig geworden.«

»Es tut mir so leid«, hörte sie Mia aus dem Hintergrund sagen. »Ich hatte ja keine Ahnung, durch welche Hölle du gegangen bist.«

Ihre Worte ließen nur einen Schluss zu. »Hast du ihr etwa …?«

Leona nickte. »Ich hoffe, du hast nichts dagegen, dass ich ihr davon erzählt habe«, meinte sie. »Immerhin steht bei dem Ganzen ja nicht nur Lottas Gesundheit auf dem Spiel, sondern auch deine.« Deutlicher hätte sie ihre Besorgnis nicht zum Ausdruck bringen können.

»Keine Angst, ich schaff das«, gab Asja sich zuversichtlich.

Eine halbe Stunde später saß sie den anderen schon wieder bei Kaffee und Kuchen auf der Terrasse gegenüber. Lotta lag in ihrem Stubenwagen und schlief. Obwohl Asja sie nicht sehen konnte, wanderte ihr Blick regelmäßig in die Richtung, in der sie sie vermutete. Sie konnte sich selbst nicht erklären, was vorhin mit ihr los gewesen war. Sie wusste nur, dass Lotta irgendeine Saite in ihr zum Klingen gebracht hatte, von der sie bisher nichts gewusst hatte: Muttergefühle. Die Kleine hatte etwas an sich, dem sie sich einfach nicht entziehen konnte. Etwas, was tief in ihr verborgene Empfindungen an die Oberfläche geholt hatte. Kein Wunder, dass sie der am Tisch stattfindenden Unterhaltung lediglich mit halbem Ohr lauschte. Erst als die Gespräche sich um das Thema Adoption drehten, war sie wieder ganz bei der Sache.

18

Auf der Heimfahrt gab Leona sich ungewohnt schweigsam. Asja musste sie nur anschauen, um zu wissen, dass ihre Gedanken weiterhin um Lotta kreisten: um ihre Adoption und das, was die Ahlsens darüber zu berichten wussten. Obwohl Leona versucht hatte, sich nichts anmerken zu lassen, war es Asja nicht verborgen geblieben, dass ihr das Thema an die Nieren ging. Was bei ihrer Vorgeschichte ja auch nicht verwunderte. »Hast du eigentlich schon mal über eine Adoption nachgedacht?«, erkundigte sie sich vorsichtig.

»Ja, mehrfach sogar«, gestand Leona.

»Und?«

»Ich weiß auch nicht.« Für einen Moment verlor ihr Blick sich in weiter Ferne. »Einerseits wäre es die Chance, auf die ich so lange gewartet habe.«

»Andererseits …?«, drängte Asja sie, fortzufahren.

Plötzlich wirkte Leona verunsichert. »Na ja, ich meine, es geht dabei ja nicht nur um mich und meine Gefühle, sondern auch um die des Kindes. Eines Kindes, von dem ich nicht das Geringste weiß. Weder über seine Herkunft noch darüber, wie es sich entwickeln wird.«

»Ich kann deine Bedenken nachvollziehen. Trotzdem glaube ich, dass du es versuchen solltest«, entgegnete Asja, die noch einen Schritt weiterdachte. »Du hast schließlich nichts zu verlieren. Es sei denn …«

»Es sei denn, was?«, hakte Leona nach, als Asja keine Anstalten machte, weiterzusprechen.

»Es sei denn, du verfolgst bereits eine andere Strategie«, tastete Asja sich behutsam an das heikle Szenario heran, das ihr vor Augen stand.

Leona runzelte die Stirn. »Ich fürchte, ich verstehe nicht ganz.«

»Wirklich nicht?«

Es dauerte einen Moment, bis Leona begriff. Bis ihr aufging, dass Asja damit auf ihr Verhältnis zu Peer anspielte. Sie schüttelte mit ungläubiger Miene den Kopf.

»Die Liebe geht oft seltsame Wege«, gab Asja zu bedenken. »Manchmal auch über das Herz eines Kindes«, meinte sie unter Verweis auf Ole. »Ich habe schließlich Augen im Kopf.«

»Was soll das heißen?«, empörte Leona sich. »Ich meine, willst du mir etwa unterstellen, dass ich …?«

»Ich will dir gar nichts unterstellen«, versuchte Asja, die Wogen zu glätten. »Ich will damit nur sagen, dass ich das, was sich zwischen dir und Peer anzubahnen scheint, mit Sorge sehe.«

Leona zuckte zusammen, wie ein Kind, das bei etwas Verbotenem ertappt wurde. »Was? Ich meine, wie kommst du denn darauf? Ich würde Marlies doch niemals …«

»Niemals was? Ihr den Mann ausspannen? Aber das weiß ich doch«, versicherte Asja. »Die Frage ist, ob Peer das ebenfalls so sieht. Es ist schließlich nicht zu übersehen, welche Absichten er mit seinen Besuchen bezweckt.« Nun war es heraus. Das, was ihr seit Langem auf der Seele brannte, endlich in Worte gefasst. Leonas bestürzter Gesichtsausdruck zeigte Asja, dass sie mit ihrer Vermutung ins Schwarze getroffen hatte.

»Allein schon, wie er dich ansieht«, unterstrich sie ihre Befürchtungen. »Wenn es nach ihm ginge …«

»Dir ist aber klar, dass dazu immer zwei gehören?«, wurde sie von Leona unterbrochen.

»In dem Fall sogar drei«, ergänzte Asja. »Peer ist schließlich nicht dumm. Ihm ist bewusst, dass du alles für Ole tun würdest.«

»Nicht alles«, widersprach Leona. »Und ich bin mir sicher, dass Peer das auch weiß.«

»Trotzdem nimmt er es billigend in Kauf«, bekräftigte Asja. »Sonst würde er sich nicht so schamlos an dich heranmachen.« Was Asja dabei nicht aussprach, war die Tatsache, dass seine Bemühungen zu fruchten schienen. Allerdings würde Leona das weder ihr gegenüber noch vor sich selbst jemals eingestehen. Umso wichtiger erschien es Asja, sie vor einer Dummheit zu bewahren. »Was, wenn Marlies plötzlich aus den Koma aufwacht?«, gab sie ihr zu bedenken. Peers Verhalten ließ sie davon ausgehen, dass er daran bislang keinerlei Gedanken verschwendet hatte. Genauso wenig wie an die Frage, in welche Situation er Leona damit brachte. Was es für sie bedeuten würde, sich Ole zuliebe mit ihm einzulassen. Und das nicht allein wegen ihrer Schuldgefühle gegenüber Marlies. Das Ganze war von vorneherein zum Scheitern verurteilt. Selbst wenn Marlies nie mehr aufwachte. An Peers Seite würde Leona niemals das Glück finden, das sie Asjas Meinung nach verdiente. Deshalb gab es für Asja auch nur einen Weg, um sie davon abzuhalten: Sie musste ihr eine Alternative aufzeigen. Sie dazu bewegen, in die Offensive zu gehen. Wenn Leona sich dazu entschloss, ein Kind zu adoptieren, hätte Peer kein Druckmittel mehr gegen sie in der Hand, und Leona könnte sich endlich ihren Traum erfüllen, ohne dabei ihren Prinzipien untreu werden zu müssen. Leona schienen ganz ähnliche Gedanken durch den Kopf zu gehen, denn als Asja sie im Verlauf des Abends nochmals auf das Thema ansprach, schien sie damit offene Türen bei ihr einzurennen.

»Ich hab noch mal über deine Worte nachgedacht«, sagte Leona. »Darüber, was du über Peer gesagt hast.« Es folgte eine kurze Pause. »Und ich denke, du hast mich vor einer großen Dummheit bewahrt«, gestand sie Asja und damit auch sich selbst ein.

Asja stieß einen erleichterten Seufzer aus. »Was hast du jetzt vor?«

»Ich habe mich dazu entschlossen, deinen Rat zu befolgen.«

»Sicher?«

»So sicher, dass ich gerade mit Mia Ahlsen telefoniert habe. Sie versprach mir, den Kontakt zu der Kinderwunschklinik herzustellen, die ihnen Lotta vermittelt hat.«

Was dabei herauskam, klang so vielversprechend, dass Leona gleich am nächsten Morgen einen Termin mit dem von Mia benannten Ansprechpartner vereinbarte. Er hieß Doktor Urban und war Mia von einer Bekannten empfohlen worden. Eine Wahl, die sich ihren Worten zufolge bewährt hatte.

19

Obwohl ihr Weg sie schon des Öfteren nach Georgien geführt hatte, war Erica immer wieder beeindruckt von der Schönheit des zwischen der Schwarzmeerküste und den Südhängen des Kaukasus gelegenen Landes. Jenseits der von Schlaglöchern übersäten Straßen gab es hier noch jede Menge unberührter Natur, gepaart mit einer lebendigen Kultur, die von weltoffenen und freundlichen Menschen geprägt war.

Während sie an samtgrünen Hängen vorbeifuhren, kamen ihnen mehrere zerbeulte Pkws entgegen, darunter ein rostiger Minibus. Die nächste Überraschung war eine mitten auf der Fahrbahn stehende Kuhherde. Falls es überhaupt Verkehrsregeln gab, dann nur auf dem Papier. Dafür wurde man mit atemberaubenden Ausblicken belohnt. Obwohl Georgien inzwischen als sicheres Reiseland galt, verirrte kaum einer ihrer Landsleute sich hierher. Zu tief saß die Erinnerung an ethnische Konflikte und den Bürgerkrieg, in dem die Menschen nach der Wende gegeneinander gekämpft hatten. Dabei gab es weit schlechtere Gegenden auf der Welt.

Der Tag ging bereits in den Abend über, als Erica und ihr Sohn Raffael, mit dem sie seit einiger Zeit auch eine berufliche Partnerschaft verband, endlich ihr im Herzen von Kutaissi gelegenes Hotel erreicht hatten. Hinter ihnen lag eine lange und anstrengende Autofahrt, und sie freuten sich auf eine kühle Dusche. Nachdem sie ihren Transporter in der Tiefgarage geparkt hatten, begaben sie sich zur Rezeption. Erica und ihr Sohn waren hier schon mehrfach für eine Nacht abgestiegen. Immer dann, wenn es ihr Einsatzplan erforderlich machte.

Meist erfuhren sie erst kurz zuvor, wohin die Fahrt ging. Wie immer waren die Zimmer im Voraus gebucht und bezahlt worden. Sie mussten nur noch einchecken. Danach stand einem wohlverdienten Feierabend nichts mehr entgegen. Nachdem Erica geduscht und ihre durchgeschwitzten Sachen gegen ein leichtes Sommerkleid eingetauscht hatte, ging sie in die Hotellobby hinunter, wo sie bereits von ihrem Sohn erwartet wurde. Auch er hatte sich frischgemacht und ein kurzärmeliges Shirt übergestreift, das er zu einer über den Knien abgeschnittenen Jeans trug. Sie warf ihm einen liebevollen Blick zu. Raffael war ein unauffälliger junger Mann. Zumindest nach außen hin. Dabei hatte es in der Vergangenheit Zeiten gegeben, in denen ihr Verhältnis auf eine harte Bewährungsprobe gestellt worden war. Damals, als er an die falschen Freunde geraten war und mit Drogen und Alkohol Bekanntschaft geschlossen hatte. Als Erica davon erfahren hatte, war für sie eine Welt zusammengebrochen. Trotzdem hatte sie nichts unversucht gelassen, um ihn wieder auf den rechten Weg zu bringen. Sie hatte so lange auf ihn eingeredet, bis er versprochen hatte, sich einer Therapie zu unterziehen. Doch noch bevor es dazu gekommen war, war etwas geschehen, was ihr beider Leben für immer verändern sollte und Raffael dazu veranlasste, fortan einen großen Bogen um jegliche Form von Alkohol und Drogen zu machen. Inzwischen war er fast ein halbes Jahr clean. Auch wenn der Preis, den er dafür gezahlt hatte, hoch war. So hoch, dass er ein Leben lang unter den Konsequenzen zu leiden haben würde. Genau wie sie.

Erica zwang ihre Gedanken auf den vor ihnen liegenden Abend zurück. Ihr Ziel war eine unweit der Bagrati-Kathedrale gelegene Gaststätte, in der sie eine Kleinigkeit zu Abend essen wollten. Kurz nachdem sie ihr in der Nähe der Weißen Brücke gelegenes Hotel verlassen hatten, gelangten sie in das historische Stadtzentrum. Es bestand aus einem Gewirr kleiner Gassen und einstöckiger Gebäude, denen man ansah, dass sie vor nicht allzu langer Zeit restauriert worden waren.

Es war gegen halb acht, als sie die Gaststätte erreichten und sich an einem der davor aufgestellten Tische niederließen, um ihre Bestellung aufzugeben. Die Speisekarte bot eine vielfältige Auswahl an Gerichten. Sie entschieden sich für Teigtaschen, deren Füllung aus Hackfleisch und Gemüse bestand, sowie für ein mit Käse gefülltes Fladenbrot. Während Raffael sich mit einem Orangensaft begnügte, bestellte sich seine Mutter, der der Sinn nach einem trockenen Rotwein stand, ein Glas Mukuzani.

Das Essen war so reichhaltig, dass sie beschlossen, sich danach ein wenig die Füße zu vertreten. Obwohl die Sonne schon untergegangen war, war es noch immer angenehm warm. Ihr Spaziergang führte sie an dicht bevölkerten Straßen und Plätzen vorbei. Je weiter sie die historische Altstadt hinter sich ließen, desto mehr lichteten sie sich. Sie folgten keinem Ziel, ließen sich einfach treiben. Und entfernten sich dabei immer weiter vom Zentrum.

Irgendwann fanden sie sich in einer schmalen, menschenleeren Gasse wieder, die lediglich von ein paar schummrigen Straßenlampen erhellt wurde. Die Gegend machte einen heruntergekommenen Eindruck. Kein Ort, an dem man sich um diese Zeit aufhalten sollte. Noch dazu als Tourist. Es sei denn, man legte Wert darauf, ausgeraubt oder anderweitig belästigt zu werden. Als hätte es dafür eines Beweises bedurft, huschte direkt vor ihnen eine Ratte über den Gehweg. Es roch nach Fäulnis und Verwesung. Eine Mischung, die nicht nur Erica, sondern auch ihren Sohn erschauern ließ. »Lass uns lieber zurückgehen«, hörte sie ihn sagen. In diesem Moment wurde ein paar Häuser weiter eine Haustür aufgerissen, und zwei dunkel gekleidete Gestalten erschienen in ihrem Blickfeld. Sie waren beide groß und bullig. Unvermittelt zog Raffael seine Mutter in den nächstbesten Hauseingang. Von dort aus konnten sie die Straße überblicken, ohne dabei Gefahr zu laufen, von einem der Männer entdeckt zu werden. Obwohl deren Konturen mit der Dunkelheit zu verschmelzen schienen, entging es Erica nicht, dass einer von ihnen ein in eine Decke gehülltes Bündel in den Armen hielt. Bevor sie sich einen Reim darauf machen konnte, öffnete sich die Haustür erneut. Eine blasse junge Frau, die aussah, als ob sie sich kaum auf den Beinen halten konnte, und die am ganzen Körper zitterte, betrat die Szene. Sie trug eine abgewetzte Strickjacke und einen knöchellangen Rock unter dem ein paar flache Sandaletten hervorlugten. Obwohl ihr Gesicht verweint und verquollen wirkte, war die Frau hübsch. Erica beobachtete, wie sie den Kopf hob und sich suchend umsah.

Was dann geschah, ging rasend schnell. Die junge Frau, die plötzlich über ungeahnte Kräfte zu verfügen schien, stürzte sich wie eine Furie auf den Mann mit dem Bündel und versuchte, es ihm zu entreißen. Es kam zu einem Gerangel, in dessen Verlauf es der Frau gelang, einen Zipfel der Decke zu erhaschen, in die das Bündel eingewickelt war. Darunter kam ein von schwarzem Flaum umhülltes Köpfchen zum Vorschein und ein zum Schreien geöffneter Mund. Schnell presste der Mann dem sich in seinen Armen windenden Säugling die Hand auf den Mund, um ihn zum Schweigen zu bringen. Dabei fiel Ericas Blick auf einen länglichen braunen Leberfleck auf der Wange des Kindes, das sie nun besser sehen konnte, da der Mann und die

Frau sich während ihres Gerangels in den Schein einer Straßenlaterne bewegt hatten. Die ganze Szene dauerte nur wenige Sekunden. Danach war alles wieder wie zuvor. Kein Schrei, kein Fleck. Nur ein von einer Decke zusammengehaltenes Bündel aus dem gedämpftes Wimmern drang. Inzwischen war es dem anderen Mann gelungen, der jungen Frau einen Arm auf den Rücken zu biegen und sie zurückzudrängen. Als sie ihm dabei das Gesicht zu zerkratzen versuchte, holte er aus und schlug sie mit der flachen Hand. Sie sank in sich zusammen und fiel auf die Straße. Für einen Moment hatte es den Anschein, als schaue sie direkt in Ericas und Raffaels Richtung. Spucke lief über ihr Kinn, und aus einer durch den Schlag verursachten Wunde tropfte Blut. Kein schöner Anblick. Doch die Frau schien nichts davon zu bemerken. Während sie sich mühsam aufzurappeln versuchte, zischte ihr der Mann mit dem Bündel hasserfüllt »Verpiss dich« zu.

Es war offensichtlich, dass er und sein Kumpan keinerlei Aufmerksamkeit auf sich ziehen wollten. Doch die junge Frau dachte nicht daran, aufzugeben. Stattdessen fiel sie vor den beiden Männern auf die Knie und verlegte sich auf verzweifeltes Flehen: »Bitte nicht!«, appellierte sie an deren Gewissen. »Nicht mein Baby! Es ist mein Ein und Alles. Bitte, nehmt es mir nicht weg. Ich gebe euch alles, was ich habe, aber lasst mir mein Kind!«

Ihre Worten brachten ihr nichts als Häme und Spott ein: »Was sollte eine wie du uns schon zu bieten haben?«, fuhr der größere der beiden Männer sie grob an. »Sieh dich doch an. Du hast ja nicht einmal genug Geld, um dich satt zu essen, geschweige denn, um noch ein hungriges Maul zu stopfen. Außerdem«, stelle er mit eisiger Stimme klar, »hatten wir eine Abmachung.« Wie zur Bestätigung drehte er seinen Kopf in Richtung der noch immer offen stehenden Haustür, durch die ein schwacher Lichtschein in die Gasse fiel. »Mit deinem Mann. Alles im Leben hat nun mal seinen Preis.« Auf seinem Gesicht breitete sich ein hämisches Grinsen aus. »Oder muss ich dich erst daran erinnern, dass er es war, der zu uns gekommen ist, um uns um Geld zu bitten? Damit ihr eure Mietschulden begleichen konntet«, sagte er und deutete mit dem Kopf auf das halb verfallene Gebäude hinter ihnen.

In diesem Moment kam ein verängstigt wirkender Mann mit blutunterlaufenen Augen und verstrubbelten Haaren aus dem Haus gelaufen und stürzte auf die junge Frau zu. »Komm, Nastjenka«, sagte er mit rauer Stimme und half ihr auf. »Komm wieder herein. Wir haben ihnen unser Wort gegeben. Sie …«, seine Stimme drohte zu brechen, und er schien den Tränen nahe zu sein, »tun nur ihre Pflicht.«

Nastjenka schüttelte seine Hand ab. »Wie kannst du so etwas sagen? Es ist doch auch dein Kind. Unser kleiner Sandro«, schluchzte sie. »Bitte, gebt ihn uns zurück. Wir werden das Geld schon irgendwie aufbringen.«

Es war ein letzter verzweifelter Appell. Aber die beiden Männer blieben unerbittlich, sie hatten schließlich einen Auftrag zu erfüllen. Ihre Mienen verrieten, dass nichts und niemand sie davon würde abhalten können, ihn auszuführen. Das schien Nastjenka zu spüren. Erica sah, wie sie sich mit hängendem Kopf und verdächtig zuckenden Schultern in die Arme ihres Ehemannes flüchtete. Ein weinendes Bündel Elend, das wohl nur noch von dem Wunsch beseelt war, das eigene Kind wieder in den Armen halten zu dürfen. Die beiden Männer nutzten die Gelegenheit, um sich an den verzweifelten Eltern vorbeizuschieben.

Kurz darauf waren sie mit der eindringlichen Warnung »Kein Wort zu niemandem« in der Dunkelheit verschwunden. Sie mussten nicht aussprechen, was die Eltern erwarten würde, wenn sie sich nicht daran halten sollten. Eine unmissverständliche Handbewegung quer über die Kehle reichte aus, um es zu verdeutlichen. Während ihre Schritte allmählich verhallten, wurden Erica und Raffael unfreiwillig Zeuge davon, wie die junge Frau aus ihrer Starre erwachte und ihren Mann mit heftigen Vorwürfen überschüttete. »Warum hast du nichts unternommen?«, fuhr sie ihn an. »Warum hast du sie gehen lassen?« Sie war außer sich vor Wut und Schmerz. Erica beobachtete, wie sie in ihrer Ohnmacht mit bloßen Händen auf ihren Mann eindrosch. »Sie haben unser Baby mitgenommen. Unseren kleinen Sandro! Wir werden ihn nie mehr wiedersehen. Nie mehr!« Ihre Stimme überschlug sich. »Ist dir das klar?«

Sie hatte kaum ausgesprochen, als auf der gegenüberliegenden Straßenseite ein Fenster aufgerissen wurde. Gleich darauf erschien das Gesicht eines alten Mannes, der sie verärgert anherrschte, endlich still zu sein.

Als wäre plötzlich alles Leben aus ihr gewichen, brach Nastjenka zum zweiten Mal an diesem Abend an der Brust ihres Mannes zusammen und ließ ihren Tränen freien Lauf. »Es tut mir leid, unendlich leid«, hörte Erica ihn mit brüchiger Stimme beteuern. »Aber was sollte ich denn tun?« Bevor er weitersprach, nahm er das Gesicht seiner Frau in seine Hände und zwang sie, ihn anzusehen. »Du weißt, dass ich keine andere Wahl hatte. Niemand, der sich mit diesen Leuten einlässt, hat die.« Während er das sagte, legte er ihr behutsam den Arm um die Schultern und schob sie vor sich her ins Innere des Hauses. Kurz darauf fiel die Tür hinter ihnen ins Schloss.

Nachdem Erica und ihr Sohn sich davon überzeugt hatten, dass die Luft rein war, verließen sie ihr Versteck und machten sich auf den Weg ins Hotel. Die ganze Zeit über sprach keiner von beiden ein Wort. Sie standen immer noch unter dem Eindruck dessen, was sich soeben vor ihren Augen abgespielt hatte. Fieberhaft überlegten sie, ob es nicht etwas gab, was sie tun konnten, um die Tragödie, deren unfreiwillige Zeugen sie geworden waren, ungeschehen zu machen. Dabei wussten sie ganz genau, wie illusorisch dieser Wunsch war.

20

Nachdem Leona mit Doktor Urbans Sekretärin einen Termin für den nächsten Tag vereinbart hatte, rief Jenny bei ihr an. »Ich wollte dir nur Bescheid geben, dass ich von meinem Chef grünes Licht für Asjas Zeichnungen bekommen habe«, meinte sie. »Sie werden morgen in der Ostseezeitung veröffentlicht, zusammen mit einem Fahndungsaufruf.«

»Das wird Asja bestimmt freuen«, zeigte Leona sich erleichtert.

»Mit dem Einwohnermeldeamt habe ich auch gesprochen«, fuhr Jenny fort. »Die zuständige Bearbeiterin hat mir versprochen, die Angelegenheit zu prüfen und mir danach Bescheid zu geben. Wenn alles nach Plan läuft, müsste ich die erforderlichen Papiere bald vorliegen haben. Vielleicht kann ich ein paar Tage freinehmen, um sie Asja persönlich vorbeizubringen. Natürlich nur«, beeilte sie sich hinzuzufügen, »wenn ich eure Pläne damit nicht durcheinanderbringe.«

»Du bist jederzeit willkommen«, sagte Leona, die sich über die Aussicht auf ein paar gemeinsame Tage mit Jenny freute. »Apropos Papiere: Hast du dich deswegen schon mit den russischen Behörden in Verbindung gesetzt?«

»Selbstverständlich. Allerdings liegt mir bislang kein Hinweis vor, dem ich nachgehen könnte«, räumte Jenny ein. »Asja scheint nicht in der Ukraine und auch in keinem der angrenzenden Staaten gemeldet zu sein. Jedenfalls nicht unter ihrem Mädchennamen.«

»Was hast du vor?«, fragte Leona in ein ziemlich langes Schweigen hinein.

»Als ich das letzte Mal mit Asja gesprochen habe, erwähnte sie, dass sie mit 17 Jahren in Kobuleti, einem Seebad im heutigen Georgien, war und sich dort in einen Schwerttänzer verliebt hat. Allerdings waren ihre Angaben mehr als vage. Sie wusste weder wie er hieß noch woher er stammte. Es dürfte also schwierig werden, ihn nach all den Jahren ausfindig zu machen«, gab sie zu bedenken. »Was natürlich nicht heißen soll, dass ich dieser Spur nicht trotzdem nachgehe. Ich melde mich, sobald es etwas Neues gibt«, versprach Jenny, bevor sie das Gespräch beendete.

21

Ein Blick in das übernächtigte Gesicht ihres Sohnes zeigte Erica, dass auch er keinen Schlaf gefunden hatte. »Ich hab die ganze Nacht über an diese Frau denken müssen«, sagte er, als sie am nächsten Morgen gemeinsam frühstückten.

Obwohl die Sonne schien und es angenehm warm war, fröstelte Erica bei der Erinnerung. »Ich weiß.« Sie nickte. »Mir ging es genauso.« Für einen Moment überlegte sie, ob sie noch etwas hinzufügen sollte, entschied sich dann aber dagegen. Es brachte nichts, sich mit fremdem Leid zu belasten. Sie hatten beide ihr eigenes Päckchen zu tragen.

Als hätte Raffael ihre Gedanken erahnt, wechselte er das Thema, indem er sich nach ihren heutigen Plänen erkundigte.

Kurz darauf befanden sie sich auf dem Weg zu dem am Stadtrand gelegenen Krankenhaus. Es war genauso grau und unscheinbar wie all die anderen, die sie in regelmäßigen Abständen anfuhren, um dringend benötigte Medikamente und Hilfsgüter vorbeizubringen. Sie arbeiteten für eine Hilfsorganisation, die es sich zur Aufgabe gemacht hatte, Menschen in Osteuropa mit Spendengeldern unter die Arme zu greifen. Im Laufe der Jahre war es dabei zu einer engen Zusammenarbeit zwischen den beteiligten Behörden gekommen. Ging es anfangs noch darum, Krankenhäuser zu unterstützen, hatte sich der Schwerpunkt mit der Zeit immer mehr auf die Vermittlung von Säuglingen und Kleinkindern verlegt, deren Mütter unverschuldet in Not geraten waren. Inzwischen gab es in fast jeder der von ihrer Hilfsorganisation betreuten Kliniken eine Anlaufstelle für Mütter, die sich mit dem Gedanken trugen, ihr Kind zur Adoption freizugeben. Die Gründe hierfür waren genauso vielfältig wie erschütternd. Meist handelte es sich um sehr junge Mädchen, die mit ihrer frühen Mutterschaft restlos überfordert waren. Oder um Frauen, die ohne festen Partner dastanden, die sich alleingelassen fühlten, ohne finanzielle Absicherung keine Zukunft für sich und ihr Kind sahen und die von ihren Familien keinerlei Unterstützung zu erwarten hatten. Manche von ihnen arbeiteten auch als Prostituierte und waren dabei ungewollt schwanger geworden. Oder das Kind war die Folge einer Vergewaltigung. Daneben gab es eine Reihe von alkoholabhängigen Müttern, die es nicht schafften, sich angemessen um ihren Nachwuchs zu kümmern.

Erica und ihrem Sohn war versichert worden, dass jeder dieser Fälle sorgfältig geprüft und eine für beide Seiten akzeptable Lösung gefunden würde. Was im Klartext nichts anderes bedeutete, als dass ein Großteil der Kinder nach der Einwilligung durch ihre Mütter zur Adoption freigegeben wurde. Weil es in den Herkunftsländern oft schwierig war, geeignete Adoptiveltern zu finden, wurden die meisten von ihnen nach Westeuropa vermittelt, wo es genügend Paare gab, die den Kindern »zu einem besseren Leben« verhelfen wollten.

Häufig gab dabei die eigene Unfruchtbarkeit den Ausschlag für den Wunsch, ein fremdes Kind aufzunehmen. Allein in Deutschland blieb mittlerweile jede sechste Ehe ungewollt kinderlos. Kein Wunder, dass die Nachfrage weitaus größer war als das vorhandene Angebot. Inzwischen fand sich auf der Liste der von ihnen betreuten Krankenhäuser kaum noch eins, das ihnen nicht hin und wieder ein Kind mitgab. Sie sollten es dorthin bringen, wo es ein neues, unbeschwertes Leben ohne finanzielle Einschränkungen und sonstige Sorgen erwartete. So zumindest lautete die offizielle Version, mit der man Erica und ihren Sohn für eine Zusammenarbeit gewonnen hatte. Wobei »gewonnen« kaum der richtige Ausdruck war. Entweder sie taten, was von ihnen verlangt wurde, oder sie würden zum Schweigen gebracht werden. Auf dieselbe Art und Weise, auf die man sich schon Ericas Ehemannes entledigt hatte.

Der Gedanke ließ Erica erschauern, denn er machte ihr sehr deutlich bewusst, mit wem sie es zu tun hatten. Mit einer Organisation, die alles andere im Sinn hatte, als unverschuldet in Not geratenen Menschen zu helfen. Erica war mittlerweile davon überzeugt, dass die Hilfsorganisation nur als Deckmantel diente. Genauso wie die für die Krankenhäuser bestimmten Spenden. Sie sollten ihnen den Weg durch Behörden und Institutionen ebnen, hin zu ihrer wahren Bestimmung. Es war sinnlos, darüber nachzudenken, geschweige denn dagegen aufzubegehren. Es gab keine Alternative, hatte nie eine gegeben. Wer ausstieg, war schon so gut wie tot. Um sich davon zu überzeugen, musste Erica sich nur den Inhalt des Samtkästchens und die Bilder vor Augen rufen, die man ihr von ihrem verstorbenen Mann hatte zukommen lassen.

Also taten Erica und ihr Sohn, was von ihnen verlangt wurde. Für Erica, die bis vor Kurzem als Kinderärztin an der Charité gearbeitet hatte, bedeutete das, sich rund um die Uhr um die Kinder zu kümmern, die ihr von den Krankenhäusern anvertraut worden waren. Sie zu untersuchen und während der Fahrt nach Deutschland, für die wiederum Raffael zuständig war, zu betreuen und dafür zu sorgen, dass sie gesund und wohlbehalten an ihren Bestimmungsorten ankamen. Bislang hatte das reibungslos geklappt. Bis auf das eine Mal. Erica versuchte den Gedanken zu verdrängen. Dabei wusste sie genau, dass die Ereignisse sie spätestens in der kommenden Nacht heimsuchen würden. Als immer wiederkehrender Albtraum, der ihr Leben grundlegend verändert hatte und in dem sie und ihr Sohn den schmale Grat überschritten hatten und von Opfern zu Tätern geworden waren. Nicht, weil sie es so gewollt hätten, sondern weil es sich aufgrund einer Reihe von tragischen Verstrickungen so ergeben hatte.

»Wir sind da«, wurde sie von Raffael aus ihren düsteren Gedanken gerissen. Ein Blick aus dem Seitenfenster zeigte ihr, dass sie sich in einem von hohen Mauern umgebenen Innenhof befanden. Obwohl er relativ groß war, wirkte er auf Erica an diesem Morgen eng und bedrückend.

Sie wollten gerade aussteigen, als eine Krankenschwester herbeigeeilt kam, um die für ihr Krankenhaus bestimmten Hilfsgüter in Empfang zu nehmen. Nachdem Letztere den Besitzer gewechselt hatten, ging es weiter zur Kinderstation. Erica und ihr Sohn kannten den Weg, waren ihn in der Vergangenheit mehrfach gegangen. Aus Papieren, die ihnen die Krankenschwester bei ihrer Ankunft ausgehändigt hatte, ging hervor, dass diesmal drei Säuglinge auf sie warteten: zwei Mädchen und ein Junge mit schwarzem Flaumhaar und einem länglichen braunen Leberfleck auf der Wange. Sein Anblick ließ Erica für einen Moment den Herzschlag stocken. Sie hatte dieses Kind schon einmal gesehen. Gestern Abend erst, in jener dunklen Gasse, in die sie der Zufall, oder was auch immer, geführt hatte. Darum bemüht, sich vor der Krankenschwester nichts anmerken zu lassen, griff Erica nach der Akte, die zu Füßen des Jungen lag. Sie enthielt mehrere amtlich bescheinigte Dokumente, darunter die Geburtsurkunde und das Visum, das für die Einreise nach Deutschland benötigt wurde. Erica wusste, dass dessen Erteilung strengen Auflagen unterlag und ausschließlich dann erfolgte, wenn alle Vorschriften eingehalten worden waren. Sie hatte nie hinterfragt, woher all die Papiere kamen, geschweige denn wer für ihre Ausstellung verantwortlich war. Für sie und ihren Sohn hatte immer nur gezählt, dass sie damit unbehelligt durch sämtliche Grenzkontrollen kamen. Ihre diesbezüglichen Anweisungen waren sehr eindeutig. Dazu gehörte auch, sich sofort bei ihrem Kontaktmann zu melden, sobald sie in Deutschland waren. Erica kannte lediglich seine Stimme, sie wusste weder, wie er hieß, noch, wie er aussah. Dafür war er rund um die Uhr auf seinem Handy für sie erreichbar, um ihnen bei Fragen und Problemen beizustehen. Ohne ihn lief gar nichts. Das hatte er ihnen schon bei seinem ersten Anruf verdeutlicht.

Inzwischen hatte Erica das von ihr gesuchte Dokument gefunden. Sie überflog die Geburtsurkunde auf der Suche nach dem Namen des Jungen. Für einen Moment hatte sie tatsächlich geglaubt, dass dort Sandro stehen würde. So jedenfalls hatten seine Eltern ihn genannt. Stattdessen war dort »Georg Gelovani« vermerkt. Plötzlich hatte sie den Eindruck, die Mauern würden sich auf sie zubewegen und ihr die Luft zum Atmen nehmen. Erica presste ihre Lippen so fest aufeinander, dass nur noch ein blutleerer Strich zu sehen war. Sag jetzt bloß nichts Falsches, ermahnte sie sich. Ein Seitenblick auf Raffael zeigte ihr, dass auch er den Jungen wiedererkannte.

22

Als Leona am Morgen des nächsten Tages bei einer Tasse Kaffee die Ostseezeitung überflog, stieß sie auf den Fahndungsaufruf, den Jenny in die Wege geleitet hatte. Er stand im Lokalteil und enthielt Asjas Phantomzeichnungen. Endlich kam Bewegung in die Sache! Am liebsten hätte sie Asja sofort davon unterrichtet. Doch das war nicht möglich, weil Asja sich derzeit in Greifswald aufhielt. Leona hatte sie Anfang der Woche in die Uniklinik gefahren. Wenn nichts dazwischenkam, würde Lotta heute ihr Knochenmark übertragen bekommen.

Hoffentlich geht alles gut, schoss es Leona durch den Kopf, die dabei auch an die Ahlsens denken musste. Ihr Chef hatte sich ein paar Tage freigenommen, um in den entscheidenden Stunden bei seiner Familie zu sein. Leona wusste, dass seine Frau seit Tagen nicht von Lottas Seite gewichen war, und mochte sich lieber nicht ausmalen, wie die beiden sich fühlten. Welche Ängste sie gerade um das Leben ihres Kindes ausstanden. Denn noch war ja nicht gesagt, dass die Behandlung tatsächlich den gewünschten Erfolg brachte.

Bevor Leona wenig später das Haus verließ, um zu ihrem Termin mit Doktor Urban aufzubrechen, steckte sie die Zeitung in ihre Handtasche, um sie Asja mitzubringen, wenn sie sich das nächste Mal sahen. Aufgrund des anhaltend schönen Wetters beschloss sie, die paar

Meter bis zu der »Kinderwunschklinik plus« am Lobber Nordstrand zu Fuß zu gehen. Hatte Leona sich anfangs noch über diese Bezeichnung gewundert, wusste sie inzwischen, dass sich dahinter eine Kinderwunschklinik mit gleichzeitiger Adoptionsvermittlung verbarg. Ein Service, der deutschlandweit nur von insgesamt sechs solcher Kliniken angeboten wurde. Schon des Öfteren hatte sie ihr Weg daran vorbeigeführt, und es wäre ihr nie in den Sinn gekommen, hinter dem im Villenstil errichteten Komplex eine derartige Einrichtung zu vermuten. Das an den Strand angrenzende Grundstück war von einem schmiedeeisernen Zaun umgeben, dem sich eine gepflegte Rasenfläche mit gemütlichen Sitzgruppen und unter Sonnenschirmen gelegenen Liegen anschloss. Allerdings musste man lange nach einer geeigneten Stelle suchen, um einen Blick auf das Anwesen erhaschen zu können. Es war von dichten Heckenrosenbüschen und Rhododendren umstanden. Wer hier abstieg, wollte ungestört bleiben. Kein Wunder, dass Leona dem jenseits des Zaunes liegenden Komplex bislang kaum Aufmerksamkeit geschenkt hatte. Genauso wenig wie all den anderen Villen und Ferienwohnanlagen, die hier in den letzten Jahren aus dem Boden gestampft worden waren.

Es machte Leona hilflos und wütend, dass man dafür 85.000 Quadratmeter unberührter Natur geopfert hatte. Mit einem wehmütigen Lächeln musste sie daran denken, wie sie sich zusammen mit Rex, dem Dackel ihres verstorbenen Freundes Henning, der inzwischen bei Peers Vater untergekommen war, ihren Weg durch die

Wiesen und Felder hindurch zum Strand gebahnt hatte. Wenn Leona die Augen schloss, konnte sie das Bild noch immer vor sich sehen: ein Paradies für Bienen, Schmetterlinge und Vögel. Zum wiederholten Mal fragte sie sich, wie man so kurzsichtig sein konnte. Doch sobald Geld ins Spiel kam, schwand jegliche Vernunft dahin. Dabei war es lediglich eine Frage der Zeit, bis die Natur sich für den an ihr begangenen Raubbau rächen würde. Nur wäre es dann zu spät für Wiedergutmachung.

Inzwischen war sie an der Gartenpforte angelangt, hinter der ein von Rhododendren gesäumter Weg lag, der zu dem in der prallen Sonne liegenden Gebäudekomplex führte. Das Hauptgebäude erinnerte mit seinem geschmackvollen Walmdach und dem cremefarbenen Anstrich eher an ein kleines Schloss als an eine Klinik. Direkt daran angrenzend befanden sich zwei weitere Villen. Leona fiel auf, dass es weder Schilder noch Hinweistafeln gab, aus denen hervorging, was sich in den Gebäuden verbarg. Auch dem schlichten messingfarbenen Klingelschild waren keinerlei Informationen zu entnehmen. Nachdem sie den in der Gartensäule versenkten Klingelknopf gedrückt hatte, meldete sich eine Frauenstimme aus der Gegensprechanlage, um sich nach ihrem Anliegen zu erkundigen. Kurz darauf befand Leona sich auf dem Weg zur Anmeldung.

Um dorthin zu gelangen, musste sie eine mit karelischem Marmor ausgelegte Halle durchqueren, in der es angenehm kühl war. Wer auch immer für den Ausbau und die Einrichtung verantwortlich war, schien weder Kosten noch Mühen gescheut zu haben, um selbst höchsten

Ansprüchen gerecht zu werden. Großflächige Glasfenster, die von üppigen Grünpflanzen umrahmt wurden, verliehen dem Ganzen ein hotelähnliches Ambiente, das durch auf Sockeln ruhende Skulpturen und opulente Kronleuchter sowie vereinzelte Sitzgruppen verstärkt wurde. Wenig später wurde Leona von einer hübschen dunkelhaarigen Krankenschwester in Empfang genommen, die sie zu dem Büro von Doktor Urban brachte, das im Westflügel gelegen war. Vom Kinderwunsch anderer scheint man ganz gut leben zu können, ging es Leona durch den Kopf, als sie vor einer doppelflügeligen Tür stand, hinter der sich Doktor Urbans Allerheiligstes befand.

Nachdem seine Sekretärin sie angekündigt hatte, sah Leona sich einem großen, elegant gekleideten Mann gegenüber, der einen integren Eindruck auf sie machte. Diverse Urkunden und Diplome, die an der mit Holz getäfelten Wand hinter seinem Schreibtisch hingen, gaben Auskunft über seinen beruflichen Werdegang und bestärkten sie darin, die richtige Entscheidung getroffen zu haben.

Sichtlich geschmeichelt von dem seinen Auszeichnungen entgegengebrachten Interesse, räusperte Doktor Urban sich. Sein schwarzes, an den Schläfen leicht angerautes Haar war exakt gescheitelt und umgab ein schmales, charismatisches Gesicht. Er trug einen dunkelblauen Nadelstreifenanzug, den er mit einem weißen Hemd und einer farblich abgestimmten Krawatte kombiniert hatte. Wenn er seine Entscheidungen mit der gleichen Sorgfalt zu fällen pflegte, die er auf sein Äußeres verwandte, hatte Leona nichts zu befürchten.

Nachdem er sie mit einem gewinnenden Lächeln begrüßt und ihr angeboten hatte, auf dem Stuhl vor seinem Schreibtisch Platz zu nehmen, kam er ohne Umschweife zum Thema: »Sie wollen also ein Kind adoptieren?«

Seine Direktheit brachte Leona einen Moment aus der Fassung. Zumal er sich nicht einmal die Mühe machte, ihre Antwort abzuwarten, sondern gleich zur nächsten Frage überging, in der er sich nach den Gründen für diesen Schritt erkundigte.

Etwa eine halbe Stunde später wusste er alles Notwendige, um sich ein Bild von ihr und ihren Lebensumstände machen zu können. Er hatte in Erfahrung gebracht, wo sie arbeitete, was sie verdiente, kannte ihre Einstellung zum Thema Adoption und die Ursache für ihre ungewollte Kinderlosigkeit. Dass sie unverheiratet war und allein lebte, schien für ihn kein Grund zu sein, ihrem Kinderwunsch kritisch gegenüberzustehen. Leona konnte sich des Eindrucks nicht erwehren, dass ihn die finanzielle Seite wesentlich mehr interessierte als die menschliche. Zumindest kam er immer wieder darauf zu sprechen. Er war gerade dabei, ihr einen Überblick über die für sie anfallenden Kosten zu geben, als sein Smartphone zu klingeln begann. Leona sah, wie er die Stirn runzelte und den Anruf wegdrückte. Doch als es keine zwei Minuten später erneut klingelte, nahm er das Gespräch an.

*

»Urban.«

»Du musst mir helfen«, drang eine ihm wohlvertraute Frauenstimme an sein Ohr. Dass sie sich weder mit einer Begrüßung noch mit langen Vorreden aufhielt, alarmierte ihn. »Wobei?«

»Auszusteigen.«

Ihre Antwort machte ihn für einen Moment sprachlos. Er war nun nicht mehr verärgert, sondern bestürzt. »Was soll das heißen?«

»Ich glaube nicht, dass wir das am Telefon besprechen sollten.«

»Sondern?«

»Unter vier Augen. Deshalb rufe ich auch an. Um dich zu fragen, ob wir uns heute noch treffen können.«

Ihr drängender Tonfall veranlasste Urban, einen verstohlenen Blick auf seine Armbanduhr zu werfen. »Wann?«

»Ich könnte in einer halben Stunde da sein.«

»Also gut, dann komm halt vorbei.« Damit beendete er das Gespräch und ließ sich erschöpft in seinem Sessel zurücksinken.

*

Obwohl der Moment nur ein bis zwei Sekunden währte und er sich sichtlich darum bemühte, sich nichts von seinen Empfindungen anmerken zu lassen, entging es Leona nicht, wie angespannt er wirkte. »Wo waren wir stehen geblieben?«, fragte er zerstreut.

»Wir haben gerade über die Kosten gesprochen.«

Doktor Urban nickte. »Gut, dann wissen Sie ja jetzt darüber Bescheid, was auf Sie zukommt«, sagte er, bevor er sich danach erkundigte, auf wessen Empfehlung hin sie sich dazu entschlossen habe, seine Dienste in Anspruch zu nehmen.

Als er hörte, dass es sich dabei um Mia Ahlsen handelte, entspannten seine Gesichtszüge sich. Im Gegensatz zu Leona, die immer unruhiger wurde. Ihr Bauchgefühl sagte ihr, dass etwas ganz und gar nicht so war, wie es sein sollte. Aber vielleicht lag es auch nur daran, dass sie bei der Erwähnung von Mias Namen an Lotta denken musste. »Sie wissen ja sicher, dass ihre Tochter an Leukämie erkrankt ist«, entfuhr es ihr.

»Schlimme Sache«, zeigte Doktor Urban sich betroffen, um ihr im gleichen Atemzug zu versichern, dass ein solcher Fall bisher noch nie vorgekommen sei.

Doch Leona ließ sich nicht ablenken. »Darf ich fragen, woher die von Ihnen vermittelten Kinder stammen?«

Der plötzliche Themenwechsel veranlasste Doktor Urban, die Hände zu falten und sie einen Moment lang aus zusammengekniffenen Augen zu betrachten. »Aus Osteuropa«, sagte er schließlich.

»Auch aus der Ukraine?« Leona wusste selbst nicht, weshalb sie sich ausgerechnet nach diesem Land erkundigte. Es war wie eine Eingebung, die ihr gerade gekommen war. Täuschte sie sich, oder hatte Urbans Blick etwas Lauerndes? Bevor sie sich darüber klar werden konnte, erkundigte der Arzt sich danach, ob ihre Frage einen besonderen Grund habe.

»Es interessiert mich einfach.«

»Das kann ich gut verstehen. Trotzdem darf ich Ihnen keine Auskunft darüber erteilen.« Die Art und Weise wie er das sagte, machte deutlich, dass das Thema damit für ihn beendet war. Leonas skeptische Miene ließ ihn hinzufügen, dass sie sich keine Sorgen machen müsse. »Wir arbeiten schließlich mit Profis zusammen«, erklärte er und schob ihr ein Hochglanzprospekt über den Schreibtisch. »Vielleicht sollte ich in diesem Zusammenhang kurz auf unsere Partner zu sprechen kommen. Es handelt sich dabei um eine Hilfsorganisation, die ihren Sitz in Berlin hat und eng mit osteuropäischen Adoptionsvermittlungen zusammenarbeitet, staatlich anerkannten Vermittlungsstellen«, wie Urban betonte. »Ihr Ziel ist es, Kindern durch die Vermittlung in eine Adoptionsfamilie eine Zukunft zu geben, die sie sonst so wohl nicht hätten. Ich nehme an, Sie kennen das Prozedere und die damit verbundenen bürokratischen Hürden, die einer Adoption in Deutschland vorausgehen?«, erkundigte er sich.

Als Leona nicht gleich antwortete, fügte er hinzu: »Ich denke dabei vor allem an das Gesundheitszeugnis, den Einkommensnachweis und das polizeiliche Führungszeugnis. Nicht zu vergessen eine mehrseitige handschriftliche Begründung des Adoptionswunsches, verbunden mit einer Ortsbesichtigung sowie mehrere Gespräche mit Vertretern des Jugendamtes. Und dann wäre da auch noch das vom Gesetzgeber vorgeschriebene psychologische Gutachten. Ich könnte die Liste um etliche Punkte ergänzen. Was ich eigentlich damit sagen will, ist, dass Sie schon aufgrund Ihres Alters und Ihres Familienstandes schlechte Karten haben dürften, auf diesem Weg ein Kind zu adoptieren. Und selbst wenn es Ihnen gelingen sollte, den Sprung auf die Warteliste zu schaffen, müssten Sie sich noch zig Tests unterziehen und eine mehrjährige Wartezeit auf sich nehmen, bevor Ihrem Wunsch entsprochen werden würde. Inzwischen dürften Sie die 40 überschritten haben und …« Ein Blick auf Leona, die aussah, als wäre sie in den letzten Minuten um mehrere Zentimeter geschrumpft, ließ ihn innehalten. »Bitte verstehen Sie mich nicht falsch«, versuchte er, seine Worte zu relativieren. »Ich möchte Ihnen lediglich aufzeigen, was Sie bei dem Versuch erwartet, ein Kind aus Deutschland zu adoptieren.«

Leona nickte. »Aus dem Grund bin ich ja hier. Weil ich mir von Ihnen schnelle und unbürokratische Hilfe erhoffe.«

»Wobei es auch bei uns nicht ohne ein gewisses Maß an Bürokratie geht«, dämpfte der Arzt ihre Erwartungen. »Apropos Bürokratie«, sagte er und schob ihr einen Stapel mit Formularen zu, »ich muss Sie bitten, diese Papiere auszufüllen. Sobald das erledigt ist und Sie sich bei unserem Psychologen, mit dem meine Sekretärin gerne einen Termin für Sie vereinbart, vorgestellt haben, dürfte einer zeitnahen Adoption nichts mehr im Wege stehen.«

»Wie zeitnah?«

»Das hängt ganz davon ab, wie schnell wir ein passendes Kind für Sie finden.«

»Wer ist wir?«

»Unsere Partner, die Adoptionsvermittlungsagentur«, meinte Doktor Urban. Leona sah, dass er verstohlen auf seine Armbanduhr blickte und sich erhob. »Geben Sie mir einfach Bescheid, wenn Sie alles beisammen haben.« Er reichte ihr seine Visitenkarte. »Es hat mich gefreut, Ihre Bekanntschaft zu machen.«

23

Ein paar Minuten später stand Leona wieder auf der Straße und versuchte ihre Gedanken zu ordnen. Was Doktor Urban ihr über die von ihm vermittelten Adoptionen erzählt hatte, hatte sich in ihren Ohren vertrauenswürdig angehört. Genauso wie die Tatsache, dass er mit einer seriösen Auslandsadoptionsvermittlung zusammenarbeitete. Sie ärgerte sich, dass sie sich nicht nach deren Namen erkundigt hatte, denn dann hätte sie die Agentur vorab recherchieren und sich ein Bild von ihr machen können.

Während sie darüber nachdachte, näherte sich auf der nahe gelegenen Landstraße ein Krankenwagen. Kurz vor der Einmündung zum Rügenresort setzte er den Blinker und verlangsamte seine Fahrt. Als er bis auf wenige Meter an sie herangekommen war, erhaschte Leona einen Blick auf die Fahrerin. Sie kam ihr vage bekannt vor. Es dauerte einen Moment, bis ihr einfiel, woher. Sie hatte ihr Bild erst heute Morgen gesehen. In der Ostseezeitung. Die Erkenntnis versetzte ihr einen Adrenalinkick. Während sie ihr Handy hervorholte, beobachtete sie, wie der Krankenwagen in die Einfahrt zur Kinderwunschklinik einbog.

Leonas erster Gedanke war, die 112 anzurufen, um die Polizei von ihrer Entdeckung zu informieren. Ihr Zeigefinger schwebte bereits über dem Display, doch dann überlegte sie es sich im letzten Moment anders, öffnete ihre Kontakte und tippte Jennys Nummer an.

Nach dem dritten Klingeln sprang die Mailbox an, um ihr mitzuteilen, dass der gewünschte Gesprächspartner momentan nicht erreichbar sei. Als Leona daraufhin im Plauener Polizeirevier anrief, erfuhr sie, dass Jenny sich in einer Besprechung befand. Leona beschloss, ihr eine Nachricht auf der Mailbox zu hinterlassen und danach die Polizei in Kenntnis zu setzen. Doch bevor sie dazu kam, näherte sich ihr ein Polizeiauto. Ein kurzer Blick reichte aus, um zu erkennen, dass zwei Kollegen von Peer darin saßen. Der Beamte auf dem Beifahrersitz sprach gerade in ein Funkgerät, vermutlich mit der Zentrale. Wahrscheinlich hatte ihnen jemand anders schon den Tipp mit dem Krankenwagen gegeben, und sie waren gerade in der Nähe gewesen, weshalb sie so schnell vor Ort sein konnten. Das Auto verlangsamte seine Fahrt und bog in die Klinikeinfahrt ein. Sobald es zum Stehen gekommen war, stiegen die beiden Polizisten aus und rannten im Laufschritt auf das Hauptgebäude zu. Offensichtlich war Leona nicht die Einzige, die den Artikel gelesen und ihre Schlussfolgerungen daraus gezogen hatte. Plötzlich musste sie an den Anruf denken, den Doktor Urban in ihrem Beisein entgegengenommen hatte. Und an seine Reaktion darauf. Konnte es sein, dass …?

Das Klingeln ihres Handys riss sie aus ihren Gedanken. Es war Jenny. »Ich habe gerade gesehen, dass du mich anzurufen versucht hast. Was ist denn los?«

Nachdem Leona ihren Bericht beendet hatte, war es einen Moment lang still in der Leitung. Anscheinend brauchte Jenny etwas Zeit, um sich von ihrer Überraschung zu erholen. »Das klingt ja fast zu schön, um wahr zu sein«, meinte sie, nur um gleich darauf hinzuzufügen, dass es auch noch einen anderen Grund für die Anwesenheit der beiden Beamten geben könnte. »Was, wenn du dich täuschst, wenn sie gar nicht wegen der gesuchten Frau dort sind?«

»Das ist eine gute Frage«, musste Leona ihr recht geben. »Aber ich werde es herausfinden.«

»Und wie?«

»Indem ich hier so lange warte, bis die beiden Polizisten wieder herauskommen. Wenn sie die Frau bei sich haben, dann …«

Doch Jenny ließ sie nicht aussprechen. »Und was, wenn nicht?«

»Ich glaube nicht, dass das der Fall sein wird. Falls doch, werde ich sie umgehend von meiner Entdeckung informieren. Ich …«

»Ich muss leider Schluss machen«, unterbrach Jenny sie. Wie zur Bestätigung drang aus dem Hintergrund leises Stimmengemurmel an Leonas Ohr. »Halt mich bitte auf dem Laufenden.«

Leona steckte ihr Handy ein und sah sich nach einem geeigneten Ort um, von dem aus sie die Klinik mitsamt dem in der Einfahrt geparkten Polizeiauto unbemerkt im Auge behalten konnte. Als sie ihren Blick über die angrenzenden Ferienhäuser schweifen ließ, fiel ihr ein Rohbau auf, der sich neben dem Fußweg zum Strand befand und für ihr Vorhaben passend erschien. Nachdem es ihr gelungen war, sich unbemerkt Zugang zu verschaffen, stand sie kurz darauf hinter einer der von nacktem Mauerwerk begrenzten Fensteröffnungen und spähte zur Klinik hinüber. Nach einer Weile sah sie die Polizeibeamten herauskommen. Zwischen ihnen befand sich die Fahrerin des Krankenwagens. Leona merkte, dass sie vor lauter Aufregung die Luft angehalten hatte, und stieß einen erleichterten Seufzer aus, als die beiden Beamten die Frau auf den Rücksitz verfrachteten und losfuhren.

24

Am nächsten Morgen rief Jenny bei ihr an, um sich für die Nachricht von der geglückten Festnahme zu bedanken, die Leona ihr auf der Mailbox hinterlassen hatte. »Tut mir leid, dass ich mich jetzt erst melde«, entschuldigte sie sich.

»Kein Problem«, sagte Leona, bevor sie sich danach erkundigte, ob es schon etwas Neues gäbe.

»Die Frau, die gestern festgenommen wurde, heißt beziehungsweise hieß Heine. Erica Heine.«

Es entstand eine bedeutungsschwere Pause. »Wieso hieß?«

»Weil sie tot ist. Hat sich in ihrer Zelle erhängt.«

»Erhängt?« Leona schluckte.

»Mit ihrem BH.«

»Aber wieso? Ich meine, woher ...?«

»Steht alles in dem Fax, das mein Chef gerade erhalten hat. Es wundert mich, dass du noch nichts davon gehört hast. Schließlich ist Ericas Leichnam in die Rechtsmedizin nach Greifswald gebracht worden«, meinte Jenny.

»Soll das etwa heißen, sie wurde bereits obduziert?«

»Allerdings.«

»Von wem?«

»Moment, lass mich nachschauen.« Leona hörte das Rascheln von Papier. »Von einem gewissen Doktor Ahlsen. Zumindest steht sein Name unter dem vorläufigen Obduktionsbericht.«

Ihre Antwort ließ Leona nach Luft schnappen. »Ahlsen?«

»Kennst du ihn?«

»Und ob. Er ist schließlich mein Chef!«

»Dann ist doch alles in bester Ordnung.«

»Nichts ist in Ordnung«, widersprach Leona. »Überhaupt nichts. Doktor Ahlsen hat diese Woche Urlaub und kann den Bericht daher gar nicht unterschrieben haben.« Die Erregung hatte ihre Stimme dunkel gefärbt.

»Das ist wirklich seltsam«, musste Jenny zugeben. »Aber ich denke, das wird sich schon noch aufklären.«

»Worauf du wetten kannst.«

Die Entschiedenheit mit der Leona das sagte, irritierte Jenny. »Was willst du damit sagen?«

»Dass ich der Sache auf den Grund gehen werde. Und zwar indem ich jetzt gleich nach Greifswald fahre und mich dort umhöre. Irgendetwas ist an der Sache faul.«

Im Nachhinein konnte Leona sich nicht mehr genau erinnern, wie sie nach Greifswald gelangt war. Sie wusste nur noch, dass sie sich nach ihrer Ankunft in das Büro ihres Kollegen, Uwe Steinbach, begeben hatte, um herauszufinden, ob es stimmte, was Jenny ihr in Bezug auf Ahlsen erzählt hatte.

Ja, er habe davon gehört, dass Ahlsen heute Morgen hier gewesen sei, bestätigte Steinbach.

»Ist Ihnen das denn nicht seltsam vorgekommen? Ich meine, da unterbricht der Chef seinen Urlaub, um eine Obduktion durchzuführen, die normalerweise gar nicht in seinen Zuständigkeitsbereich fällt. Dabei hat er sich doch extra freigenommen, um bei seiner Tochter sein zu können.«

»Darüber habe ich mich tatsächlich auch gewundert«, musste ihr Kollege zugeben. »Aber wie ich Ahlsen kenne, wird er seine Gründe dafür gehabt haben.« Damit war das Gespräch für ihn beendet, und er wandte sich wieder seinen Papieren zu.

Ihr nächster Anlaufpunkt war Doktor Ahlsens Büro, wo sie von seiner Sekretärin erfuhr, dass er das Haus inzwischen verlassen hatte. »Ich kann Ihnen leider nicht sagen, ob er heute noch einmal wiederkommt. Soll ich ihm etwas ausrichten?«

»Nicht nötig«, erwiderte Leona und trat den Rückweg an.

Auf dem Gang wäre sie fast mit ihrem Sektionsassistenten Kai Mertens zusammengestoßen. »Kannst du mir vielleicht sagen, was hier läuft? Wieso der Chef extra seinen Urlaub unterbricht, um eine Obduktion durchzuführen, für die eigentlich der Kollege Kahlert zuständig gewesen wäre?«, erkundigte sie sich unter Berufung auf den Dienstplan.

»Tut mir leid.« Kai Mertens zuckte bedauernd mit den Schultern. »Ich weiß nur, dass der Chef bereits da war, als ich heute Morgen kam.«

»Und wo ist er jetzt?«

»Keine Ahnung. Als ich ihn das letzte Mal gesehen habe, war er auf dem Weg zu seinem Büro.«

»Weißt du, was mit Erica Heines Leiche geschehen ist?«

»Liegt in der Kühlung, sofern sie nicht schon vom Bestatter abgeholt worden ist.«

»Abgeholt?« Leona glaubte, sich verhört zu haben. »Wer hat das denn angeordnet?«

»Ahlsen natürlich, wer denn sonst?«

Kai Mertens hatte noch gar nicht ausgesprochen, als Leona sich in Bewegung setzte. Kurz darauf stand sie vor den Kühlzellen. Ein Blick auf den Plan zeigte ihr, dass Erica Heines Leichnam noch da war. Er befand sich in einem der mittleren Fächer. Leona beschloss, die Gelegenheit zu nutzen, um sich mit eigenen Augen ein Bild davon zu machen. Davon, ob es sich tatsächlich um Selbstmord als Todesursache handelte, wie im Obduktionsbericht vermerkt. Also öffnete sie die Tür und zog die Stahlwanne mit Erica Heines Leichnam heraus. Die Tote befand sich in einem der üblichen Leichensäcke, auch Bodybag genannt. Während Leona den Reißverschluss aufzog, versuchte sie, nicht daran zu denken, welchen Ärger ihr ihr Alleingang einbringen konnte. Es gab schließlich keinen Grund, die Urteilsfähigkeit ihres Chefs zu hinterfragen. Hinzu kam, dass die Zeit drängte. Die Leute vom Bestattungsinstitut konnten jeden Moment hier sein, um die Leiche abzuholen.

Nachdem Leona sich eine Gummischürze und ein paar dünne Gummihandschuhe übergestreift hatte, unterzog sie Erica Heines sterbliche Überreste einer oberflächlichen Musterung. Das Erste, was ihr dabei auffiel, war der von beiden Schlüsselbeinen ausgehende

Y-Schnitt, mit dem Ahlsen den Leichnam eröffnet hatte und der mit groben Stichen vernäht worden war.

Die Frau vor ihr auf dem Tisch war circa 40 bis 50 Jahre alt. Leona schätzte, dass sie zwischen 160 und 170 groß war und um die 60 Kilo wog. Ihr schmales Gesicht wurde von kastanienbraun gelocktem Haar umrahmt, das ihr bis zu den Schultern reichte. Automatisch wanderten Leonas Hände zur Nasenwurzel der Toten. Weder die Nase noch der Schädel wiesen Auffälligkeiten auf. Ericas Augen hatten einen starren Blick. In den Bindehäuten hatten sich Stauungsblutungen gebildet. Ein typisches Anzeichen für Tod durch Erhängen. Während Leona den Mundraum inspizierte, rief sie ihr Wissen zu diesem Thema ab. War die Blut- und Sauerstoffzufuhr zum Gehirn durch auf den Hals ausgeübten Druck erst einmal unterbrochen, war es nur eine Frage der Zeit, bis der Tod durch Ersticken eintrat.

Sich vom Gang her nähernde Schritte ermahnten Leona zur Eile. Sie wandte sich dem in Richtung Brust abgesackten Unterkiefer zu, unter dem sich an Ericas Hals ein violett angelaufenes Strangulationsmal abzeichnete. Trotz intensiver Suche fand Leona keinerlei Hinweis auf einen gewaltsamen Kampf. Auch keine Abwehrverletzungen an den Händen. Dafür hatten sich an den unteren Extremitäten violette Totenflecken gebildet. Obwohl die Totenstarre inzwischen voll ausgeprägt war, versuchte Leona, den Leichnam anzuheben, um einen Blick auf die rückwärtigen Körperpartien werfen zu können. Bis auf eine Reihe violetter Totenflecke wies Ericas Rücken im ersten Moment keine Auffälligkeiten auf. Als Leona sie wegzudrücken versuchte, blieb ihr Blick an einer geröteten Hautstelle hängen. Sie befand sich direkt unterhalb des Haaransatzes und wies in ihrem Zentrum zwei dicht beieinander liegende Einstichstellen auf, bei denen es sich nur um Strommarken handeln konnte. Beigebracht durch ein Elektroimpulsgerät. Sofort begannen Leonas Alarmglocken zu schrillen. Konnte es sein, dass …? In diesem Augenblick wurde die Tür aufgerissen und ihr Chef kam hereingestürmt. Sein Gesicht war hochrot vor unterdrückter Wut. »Was machen Sie denn da?«

Statt auf seine Frage einzugehen, konfrontierte Leona ihn mit ihrer Entdeckung. »Vielleicht sollten Sie sich das hier einmal genauer ansehen.« Während sie das sagte, vollzog sich mit Ahlsen ein erschreckender Wandel. Er wurde kreidebleich und begann, heftig zu schwitzen, machte jedoch keine Anstalten, ihrer Aufforderung Folge zu leisten. »Was soll damit sein?«

»Das frage ich Sie. Sie haben den Leichnam doch obduziert. Noch dazu während Ihres Urlaubs. Dabei wäre eigentlich der Kollege Kahlert dafür zuständig gewesen. Und dann auch noch die Eile mit dem Bestatter. Man könnte fast den Eindruck gewinnen, es kann Ihnen gar nicht schnell genug gehen, die Leiche loszuwerden.« Leona hatte sich in Rage geredet. Ihre Stimme war hoch und schrill.

»Jetzt beruhigen Sie sich erst mal«, bat Ahlsen. »Und lassen uns wie vernünftige Menschen miteinander reden.«

»Aber nur, wenn Sie mir die Wahrheit sagen. Darüber, was hier gespielt wird. Ich meine, wir wissen doch beide, was das zu bedeuten hat«, sagte Leona und deutete auf die dicht beieinanderliegenden Strommarken. »Die Frau wurde mit einem Elektroschocker überwältigt: schnell und effizient.« Vor ihrem geistigen Auge sah sie die pistolenähnliche Waffe, die zwischen zwei und vier Projektile mit Widerhaken abschoss, die über Drähte mit dem Taser verbunden waren. Kam es dabei zum Hautkontakt, floss Strom durch den Körper. Die Skelettmuskulatur zog sich für mehrere Sekunden zusammen und verursachte so starke Schmerzen, dass die attackierte Person die Kontrolle über ihren Körper und das Bewusstsein verlor. »Machen wir uns doch nichts vor«, fasste Leona zusammen, »das Ganze war kein Selbstmord, sondern Mord. Und jetzt rücken Sie endlich mit der Sprache heraus. Oder wollen Sie, dass ich die Polizei von meiner Entdeckung informiere?«

Statt etwas zu erwidern, schlug Ahlsen die Hände vors Gesicht und stieß einen tiefen Seufzer aus.

Augenblicklich regte sich Leonas schlechtes Gewissen. Was war bloß in sie gefahren? Der Mann war schließlich ihr Chef. Statt ihn in die Enge zu treiben, sollte sie sich besser fragen, wie es überhaupt dazu hatte kommen können. Leona kannte Ahlsen inzwischen gut genug, um zu wissen, dass er niemals etwas Unrechtes tun würde. Dafür war er viel zu gewissenhaft. Er würde nie und nimmer einen Obduktionsbericht fälschen. Jedenfalls nicht aus freien Stücken. Es musste ihn jemand dazu gezwungen haben. Der Gedanke war so beängstigend, dass Leona ihn sofort wieder verdrängte. Und doch konnte sie es nicht verhindern, dass er sich wie ein giftiger Stachel in ihrem Kopf einnistete. »Tut mir leid, wenn ich gerade übers Ziel hinausgeschossen bin«, lenkte sie ein. »Aber der Tod dieser Frau geht mir ganz schön an die Nieren.«

Ihre Worte ließen Ahlsen hellhörig werden. »Warum das denn?«

»Wegen Asja.«

»Asja?«

»Asja Teutsch«, half Leona ihm auf die Sprünge.

»Was hat sie denn damit zu tun?«

»Nichts, bis auf die Tatsache, dass mit dem Tod dieser Frau so ziemlich ihre letzte Hoffnung geschwunden sein dürfte, jemals etwas über das Schicksal ihres Kindes zu erfahren.«

Man konnte Ahlsen ansehen, dass er keine Ahnung hatte, wovon Leona sprach. »Ihres Kindes?«

»Ich habe Ihnen und Ihrer Frau doch davon erzählt«, bemerkte sie. »Davon, dass man Asja ihr Kind gleich nach der Geburt weggenommen hat.«

»Natürlich kann ich mich daran erinnern«, bestätigte Ahlsen. »Ich verstehe nur nicht, was das alles mit dieser Frau hier zu tun haben soll.«

»Sie war es, die Asja entbunden hat.«

Das musste Ahlsen erst einmal verdauen. »Aber wie …? Ich meine …«

»Asja hat sich ihr Gesicht eingeprägt und ein Phantombild von ihr gezeichnet, das gestern in der Ostseezeitung erschienen ist«, klärte Leona ihn auf. »Zusammen mit einem Fahndungsaufruf. Ein Hinweis aus der Bevölkerung führte dann zu Erica Heines Verhaftung. Und nun ist sie tot. Wenn das kein Zufall ist.«

Sichtlich geschockt griff Ahlsen sich an den Hals, um seine Krawatte zu lockern. »Das wusste ich nicht«, entgegnete er kaum hörbar.

»Apropos Zufall«, überging Leona seine Bemerkung, »wissen Sie, wo man sie festgenommen hat? In der Klinik von Doktor Urban. Sollte Ihnen das nicht zu denken geben?«, meinte sie in Bezug auf Lotta. »Ich meine, was, wenn …«

»Ich habe keine Ahnung, wovon Sie sprechen.«

»Wirklich nicht?«

Es gelang Ahlsen nicht, ihrem Blick standzuhalten. »Was wollen Sie?«

»Dass Sie mir die Wahrheit sagen. Ich will wissen, was hier läuft.« Ihre Worte ließen keinen Zweifel daran, dass sie damit auf den Obduktionsbericht anspielte.

»Tut mir leid, aber darüber kann ich nicht sprechen.«

»Ach, aber Asjas Hilfe können Sie in Anspruch nehmen?«

»Also gut«, gab Ahlsen endlich seinen Widerstand auf. »Ich habe heute Morgen einen Anruf erhalten.«

»Von wem?«

»Keine Ahnung. Der Anrufer hat sich weder vorgestellt noch mit langen Vorreden aufgehalten.«

»Was wollte er von Ihnen?«

»Dass ich nach Stralsund in die JVA fahre, um mich um die Leiche zu kümmern, die bereits von der Staatsanwaltschaft zur Obduktion freigegeben war.«

»Sie meinen, Sie sollten bestätigen, dass es sich um Selbstmord handelt?«, vergewisserte Leona sich.

Ahlsen nickte.

»Und Sie wissen wirklich nicht, wer sich hinter dem Anrufer verbarg?«

»Ich weiß nur, dass es jemand war, der bestens über mich und meine Familienverhältnisse informiert ist. Vor allem über Lotta. Er ...« Ahlsen schluckte.

»Bitte sprechen Sie doch weiter«, bat Leona.

»Er hat damit gedroht, sie uns wegzunehmen, falls ich auf die Idee käme, mich seinen Anweisungen zu widersetzen.«

»Und das haben Sie ihm geglaubt?« Die Skepsis in Leonas Stimme war unüberhörbar.

»Was sollte ich denn tun?«

»Sie hätten die Polizei verständigen können.«

»Tolle Idee!«

»Alles ist besser, als sich strafbar zu machen«, beharrte Leona, die dabei noch einen Schritt weiterdachte. Wenn sich ihr Verdacht bewahrheiten sollte, war Ahlsen nicht nur seine Approbation los, dann drohte ihm außerdem eine saftige Haftstrafe.

»Das sagt sich so einfach. Ich meine, das mit Lotta war schließlich keine leere Drohung. Er hat gesagt, wenn ich die Polizei ins Spiel bringe, würde er ...«

»Was?«

»Dann würde er dem Jugendamt ein Dokument zukommen lassen, das die Rechtmäßigkeit ihrer Adoption infrage stellt.«

»Was denn für ein Dokument?«

»Das hat er nicht gesagt. Er hat nur behauptet, dass es sich in seinem Besitz befindet.«

»Könnte ein Bluff gewesen sein«, gab Leona zu bedenken.

»Das glaube ich nicht. Ich kann mir jedenfalls nicht vorstellen, dass das einfach so dahingesagt war.«

Hinter Leonas Stirn jagten sich die Gedanken. Wenn stimmte, was Ahlsen sagte, warf das ein vollkommen anderes Licht auf Doktor Urban und dessen Klinik. Konnte es sein, das …?

»Allerdings würde das auch bedeuten, dass Urban darin involviert ist«, riss Ahlsen sie aus ihren Überlegungen.

»Der Verdacht liegt nahe«, musste Leona ihm recht geben. »Was wiederum die Frage nach Hintermännern aufwirft. Ich meine, so etwas lässt sich schließlich nicht im Alleingang bewältigen«, spielte sie auf die von Urban erwähnten Partner an. »Wenn Sie mich fragen, ist dazu nicht nur ein gut aufgestelltes Netzwerk nötig, sondern auch jede Menge krimineller Energie.«

Ahlsen nickte. »Vielleicht verstehen Sie jetzt, weshalb ich … nun … weshalb ich nicht anders konnte. Es stand zu viel auf dem Spiel. Mia …« Er stockte. »Sie hat sich förmlich nach einem Kind verzehrt. Bevor Lotta zu uns kam, hatte sie drei Fehlgeburten. Sie war so labil, dass ich mir ernsthafte Sorgen um sie gemacht habe. Ich hätte alles dafür getan, um ihr ihren größten Wunsch zu erfüllen.«

»Dann kam Doktor Urbans Angebot ja genau im richtigen Moment«, konnte Leona sich nicht zu sagen verkneifen.

»Wenn Sie mir damit unterstellen wollen …«
»Ich will Ihnen gar nichts unterstellen«, relativierte Leona. »Ich will damit nur sagen, dass es mir genauso ging. Dass auch ich auf ihn und seine Beteuerungen hereingefallen bin.«
»Wie jetzt? Soll das etwa heißen, dass …?«
Leona nickte. »Dass ich mit dem Gedanken gespielt habe, ein Kind über ihn zu adoptieren. Wobei sich das erst einmal erledigt haben dürfte. Zumindest solange ich davon ausgehen muss, dass Urban in unlautere Machenschaften verstrickt sein könnte.« In ihren Worten schwang eine tiefe Traurigkeit mit.
»Das tut mir leid«, versicherte Ahlsen, und es klang, als ob er es ehrlich meinte.
»Mir auch«, gestand Leona niedergeschlagen ein. »Wie soll es nun weitergehen? Ich meine, wir können das Ganze doch nicht einfach unter den Teppich kehren und so tun, als ob nichts gewesen wäre.«
»Warum denn nicht?«
Dass er diese Möglichkeit überhaupt in Erwägung zog, zeigte Leona, wie verzweifelt er sein musste. »Warum denn nicht?«, wiederholte sie ungläubig. »Soll das ein Witz sein?« Nach außen hin wirkte sie erstaunlich ruhig, doch dieser Eindruck täuschte, Leona stand kurz davor, die Beherrschung zu verlieren. Für das, was er getan hatte, gab es keine Entschuldigung.
»Ich weiß, wie sich das für Sie anhören muss«, entgegnete Ahlsen beschämt. »Und ich hätte es Ihnen bestimmt nicht vorgeschlagen, wenn ich eine andere Möglichkeit sehen würde.«

»Aber ...«

»Sie sind meine letzte Chance«, überging er ihren Einwand. »Wenn herauskommt, was ich getan habe, bin ich nicht nur meinen Job los, sondern verliere am Ende auch noch Frau und Kind.« Die Verzweiflung in seiner Stimme war unüberhörbar. »Bitte«, flehte er Leona an, »helfen Sie mir.«

»Indem ich einen Mord vertusche?«

»Nicht vertuschen. Nur verschweigen«, beschwor er sie. »Zumindest so lange, bis wir wissen, was hier wirklich gespielt wird. Wobei das ja auch in Ihrem und Asjas Interesse sein dürfte«, meinte er. »sollen diese Verbrecher sich ruhig in Sicherheit wiegen. Vielleicht werden sie dann leichtsinnig und begehen einen Fehler.« Leona rang mit sich. »Also gut«, entschloss sie sich zu sagen. »Aber nur, wenn Sie mir versprechen, ab sofort keine solchen Alleingänge mehr zu unternehmen und mich umgehend zu informieren, falls der Anrufer sich noch einmal bei Ihnen melden sollte.«

25

Auf dem Heimweg legte Leona einen Zwischenstopp in Sellin ein. Ihr war eingefallen, dass sie kein Brot mehr zu Hause hatte. Dasselbe galt für Obst und Gemüse. Es dauerte eine Weile, bis sie einen freien Parkplatz vor dem Netto gefunden hatte. Nachdem sie ihre Besorgungen erledigt und ihre Einkäufe im Kofferraum verstaut hatte, fuhr sie los. Dabei musste sie beim Verlassen des Parkplatzes kurz anhalten, um einem schwarzen BMW X3 die Vorfahrt zu gewähren. Hinter dem Steuer saß Doktor Urban. Er sah blass und angespannt aus. Als wäre er seit ihrem gestrigen Gespräch um Jahre gealtert. Aus einem plötzlichen Impuls heraus, beschloss Leona, ihm zu folgen. Sie hatte sich gerade hinter seinem Wagen eingereiht, als dessen Bremslichter aufleuchteten. In der nächsten Sekunde setzte Urban den Blinker. Inzwischen befanden sie sich auf der Friedrich-von-Hagenow-Straße in Höhe des Kaufhauses Stolz. Leona sah, wie der BMW auf den davorliegenden Parkplatz abbog und dort anhielt. Sie wartete, bis Urban im Inneren des Geschäfts verschwunden war, dann steuerte sie ihr Auto in eine gerade frei gewordene Parklücke, stieg aus und folgte ihm.

Leona fand ihn in der Kosmetikabteilung, genauer gesagt bei den Haarpflegeprodukten. Als er sich wenig später auf den Weg zur Kasse machte, gelang es ihr, einen Blick in seinen Korb zu werfen. Es lag nur ein einziges Produkt darin. Eine Packung Haarfarbe, die dauerhaftes Blond versprach und wohl kaum für ihn selbst und seine schwarzen Haare bestimmt war. Damit würde er nicht mehr so seriös wirken, wie das für seinen Beruf erforderlich wäre.

Als er bezahlte und den Laden verließ, saß Leona bereits wieder hinter dem Steuer. Urbans Einkauf hatte ihr Interesse geweckt. Irgendetwas sagte ihr, dass es mit dem Haarfärbemittel eine besondere Bewandtnis auf sich hatte. Leona wäre nicht Leona gewesen, wenn sie der Sache nicht nachgegangen wäre. Zumal Urban bislang ihre – und damit Asjas – einzige Verbindung zu Erica Heine darstellte. Also heftete sie sich an seine Fersen und folgte ihm in gebührendem Abstand. Zuerst durch Baabe und von dort bis zum Kreisverkehr, wo er den Weg nach Middelhagen einschlug. Wenn er jetzt zurück in die Klinik fährt, ist mein Plan dahin, dachte Leona, als sie kurz darauf das Ortseingangsschild von Lobbe passierte. Dann würde sie wohl nie erfahren, was er mit der Haarfarbe vorhatte.

Doch ihre Sorge erwies sich als unbegründet. Statt vor dem »Octobussi« in Richtung Göhren abzubiegen, blieb Urban auf der Hauptstraße. Vorbei am Campingplatz und dem Hundestrand ging es weiter in Richtung Thiessow. Nach ein paar Kilometern setzte er den Blinker und bog nach rechts in die Boddenstraße ab. Ihn jetzt noch aus den Augen zu verlieren, war praktisch unmöglich, da die Straße im Naturschutzgebiet endete. Blieb nur die Frage, ob er nach Groß Zicker oder nach Gager wollte. Schon kurz darauf gab Urban ihr die Antwort, indem er auf Höhe der Bushaltestelle nach rechts abbog. Gager also, dachte Leona und drosselte das Tempo, um ihn nicht auf sich aufmerksam zu machen. Nachdem er kurz aus ihrem Sichtfeld verschwunden war, sah sie, dass er den Blinker setzte, um nach dem Parkplatz nach links in Richtung Kurverwaltung abzubiegen. Danach führte ihn sein Weg an der in einer Sackgasse gelegenen Gaststätte Zum Anker vorbei. Während Leona ihm in einigem Abstand folgte, passierte er das Ortsausgangsschild und kam vor einem gepflegt wirkenden Eigenheimgrundstück mit Blick auf die Zicker Alpen zum Stehen.

Leona hatte ihr Auto in einiger Entfernung am Straßenrand abgestellt und wartete, bis Urban seinen BMW in der Garage geparkt hatte und sie sicher sein konnte, dass er im Haus verschwunden war. Dann stieg sie aus und holte ihr Fernglas aus dem Kofferraum. Sie hatte es dort deponiert, um es bei ihren Ausflügen immer zur Hand zu haben. Nun war sie dankbar für ihre weise Voraussicht.

Bevor Leona sich auf den Weg machte, warf sie einen Blick auf ihre Armbanduhr. Es war kurz vor halb eins. Die Sonne schien von einem wolkenlosen Himmel auf sie herab und trieb ihr schon nach wenigen Schritten den Schweiß auf die Stirn. Dagegen konnte auch das laue Lüftchen nichts ausrichten, das ihr vom Meer her entgegenwehte. Dafür wurde sie mit einer atemberaubenden Aussicht belohnt. Inzwischen befand sie sich auf einem sacht ansteigenden Pfad, der sich durch eine nach Wildkräutern duftende Wiese hinauf zu einer kleinen Anhöhe wand. Noch ein Stück bergauf und man gelangte zum Bakenberg, der mit 66 Metern höchsten Erhebung auf Mönchgut. So hoch wollte Leona jedoch gar nicht hinaus. Ihr reichte schon die zwischen zwei Hagebuttenbüschen gelegene Mulde, die sich auf der Anhöhe vor ihr befand. Beim Näherkommen erwies sie sich als ideales Versteck, um von hier aus Urbans Haus unbemerkt zu observieren. Nachdem Leona ihren Beobachtungsposten bezogen hatte, nahm sie ihr Fernglas in die Hand und richtete es auf ihr Zielobjekt aus.

Das Anwesen am Fuß der Zicker Alpen bot mit seinem sandfarbenen Anstrich und dem reetgedeckten Dach ein malerisches Bild. Es war von einem schmiedeeisernen Zaun umgeben, der in eine Kieseinfahrt mündete, an die sich eine geräumige Garage anschloss. Deren geöffnetes Tor gab den Blick auf Urbans BMW und eine weitere kostspielige Nobelkarosse frei. Kein Wunder, dass überall Überwachungskameras angebracht waren. So viel zur Schau gestellter Reichtum brachte einem schließlich nicht nur Freunde ein, dachte Leona, bevor sie ihre Aufmerksamkeit dem Haus zuwandte.

Gleich neben dem Eingangsbereich befand sich ein von dunkelroten Malven umgebener Sitzplatz, der durch eine zweiflügige Glastür mit dem Haus verbunden war, hinter der Leona die Umrisse eines Wohnzimmers mit Bücherregal und Kamin ausmachen konnte. Es gab weder Gardinen noch Vorhänge, die ihr den Blick verstellt hätten. Das galt auch für das nächste Fenster, hinter dem sich offensichtlich die Küche befand. Das Haus wirkte wie ausgestorben. Gerade als Leona sich zu fragen begann, wo Urban abgeblieben war, nahm sie hinter der Glastür eine Bewegung wahr. Als sie ihr Fernglas darauf richtete, sah sie einen jungen Mann. Er trug einen Bademantel und hatte ein Handtuch um den Kopf geschlungen. Als er sich für einen Moment in Leonas Richtung drehte, konnte sie sein Gesicht sehen. Trotz der Entfernung war die Ähnlichkeit mit dem Mann auf Asjas Zeichnung deutlich zu erkennen.

In ihrer Euphorie hätte Leona fast den weißen Lieferwagen übersehen, der sich Urbans Anwesen von der anderen Seite her genähert hatte und nun am Rand eines kleinen Waldstücks stand. Leona war sich sicher, dass er noch nicht da gewesen war, als sie ihren Beobachtungsposten bezogen hatte. Wer auch immer auf die Idee gekommen war, ihn dort abzustellen, wusste anscheinend nicht, dass er damit den nach Gager führenden Radweg blockierte. Oder es interessierte ihn nicht. Plötzlich sah Leona durch ihr Fernglas zwei dunkel gekleidete Gestalten aus dem Fahrerhaus klettern. Sie trugen trotz der Hitze schwarze Bomberjacken, unter denen sich einschüchternd breite Schultern abzeichneten. Leona versuchte, ihre Gesichter zu erkennen, die sich hinter verspiegelten Sonnenbrillen und tief in die Stirn gezogenen Baseballkappen verbargen, doch es gelang ihr nicht. Während einer der beiden Männer in sein Handy sprach, zog der andere seine Jacke hinter das Holster über der Hüfte und legte seine Hand an den Schaft einer Pistole. Vor lauter Schreck wäre Leona fast das Fernglas aus der

Hand gefallen. Die Männer sahen nicht nur furchteinflößend aus, sie waren auch noch bewaffnet. Jetzt war Leona auch klar, warum sie trotz der Hitze Jacken trugen. Sie dienten als Tarnung, damit man nicht sah, was sich darunter verbarg. Inzwischen hatte der Mann mit dem Handy sein Telefonat beendet und wies auf Doktor Urbans Grundstück. Obwohl Leona nicht verstehen konnte, was die beiden miteinander besprachen, war ihr klar, dass es für ihre Anwesenheit nur eine Erklärung geben konnte. Sie waren aus demselben Grund hier wie sie: Sie interessierten sich für Urban und dessen Gast. Das wiederum legte den Schluss nahe, dass der junge Mann zu viel wusste und zum Schweigen gebracht werden sollte. Genau wie seine Mutter, durchfuhr es Leona. Dann gäbe es niemanden mehr, der ihnen sagen konnte, was aus Asjas Kind geworden war. Die Vorstellung machte Leona wütend. Wütend und hilflos. Was sollte sie tun? Sie konnte Urban und den jungen Mann nicht einfach ihrem Schicksal überlassen. Die Polizei anzurufen schied aus, weil die ihn sonst aufgrund der gegen ihn laufenden Ermittlungen verhaftet hätte. Es brauchte nicht viel Fantasie, um sich vorzustellen, was dann mit ihm passiert wäre. Leona musste einen anderen Weg finden.

Während sie fieberhaft darüber nachdachte, wie sie Urban und seinem Gast helfen könnte, trennten sich die beiden Männer voneinander. Der eine ging nach rechts, der andere nach links. Anscheinend hatten sie vor, sich Urbans Anwesen aus unterschiedlichen Richtungen zu nähern. Leona konnte spüren, wie ihr Körper sich anspannte. Sie musste weg von hier, und zwar schnell. Wobei das leichter gesagt als getan war. Es gab schließlich weit und breit weder Bäume noch Büsche, hinter denen sie sich hätte verbergen können. Leona wartete, bis die zwei Männer für einen Moment aus ihrem Blickfeld verschwunden waren, dann griff sie sich ihr Fernglas und verließ ihr Versteck. Während sie mit wild klopfendem Herzen zu ihrem Auto zurücklief, rechnete sie jeden Augenblick damit, von einem der beiden entdeckt zu werden. Doch ihre Befürchtung erwies sich als unbegründet. Das war knapp, durchzuckte es Leona, als sie wieder hinter dem Steuer ihres Wagens saß und sich den Schweiß von der Stirn wischte. Inzwischen hatte sie gewendet und fuhr auf demselben Weg zurück, den sie gekommen war. Dabei gingen ihr tausend Gedanken durch den Kopf. Allen voran die Frage, wie sie Urban helfen konnte.

Plötzlich wurde ihre Aufmerksamkeit von einem am Straßenrand stehenden Transporter beansprucht, auf dessen weißen Untergrund ein rotes Paket prangte. Der Fahrer wollte gerade einsteigen und wegfahren. Leona kannte ihn vom Sehen. Und er brachte sie auf eine Idee. Einem Impuls folgend, hielt sie an, riss die Tür auf und rannte dem Mann lebhaft gestikulierend entgegen. »Ich brauche Ihre Hilfe«, rief sie dem verdutzten Boten zu.

»Um was geht es?«

»Kennen Sie einen Doktor Urban?«

Ihre Frage entlockte ihm ein Lächeln. »Na klar. Er wohnt gleich dort hinten.« Der Bote hob die Hand, um ihr die Richtung zu weisen.

Leona nickte. »Ich weiß, ich komme gerade von ihm«, sagte sie, bevor sie auf ihr Anliegen zu sprechen kam.

»Sie wollen also, dass ich zu ihm hinfahre und so tue, als ob ich ein Paket auszuliefern habe?«, vergewisserte sich der Bote.

»Genau«, bekräftigte Leona. Sie wollte sich mit diesem Ablenkungsmanöver die Möglichkeit verschaffen, unbemerkt auf Urbans Grundstück zu gelangen und seinen Gast heimlich in Sicherheit zu bringen.

»Muss das sein? Ich meine ...«

»Wenn es anders ginge, hätte ich Sie mit Sicherheit nicht um Hilfe gebeten«, bekräftigte Leona.

Der Bote musterte sie skeptisch. »Warum sollte ich das tun?«

»Das zu erklären, würde viel zu viel Zeit kosten. Zeit, die wir nicht haben. Vertrauen Sie mir einfach.« Um ihre Worte zu bekräftigen, holte sie ihre Geldbörse hervor und entnahm ihr 50 Euro. »Hier, nehmen Sie und dann los!« Leona konnte dem Mann ansehen, wie es hinter seiner Stirn arbeitete. »Also gut«, willigte er schließlich ein und nahm das Geld. »Aber nur, weil ich den Doktor gut kenne und ihm noch einen Gefallen schulde«, sagte er. »Er hat nämlich dafür gesorgt, dass meine Tochter endlich Mutter und ich Großvater werden konnte. Inzwischen«, fügte er nicht ohne Stolz hinzu, »wird die Lütte bald drei.«

»Ich denke, der Doktor wird Ihr Engagement zu schätzen wissen«, bestärkte Leona ihn in seinem Entschluss.

»Na, dann mal los.« Der Bote rieb sich die Hände.

»Einen Moment«, dämpfte Leona seinen Eifer. »Ich muss erst noch mit Doktor Urban telefonieren und ihn in unseren Plan einweihen.« Sie holte ihr Handy hervor und versuchte, ihn unter der auf seiner Visitenkarte angegebenen Telefonnummer zu erreichen. Wie es aussah, dachte sie voller Wehmut, war ihr gestriges Treffen also doch für etwas gut gewesen.

Nach dem fünften Klingeln meldete Urban sich. »Mein Name ist Leona Pirell. Ich war gestern bei Ihnen in der Klinik.«

»Was kann ich für Sie tun?«

»Die Frage ist wohl eher, was ich für Sie tun kann«, entgegnete Leona und erzählte ihm von den beiden Männer und deren mutmaßlichen Absichten. »Was ich gesehen habe, legt die Vermutung nahe, dass Sie sich in Gefahr befinden. Sie und Ihr Gast.«

»Mein Gast?«

»Ericas Sohn«, entschloss sie sich aufs Geratewohl zu sagen.

Urban schnappte nach Luft. »Woher wissen Sie …?«

Seine Reaktion zeigte Leona, dass sie mit ihrer Annahme richtig lag. »Darüber reden wir später. Jetzt geht es erst einmal darum, ihn vor den beiden Männern in Sicherheit zu bringen«, kam sie auf ihren Plan zu sprechen. Fünf Minuten später gab Leona dem Boten ein Zeichen. »Wir können losfahren«, sagte sie, »Urban erwartet uns.«

26

»Ich bin jetzt auf Urbans Grundstück«, hörte sie den Boten sagen. Kurz darauf brachte er seinen Transporter mittels einer rasanten Kehrtwende direkt vor Urbans Haustür zum Stehen und stieg aus. Leona, die vorsichtshalber in den Fußraum auf der Beifahrerseite abgetaucht war, hörte ihn klingeln. Es folgte ein kurzer Wortwechsel, bei dem der Bote so tat, als würde er sich eine Lieferung quittieren lassen. Dann öffnete er wie vereinbart die Tür zum Laderaum und signalisierte Urban, dass die Luft rein war. Diesen Moment nutzte Ericas Sohn, um sich mit einem gezielten Sprung auf die Ladefläche in Sicherheit zu bringen. In ihrem Versteck hörte Leona das Schlagen von Türen. Dann saß der Bote wieder hinter dem Steuer. »Alles gut. Sie können hochkommen«, gab er Entwarnung, als sie das Grundstück verließen und auf die Straße fuhren. Kurz darauf befanden sie sich an der Stelle, an der Leonas Auto stand. »So, da sind wir wieder«, sagte der Bote. Die Erleichterung, die in diesen Worten mitschwang, war unüberhörbar. Es war vorbei, die Gefahr war gebannt. Zumindest vorerst.

Leona atmete tief durch und öffnete die Augen. Dann reichte sie ihm die Hand und bedankte sich für seine Hilfe. »Da wäre übrigens noch etwas«, fügte sie hinzu. »Ich möchte Sie bitten, mit niemandem darüber zu sprechen. Ich meine, man weiß schließlich nie, was …«

»Keine Sorge, das hatte ich auch nicht vor.«

»Umso besser«, sagte Leona, bevor sie ausstieg und nach hinten ging, um den jungen Mann aus dem Laderaum zu befreien. Wenig später standen sie zu zweit am Straßenrand und sahen dem davonfahrenden Transporter hinterher.

»Kommen Sie«, sagte Leona und wies auf ihr Auto. »Lassen Sie uns verschwinden.« Während der junge Mann ihr zögerlich folgte, erkundigte er sich nach ihren Plänen. Danach, wie es jetzt mit ihm weitergehen sollte.

»Das ist eine gute Frage«, entgegnete Leona, die daran noch keinerlei Gedanken verschwendet hatte. »Auf alle Fälle erst mal weg von hier«, sagte sie und startete den Motor. »Ich heiße übrigens Leona und Sie?«

»Raffael. Raffael Heine«, beantwortete er ihre Frage und räumte damit ihre letzten Zweifel bezüglich seiner Identität aus. »Sie können ruhig du zu mir sagen.«

Leona nickte. Dann wäre das ja schon mal geklärt, dachte sie und gab Gas. Auf der Fahrt behielt sie den Rückspiegel im Auge, um sich zu vergewissern, dass ihnen niemand folgte. Doch ihre Sorge schien unbegründet.

Als sie durch Lobbe kamen, zog sie kurz in Erwägung, mit Raffael zu sich nach Hause zu fahren, entschied sich jedoch dagegen. Was sie brauchten, war ein Ort, von dem aus sich ihre Spur nicht zurückverfolgen ließ, der andererseits allerdings auch nicht zu abgeschieden sein durfte. Als sie in Baabe an einem Supermarkt vorbeikamen, setzte Leona kurzentschlossen den Blinker, um auf dessen Parkplatz abzubiegen. Sie hielt an und schnappte sich ihre Handtasche. »Ich muss kurz telefonieren«, sagte sie zu Raffael. »Und du wartest hier und rührst dich nicht vom Fleck. Egal, was passiert. Haben wir uns verstanden?«

Ein Nicken bestätigte ihr, dass er den Ernst der Lage erfasst hatte. Bereits im Aussteigen begriffen sah Leona, wie er sein Basecap vom Kopf nahm und sich mit der Hand durch sein feuchtes blondes Haar fuhr.

»Sonst noch was?«, fragte er, als er Leonas verwunderten Blick bemerkte.

»Ich dachte nur ...«

»Was?«

»Dass du ohne Basecap plötzlich ganz anders aussiehst.« Gar nicht wie auf Asjas Zeichnung, setzte sie in Gedanken hinzu. Und mit einem Mal wusste sie auch, weshalb. »Kann es sein, dass du dir die Haare gefärbt hast?«

Raffael errötete. »Sieht echt scheiße aus, ich weiß. Aber Lorenz hat darauf bestanden.«

»Lorenz?«

»Doktor Urban.«

Raffaels Antwort ließ Leona hellhörig werden. Sie musste unbedingt mehr über das Verhältnis herausfinden, in dem die beiden Männer zueinander standen. »Klingt, als ob ihr euch gut kennen würdet.«

»Kennen ist zu viel gesagt, ich ...« Leona ließ sich nicht beirren. »Ach, komm schon«, insistierte sie, »du nennst ihn beim Vornamen.«

»Erst seit gestern. Seit ich weiß, dass ...«

»Dass was?«, hakte Leona nach.

»Dass er mein Vater ist.«

»Dein Vater?«, wiederholte Leona, die diese Information mit ihren bisherigen Erkenntnissen in Einklang zu bringen versuchte. Allerdings ohne Erfolg. »Damit hätte ich jetzt nicht gerechnet.«

»Ich auch nicht.« Sein Tonfall ließ Leona erkennen, dass ihm das Thema unangenehm war und er es nicht vertiefen wollte.

»Ich kann mir vorstellen, dass das ein Schock für dich gewesen sein muss. Aber ich finde, dass die neue Haarfarbe ein kluger Schachzug war. Man erkennt dich kaum wieder.«

Mit diesen Worten stieg Leona aus und lief los: weit genug weg, damit Raffael sie nicht verstehen konnte, und nah genug, um ihn während des Telefonats im Auge zu behalten. Nur für den Fall, dass er das Weite suchen oder ihn einer der Passanten anhand des in der Ostseezeitung abgedruckten Bildes erkennen sollte. Man konnte schließlich nie wissen.

Als Leona sich davon überzeugt hatte, dass die Luft rein war, rief sie die einzige Person an, die ihr in dieser Situation weiterhelfen konnte: Jenny. Nachdem Leona ihr eine kurze Zusammenfassung gegeben hatte, kam sie auf ihr Anliegen zu sprechen. »Was ich jetzt brauche, ist ein Versteck für Raffael. Ein Ort, an dem er vor diesen Männern in Sicherheit ist. Ich habe schon überlegt, ihn mit zu mir nach Hause zu nehmen, allerdings ...«

»Auf gar keinen Fall«, fiel Jenny ihr ins Wort. »Wenn deine Vermutung stimmt, haben wir es mit einem kriminellen Netzwerk zu tun. Damit ist nicht zu spaßen. Deshalb«, fügte sie eindringlich hinzu, »solltet ihr die Insel so schnell wie möglich verlassen.«

»Und dann?«

»Lass mich kurz nachdenken«, sagte Jenny. »Wäre es möglich, dass wir uns treffen?«

»Wo?«

»Kannst du nach Berlin kommen?« Jenny nannte ihr die Adresse eines nördlich der Hauptstadt gelegenen Rastplatzes.

»Geht klar. Und wann?«

»Sagen wir in drei Stunden? Bis dahin müsste ich alles Notwendige veranlasst haben.«

»Du bist ein Schatz«, bedankte Leona sich erleichtert.

»Ich habe gerade mit einer Freundin telefoniert«, sagte sie zu Raffael, nachdem sie wieder hinter dem Lenkrad Platz genommen hatte. »Sie heißt Jenny und arbeitet bei der Polizei.«

»Und ich dachte, Sie wollen mir helfen«, sagte Raffael und tastete nach dem Gurtschloss.

»Das will ich doch auch«, sagte Leona und legte ihm beschwichtigend die Hand auf den Arm.

Doch Raffael schüttelte sie ab, als wäre sie ein lästiges Insekt. »Indem Sie mir die Polizei auf den Hals hetzen?« Er stieß ein unfrohes Lachen aus.

»Ich habe nur gesagt, dass meine Freundin dort arbeitet, nicht dass ich dir ...«

»Macht das einen Unterschied?«

»Für mich schon«, entgegnete Leona mit fester Stimme. »Sie hat versprochen, uns zu helfen.«

Raffael blieb skeptisch. »Sie wird mich in den Knast bringen. Genau wie meine Mutter.«

»Nein, wird sie nicht. Und ich übrigens auch nicht.« Zumindest vorerst nicht, fügte sie in Gedanken hinzu. »Oder was glaubst du, weshalb ich dich auf eigene Faust vor diesen Männern in Sicherheit gebracht habe?«

»Das wüsste ich allerdings auch gerne.«

Seine Antwort brachte Leona in Erklärungsnot.

»Weil ich nicht will, dass es dir wie deiner Mutter ergeht«, entschloss sie sich zu sagen.

Ihre Worte ließen Raffael aufhorchen. »Was soll das heißen?«

Leona konnte spüren, wie ihre Anspannung wuchs. Diplomatie hatte noch nie zu ihren Stärken gezählt. Schon gar nicht in einer Situation wie dieser. »Sie ... Nun, sie ist ...« Sollte sie ihm wirklich sagen, dass seine Mutter tot war? Am Ende blockte er dann ganz ab und sie bekam gar nichts mehr aus ihm heraus. Andererseits konnte sie es ihm auch nicht verschweigen.

»Sie ist was?«, bohrte Raffael nach.

»Sie hat sich letzte Nacht das Leben genommen«, sagte Leona, die beschlossen hatte, vorerst bei der offiziellen Version zu bleiben.

Raffael starrte sie aus weit aufgerissenen Augen an. Aus seinem Gesicht war sämtliche Farbe gewichen. Für einen Moment herrschte atemloses Schweigen. Auf seiner Miene zeigte sich Bestürzung, die sich in Begreifen verwandelte und dann in fassungsloses Entsetzen.

Leona sah, wie er sich an den Hals griff und zu würgen begann. Er löste den Gurt, öffnete die Tür und stürzte nach draußen, um sich am Rand des Parkplatzes zu übergeben. Leona überlegte, ob sie ihm folgen sollte, entschied sich jedoch dagegen. Er hatte gerade erfahren, dass seine Mutter tot war. Das musste er erst einmal verarbeiten. Leona beschloss, ihm etwas Zeit zu geben.

Nach einer Weile kam Raffael zurück. Er wirkte so verloren, dass sich in Leona augenblicklich Mitleid regte. »Das mit deiner Mutter tut mir leid«, versicherte sie ihm, nachdem er wieder Platz genommen hatte. »Glaub mir, ich hätte dir diese Hiobsbotschaft gerne erspart.«

Ihre Worte trieben Raffael erneut Tränen in die rotgeweinten Augen. Er versuchte tapfer, sie zu unterdrücken. Doch die Anspannung, unter der er stand, war einfach zu groß. Er schlug die Hände vors Gesicht und ließ seinen Gefühlen freien Lauf. Leona wusste, dass es nichts gab, was sie in diesem Moment sagen oder tun konnte, um seinen Schmerz zu lindern, und wartete stumm ab. Irgendwann zog Raffael ein Papiertaschentuch aus seiner Hosentasche hervor und putzte sich die Nase. Dann holte er tief Luft und setzte zu einer Erklärung an: »Sie haben gesagt, meine Mutter hätte Selbstmord begangen. Aber das ist nicht wahr. So etwas würde sie nie tun. Man hat sie umgebracht. Davon bin ich überzeugt.«

Die Bestimmtheit, mit der er das sagte, ließ Leona aufhorchen. Gleichzeitig versuchte sie, sich nicht anmerken zu lassen, wie sehr sie seine Worte aufwühlten. »Wen meinst du mit ›man‹?«, erkundigte sie sich, während sie den Motor startete und vom Parkplatz rollte.

»Dieses Verbrecherpack.« Raffael spie die Worte förmlich aus.

»Was weißt du über diese Leute?«

»Dass sie vor nichts zurückschrecken. Vor gar nichts. Sie haben schon meinen Vater auf dem Gewissen und nun auch noch ...«

»Deinen Vater? Ich denke, Urban ist dein Vater?«

»Mag sein, dass ich ihn Ihnen gegenüber als meinen Vater bezeichnet habe. In Wirklichkeit ist er lediglich mein Erzeuger.«

Für eine Weile hing jeder von ihnen seinen Gedanken nach. Während Raffael die an ihm vorbeiziehende Landschaft betrachtete, arbeitete es hinter Leonas Stirn. »Du hast gesagt, sie hätten deinen Vater auf dem Gewissen. Was meinst du damit?«

»Dass er tot ist.« Raffael schluckte. »Ermordet.«

»Aber ...«

»Sie haben ihn erpresst. Und dass ist allein meine Schuld.«

»Deine Schuld? Wie kommst du denn darauf?«, fragte Leona, die so langsam gar nichts mehr verstand.

»Das ist eine lange Geschichte«, entgegnete Raffael ausweichend.

»Kein Problem, wir haben Zeit«, sagte Leona in Anbetracht der vor ihnen liegenden Wegstrecke.

»Ich weiß ja nicht mal, wo ich beginnen soll.« Raffael ließ sich mit einem tiefen Seufzer in seinen Sitz zurücksinken und schloss die Lider.

»Am besten am Anfang«, schlug Leona vor. »Du sagtest, diese Leute hätten deinen Vater erpresst.«

»Genau. Wobei ihnen das nur möglich war, weil ich mich mit den falschen Leuten eingelassen habe«, begann Raffael zögerlich, »und als ich es bemerkte, war es zu spät. Der Schaden war schon angerichtet.« Er schluckte.
»Welcher Schaden?«
»Darüber möchte ich lieber nicht sprechen.«
»So schlimm?«
»Noch viel schlimmer«, sagte Raffael und fuhr sich mit einer müden Handbewegung über seine verquollenen Augen. »Wenn rauskommt, was ich getan habe, wandere ich in den Knast.«
»Du kannst mir vertrauen.«
»Nein, ich ...«
Leona ließ ihn gar nicht erst zu Wort kommen: »Wenn ich dir helfen soll, musst du mir alles erzählen.«
»Also gut«, gab Raffael seinen Widerstand auf. »Ich habe jemanden die Treppe hinabgestoßen.«
»Hinabgestoßen?«, wiederholte Leona begriffsstutzig. »Was meinst du damit?«
Raffael verdrehte die Augen. »Das habe ich doch gerade gesagt.«
Leona räusperte sich. »Wo?«
»An einem Bahnhof.«
Es dauerte einen Moment, bis sie begriff, was er ihr damit sagen wollte. »Willst du etwa andeuten, dass du dieser Bahnhof-Schubser bist?« Den Namen hatte ihm die Presse gegeben. Obwohl der Fall schon etliche Monate zurücklag, erinnerte Leona sich gut daran. Er war damals durch sämtliche Medien gegangen und hatte für lautstarke Empörung innerhalb der Bevölke-

rung gesorgt. Geschockt von Raffaels Geständnis versuchte sie, sich daran zu erinnern, was sie über den Fall wusste. Ein bis dato unbekannter Täter hatte eine Frau die Treppe an einem Bahnhof hinabgestoßen. Nein, verbesserte Leona sich, nicht nur gestoßen. Er hatte sie in einem Akt roher Gewalt in den Rücken getreten. Bei dem anschließenden Sturz hatte die Frau ein schweres Schädel-Hirn-Trauma erlitten. Angeblich hatte sie sich inzwischen davon erholt. Zumindest körperlich. Über die seelischen Auswirkungen konnte man nur spekulieren, zumal es der Polizei bis heute nicht gelungen war, den Täter ausfindig zu machen und zur Rechenschaft zu ziehen. »Warum hast du das getan?« Leona bemühte sich darum, nicht zu vorwurfsvoll zu klingen.

Raffael senkte beschämt den Kopf. »Das Ganze sollte eine Art Mutprobe sein«, begann er kleinlaut. »Dieser Typ an unserer Schule …, er hat mir einen Platz in seiner Gang angeboten. Ich dachte, er wäre ein Freund«, versuchte er, sich zu rechtfertigen.

»Aber das war er nicht?«

»Nein.« Raffael schüttelte den Kopf. »Bis zu dem Moment, als ich ihn kennenlernte, bin ich ein ganz normaler Junge gewesen, der hin und wieder ein Bier trank und einen Joint rauchte.«

»Und danach?«

»Bin ich durch ihn zum Junkie geworden.« Mehr schien er dazu nicht zu sagen zu haben. Und mehr war auch nicht nötig, um sich den Sinn seiner Worte zu erschließen.

»Dann hast du die Tat also im Rausch begangen?«, vergewisserte Leona sich.

Ein Nicken bestätigte ihre Vermutung. »Ich war an dem Abend so zugedröhnt, dass ich mich an rein gar nichts erinnern kann. Weder an die Frau noch daran, wie ich sie die Treppe hinabgestoßen habe.« Über Raffaels Gesicht huschte ein Schatten. »Wenn ich halbwegs klar gewesen wäre, hätte ich es sicher nicht getan.«

»Wer sagt, dass du es überhaupt getan hast. Vielleicht ...«

»Es gibt ein Video«, machte Raffael ihre Hoffnungen zunichte.

Seine Antwort verblüffte Leona. »Soll das heißen, jemand hat dich dabei gefilmt?«

Raffael nickte.

»Wer?«

»Keine Ahnung. Aber das spielt auch keine Rolle. Nicht mehr. Nicht nachdem, was danach geschah ...«

»Was geschah denn danach?«, drängte Leona ihn, fortzufahren.

»Man hat meinen Vater mit dem Video erpresst«, erwiderte Raffael zerknirscht.

»Inwiefern?« In Leonas Stimme hatte sich ein genervter Unterton eingeschlichen. Sie war es leid, ihm jedes Wort einzeln aus der Nase ziehen zu müssen. Doch wie es aussah, blieb ihr keine andere Wahl.

»Er war Staatsanwalt. Ein Mann mit Visionen«, wie Raffael betonte. »Jemand der ganz hoch hinauswollte.«

»Wie hoch?«

»Bis ans Bundesverfassungsgericht. Seine Chancen standen gut – zumindest bis zu dem Moment, in dem das Video ins Spiel kam. Bis dahin hatte er allen Grund gehabt, sich Hoffnungen auf ein Richteramt zu machen. Aber damit wäre es schlagartig vorbei gewesen, wenn herausgekommen wäre, was ich getan habe.«

Stimmt, dachte Leona, die dabei an einen kürzlich ausgestrahlten Fernsehbericht denken musste, in dem es um die Arbeit der Richterinnen und Richter am Bundesverfassungsgericht gegangen war. Ein Satz war ihr dabei besonders in Erinnerung geblieben, und zwar, dass die vom Bundesverfassungsgericht berufenen Richterinnen und Richter sich sowohl innerhalb als auch außerhalb ihres Amtes stets so zu verhalten haben, dass das Ansehen des Gerichts keinen Schaden nahm. Und den hätte es, wenn Raffaels Verhalten bekannt geworden wäre, mit Sicherheit genommen. »Das muss hart für deinen Vater gewesen sein«, bemerkte sie leise.

Raffael nickte. »Davon können Sie ausgehen!«

Während sie für eine Weile schweigend dahinfuhren, begann sich in der Ferne die Silhouette von Stralsund abzuzeichnen. Geprägt vom Hafen, den hohen Speicherfassaden und den drei gotischen Kirchen. Allen voran die neue vom Volksmund auf den Namen »Strelagate« getaufte Rügenbrücke, die die Insel mit dem Festland verband und sich wie ein blaues Band über dem Strelasund erhob. Bei ihrem Anblick musste Leona an Marlies denken. Daran, was ihr an jenem stürmischen Herbsttag am Fuß der Brücke widerfahren war. Die Erinnerung versetzte ihr einen schmerzhaften Stich. Leona zwang sich, ihre Gedanken wieder auf die Gegenwart zu richten. Es gab schließlich jede Menge Fragen, auf die sie sich von Raffael eine Antwort erhoffte.

»Lass uns noch einmal auf das Video zurückkommen«, sagte sie. »Weißt du, wie dein Vater davon erfahren hat?«

»Er wurde per Telefon um ein Treffen gebeten. Dabei wurde ihm dann das Video übergeben.« Leona brauchte nicht viel Fantasie, um sich vorzustellen, wie enttäuscht er in diesem Moment von seinem Sohn gewesen sein musste.

»Ich hoffe, Sie zwingen mich nicht, wiederzugeben, was er mir alles an den Kopf geworfen hat«, sagte Raffael. Umso mehr überraschten Leona seine nächsten Worte: »Dabei habe ich mich nur nach etwas Liebe und Zuneigung gesehnt.« Er zögerte. »Meine Eltern haben sich kaum Zeit für mich genommen. Keiner von beiden. Sie waren nie da, wenn ich sie gebraucht hätte. Waren immer nur mit sich und ihrer Karriere beschäftigt«, brach es aus ihm heraus.

Leona hatte das Gefühl, der erste Mensch zu sein, dem Raffael sich anvertraute. Die Vorstellung machte sie traurig, und sie fragte sich, wie einsam er all die Jahre über gewesen sein musste. Wahrscheinlich war es seinen Eltern nicht einmal aufgefallen, wie sehr sie ihren Sohn in puncto Liebe und Zuneigung vernachlässigt hatten. Und das allein deshalb, weil sie zu beschäftigt waren, die Karriereleiter zu erklimmen. Zumindest legten Raffaels Worte diesen Verdacht nahe. Das Leben ist schon ungerecht, schoss es Leona durch den Kopf. Geld und teure Geschenke waren eben nicht alles. Jedenfalls konnten sie nicht das ersetzen, wonach Raffael sich verzweifelt gesehnt hatte. Kein Wunder, dass er sich bereitwillig auf die falschen Leute eingelassen hatte, die ihm dieses Gefühl entgegenzubringen schienen.

»Wobei das keine Entschuldigung für mein Verhalten sein soll«, räumte Raffael, der ihre Gedanken zu erahnen schien, ein. »Ich will damit nur sagen, dass es vielleicht nie so weit gekommen wäre mit der Mutprobe, wenn meine Eltern sich etwas mehr Zeit für mich genommen hätten. Stattdessen zählte für sie ausschließlich, was für Noten ich geschrieben und welche Fortschritte ich in der Schule gemacht habe. Wie es mir dabei ging, war ihnen egal.«

»Das tut mir leid«, sagte Leona, bevor sie nochmals auf seinen Vater und damit das Video zurückkam.

»Ich wusste ja nicht einmal, dass es existiert«, beteuerte Raffael. »Geschweige denn, dass man meinen Vater damit erpresste. Das erfuhr ich erst, als er mich damit konfrontierte.« Wie nicht anders zu erwarten, war es daraufhin zu einem heftigen Schlagabtausch gekommen. Der noch schlimmer wurde, als Raffaels Mutter zwischen den beiden zu schlichten versuchte. Um ihren Mann zu besänftigen, beging sie einen unverzeihlichen Fehler und gab ein bis dahin sorgsam gehütetes Geheimnis preis: Sie gestand ihm, dass Raffael nicht sein leiblicher Sohn war. Immerhin ging es bei der ganzen Sache ja um Raffael und sein Vergehen. Ein Vergehen, für das man ihren Mann nun nicht mehr verantwortlich machen konnte. Eigentlich hätte sich die Lage daraufhin entspannen müssen, hatte sie gedacht, zumindest hinsichtlich des Videos und der damit verbundenen Erpressung. Die mit ihrem Geständnis verbundene Schmach war jedoch zu groß. Nachdem Raffaels Vater davon erfahren hatte, war er komplett ausgerastet, hatte seinen Mantel genommen und war aus der Wohnung gestürmt. »Danach«, fasste Raffael zusammen, »habe ich nie wieder etwas von ihm gehört.«

»Und woher weißt du dann, dass er ermordet wurde?«

»Von meiner Mutter. Sie erhielt einen Anruf.«

»Von wem?«

»Von denselben Leuten, die meinen Vater wegen des Videos kontaktiert hatten. Sie gaben sich als seine Freunde aus, behaupteten zu wissen, wo er sich aufhielt, und brachten Mutter auf diese Weise dazu, sich mit ihnen zu treffen.« Wie aus Raffaels weiteren Worten hervorging, bekam sie dabei ein Kästchen ausgehändigt. »Es enthielt den zuvor abgetrennten Ringfinger meines Vaters.«

Das musste Leona erst einmal verdauen. »Aber wie …?«

»Mutter hat ihn an seinem Ehering erkannt.« Raffael schluckte. Es fiel ihm sichtlich schwer, darüber zu sprechen. Was kein Wunder war, schließlich ging es dabei um seinen Vater – wenn auch nicht um seinen leiblichen. Wobei das in einem solchen Moment keine Rolle spielte, dieser Mann hatte ihn großgezogen. Leona bemerkte, dass die damaligen Ereignisse ihn erneut zu überrollen drohten, sah, wie er um Fassung rang.

»Ihre letzten Zweifel«, fuhr Raffael mit brüchiger Stimme fort, »wurden in dem Augenblick zerstört, als man ihr die Bilder zeigte.«

Leona konnte spüren, wie sich ihr die Nackenhärchen aufstellten. »Welche Bilder?«

»Von Vaters Hinrichtung. Anders kann man das nicht bezeichnen.« Er berichtete ihr von den an Bord einer Jacht aufgenommenen Fotos. Fotos, die ihn bis in den Schlaf verfolgten, auch wenn er sie nicht mit eigenen Augen gesehen hatte, sondern nur aus den Schilderungen seiner Mutter kannte. »Man hat ihm sizilianische Stiefel verpasst.«

»Sizilianische Stiefel?«, wiederholte Leona verständnislos.

»Eine in Mafiakreisen beliebte Methode, Verräter mittels Betonklötzen an den Füßen im Meer zu versenken«, klärte Raffael sie auf. »Kein Wunder, dass man seine Leiche bis heute nicht gefunden hat.«

Hinter Leonas Stirn arbeitete es. »Wann war das?«, erkundigte sie sich. »Ich meine, wann verschwand dein Vater?«

»Das war vor anderthalb Jahren. Ich hatte gerade mein Abi bestanden und den Führerschein gemacht.«

»Was war mit deinen sogenannten Freunden? Diejenigen, die dich zu dieser Mutprobe angestiftet haben?«

»Als ich sie zur Rede gestellt habe, wollten sie nichts von dem Video und alldem wissen. Sie haben mich wie eine heiße Kartoffel fallen lassen.«

»Dann gibt es also keinen Beweis dafür, dass sie mit diesen Leuten zusammengearbeitet haben?«

Über Raffaels Gesicht glitt ein Schatten. »Nein. Aber die Vermutung liegt nahe.«

»Habt ihr deinen Vater damals eigentlich als vermisst gemeldet?«, brachte Leona noch einmal die Sprache auf die Umstände seines Verschwindens. »Ich meine, es ergeben sich doch zwangsläufig Fragen, wenn …«

»Wir wurden von diesen Leuten sogar dazu gedrängt, ihn als vermisst zu melden«, erzählte Raffael. »Das hat Mutter auch getan. Es muss ja bekanntlich alles seine Ordnung haben«, fügte er verbittert hinzu.

»Und?«

»Nichts und. Die Polizei hat eine Akte angelegt. Eine von vielen«, meinte er in Hinblick auf all die ungezählten Vermisstenfälle. »Schließlich verschwinden täglich Menschen, von denen manche nie wieder auftauchen. So wie mein Vater. Die Männer, die meinen Vater umgebracht haben, sind schließlich keine blutigen Anfänger. Wenn sie etwas erledigen, dann gründlich.« Trotz des zynischen Tonfalls sprach aus Raffaels Worten eine tiefe Verzweiflung. »Deshalb haben sie meiner Mutter die Bilder gezeigt. Um sie einzuschüchtern«, unterstrich er. »Und um zu verhindern, dass sie wegen der Sache mit der versuchten Erpressung Anzeige erstattet. Aus dem Grund haben sie ja auch meinen Vater zum Schweigen gebracht.«

Leona brauchte einen Moment, um sich der Bedeutung seiner Worte bewusst zu werden. »Dann musste dein Vater also sterben, weil es nichts mehr gab, womit diese Leute ihn unter Druck setzen konnten?«

»Und damit auch nichts, was ihn zur Loyalität ihnen gegenüber verpflichtet hätte«, ergänzte Raffael verbittert. »Wobei wir wieder bei mir und meiner Person angelangt wären.«

»Du kannst doch nichts dafür, dass ...«

»Dass ich nicht sein leiblicher Sohn bin? Nein, dafür kann ich nun wirklich nichts. Aber wenn es mich nicht gäbe, gäbe es auch dieses Video nicht und mein Vater könnte noch am Leben sein.«

»Das glaube ich nicht«, widersprach Leona.

»Was soll das heißen?«

»Das soll heißen, dass sie ein anderes Druckmittel gefunden hätten. Sind wir doch mal ehrlich: Diesen Leuten ging es weder um dich noch um deinen Vater, sondern nur darum, wie sie von deinem Vater wegen seines Berufs profitieren können«, meinte Leona. »Du warst lediglich das Mittel zum Zweck«, betonte sie. »Je eher du das begreifst, umso eher wird es dir gelingen, dich von deinen Selbstvorwürfen zu befreien.«

»Aber ...«

»Kein Aber. Erzähl mir lieber, wie es danach weiterging.«

»Können Sie sich das nicht denken?«

Das Thema war Raffael verständlicherweise unangenehm, doch darauf konnte Leona keine Rücksicht nehmen. »Würde ich dann fragen?«

»Also gut«, sagte er. »Um sich unserer Verschwiegenheit zu versichern, wurden meine Mutter und ich zu einer Zusammenarbeit gezwungen.«

»Übertreibst du jetzt nicht etwas?«, fragte Leona mit unüberhörbarer Skepsis.

»Nein, im Gegenteil«, beharrte Raffael. »Wenn wir uns geweigert hätten, wäre es uns wie Vater ergangen. Wir waren schließlich Mitwisser. Und damit jemand, der für diese Leute ein potenzielles Risiko darstellte.«

Seine Antwort brachte Leona zum Ausgangspunkt zurück: »Weißt du, wer diese Leute sind?«

Raffael zuckte mit den Schultern. »Keine Ahnung.«

»Aber sie müssen doch irgendwie Kontakt zu euch aufgenommen haben«, insistierte sie.

»Über einen Verbindungsmann«, erklärte Raffael. »Wobei ich den noch nie zu Gesicht bekommen habe. Das alles läuft telefonisch ab.«

»Deine Mutter hat sich ja aber mal mit ihnen getroffen«, stellte Leona fest. »Hat sie danach irgendetwas erzählt, was uns weiterhelfen könnte?«

»Ich weiß nur, dass es sich bei den beiden Männern um einschüchternd große Schlägertypen gehandelt haben soll.«

»Und was ist mit ihren Gesichtern?«

»Was soll damit sein? Sie trugen beide bis tief in die Stirn gezogene Baseballkappen und verspiegelte Sonnenbrillen.«

Seine Beschreibung ließ Leona davon ausgehen, dass es sich um dieselben Männer handelte, die sie in der Nähe von Urbans Grundstück gesichtet hatte. Wobei ihr das nicht wirklich weiterhalf. »Denk bitte noch einmal nach«, bat sie. »Ist ihr vielleicht sonst noch etwas aufgefallen? Ein Dialekt oder eine Tätowierung«, verdeutlichte sie, worauf sie hinauswollte, in der Hoffnung auf einen Hinweis, der sie weiterbringen könnte.

Doch Raffael schüttelte den Kopf. »Tut mir leid«, sagte er, »davon hat sie nichts erwähnt. Ich weiß nur, dass unser Verbindungsmann ein dialektfreies Hochdeutsch spricht und dass es noch weitere Hintermänner geben muss. Wir haben in Georgien zufällig etwas beobachtet. Wir haben gesehen, wie einer Frau ihr Neugeborenes weggenommen wurde. Und das nur«, wie er betonte, »weil sie ihre Mietschulden nicht bezahlen konnte. Dass sie für dieselbe Organisation wie wir tätig sind, wurde uns allerdings erst am nächsten Tag klar. In dem Moment, als wir in einem der uns anvertrauten Säuglinge jenes Neugeborene vom Vorabend wiedererkannten.«

Leona versuchte, sich nichts von ihrer Erschütterung anmerken zu lassen. »Kannst du mir sagen, um welche Organisation es sich dabei handelt?«

»Um eine in Berlin ansässige Hilfsorganisation«, erzählte Raffael mit in die Luft gemalten Gänsefüßchen, »die eng mit osteuropäischen Adoptionsvermittlungsstellen zusammenarbeitet.«

Seine Antwort rief Leona ihr mit Doktor Urban geführtes Gespräch in Erinnerung. Auch er hatte eine solche Organisation erwähnt. Wenn sie es genau bedachte, hatte er dafür fast die gleichen Worte wie Raffael gebraucht. Nur mit dem Unterschied, dass es sich damals noch gut und richtig in ihren Ohren angehört hatte, was er ihr diesbezüglich erzählt hatte. Darüber, dass die von ihm erwähnte Hilfsorganisation es sich zum Ziel gesetzt hatte, Kindern durch die Vermittlung in eine Adoptionsfamilie eine Zukunft zu geben, die sie sonst möglicherweise nicht hätten. Das soeben Gehörte und Leonas bisherige Erkenntnisse begannen sich zu einem erschreckenden Bild zusammenzusetzen.

»Wobei das Ganze nur als Deckmantel diente«, riss Raffael, der ihre Gedanken zu erahnen schien, sie aus ihren Überlegungen und klärte Leona über die Zusammenhänge auf. Darüber, dass seine Mutter und er gezwungen worden waren, Säuglinge aus verschiedenen europäischen Ländern nach Deutschland zu transportieren.

»Kannst du mir sagen, wohin genau ihr die Kinder gebracht habt?«, fragte Leona, obwohl sie die Antwort bereits zu kennen glaubte.

»Zu sogenannten Kinderwunschkliniken plus«, bestätigte Raffael.

»So wie die von Doktor Urban?« Es fiel Leona schwer, ihre Erschütterung zu verbergen.

Raffael nickte. »Bei der es sich übrigens um eine von insgesamt sechs über ganz Deutschland verteilte Kliniken handelt. Zu welcher von ihnen wir die uns anvertrauten Säuglinge jeweils bringen sollten, erfuhren wir erst, wenn wir die Grenze passiert hatten und uns wieder auf deutschem Boden befanden.« Eine Hinweistafel am Rand der Autobahn zeigte Leona, dass sie nur noch wenige Kilometer von dem mit Jenny vereinbarten Treffpunkt trennten. Vor lauter Vorfreude hätte sie beinahe die Bremslichter des vor ihr fahrenden Wagens übersehen. Geistesgegenwärtig trat sie auf die Bremse und kam gerade rechtzeitig am Ende eines sich plötzlich gebildeten Staus zum Stehen.

Leona nutzte die Wartezeit, um ihre Gedanken zu sortieren. Was angesichts dessen, was sie soeben von Raffael erfahren hatte, gar nicht so einfach war. Zumal sie nach wie vor nicht wusste, ob und wie Asja in dieses Bild passte. »Ist es dabei manchmal zu Zwischenfällen gekommen?«

Ihre Frage brachte ihr einen argwöhnischen Blick ein. »Wie meinen Sie das?«

»Wie ich es gesagt habe«, entgegnete Leona. »Ich rede von Asja.«

»Asja?« Raffaels Reaktion ließ nur zwei Schlussfolgerungen zu: Entweder war er ein brillanter Schauspieler, oder er wusste wirklich nicht, von wem sie sprach. Seine Verwunderung wirkte jedenfalls echt.

»Die Frau, die du zusammen mit deiner Mutter von ihrem Kind entbunden hast«, konkretisierte Leona, ohne ihn dabei aus den Augen zu lassen.

Sie hatte kaum ausgesprochen, als Raffael plötzlich ganz blass wurde und zu zittern begann. »Ich habe keine Ahnung, wovon Sie sprechen«, sagte er.

»Ach, wirklich nicht? Dann solltest du vielleicht mal einen Blick in die Zeitung werfen.« Leona schnappte sich ihre Handtasche von der Rückbank und entnahm ihr die Ostseezeitung vom Vortag. »Hier«, sagte sie und drückte sie ihm in die Hand.

»Was ist damit?«

»Warum findest du es nicht selbst heraus?«, ermunterte Leona ihn, sie aufzuschlagen. In diesem Moment setzte sich der Wagen vor ihnen in Bewegung. Während Leona ebenfalls anfuhr, hörte sie Raffael neben sich aufstöhnen.

»Na, fündig geworden?« Aus dem Augenwinkel sah sie, dass er ungläubig auf die Seite mit dem Fahndungsaufruf starrte, unter dem ihm neben dem Gesicht seiner Mutter sein eigenes entgegenblickte.

»Ich finde, ihr seid wirklich gut getroffen«, bemerkte

Leona sarkastisch. »Genauso wie der Krankenwagen, in dem Asja ihr Kind zur Welt gebracht hat. Dadurch sind wir euch übrigens auf die Spur gekommen«, sagte sie, um die Sache abzukürzen. »Und nun mach endlich den Mund auf und erzähl mir, was sich damals zugetragen hat und was aus dem Kind geworden ist.«

Die Entschiedenheit, mit der Leona das sagte, machte deutlich, dass Leugnen sinnlos war.

»Es war ein Unfall«, begann Raffael mit brüchiger Stimme zu erzählen. Ein leises Wimmern drang über seine Lippen. »Wir waren auf dem Weg zu unserem nächsten Einsatzort, einem in den Bergen gelegenen Kinderkrankenhaus. Ich habe den Wagen erst in letzter Minute gesehen«, beteuerte Raffael. »Er ist plötzlich hinter einer Kurve aufgetaucht. Ich wollte ihm ausweichen.« Er schluckte.

»Aber?«

»Ich muss wohl die Witterungsverhältnisse unterschätzt haben«, räumte er ein. »Es hatte in der Nacht geschneit, was zusammen mit den auf der Straße angefrorenen Kuhfladen ein gefährlich glattes Gemisch ergeben hatte. Der Fahrer des entgegenkommenden Wagens muss das gemerkt haben. Er hat noch versucht, gegenzusteuern, ist dabei aber von der Straße abgekommen und mit seinem Wagen einen steilen Abhang hinuntergestürzt.«

»Wie ging es dann weiter?«, drängte Leona.

»Es gab einen lauten Knall, und der Wagen ist in Flammen aufgegangen.« Auch nach all der seither vergangenen Zeit fiel es Raffael schwer, sein Entsetzen darüber zu verbergen. »Das hab ich wirklich nicht gewollt«, beteuerte er.

»Weißt du, was aus den Insassen geworden ist?«, erkundigte Leona sich vorsichtig. »Ich meine, ob sie den Unfall überlebt haben?«

Raffael schüttelte den Kopf. »Das wäre einem Wunder gleichgekommen. Ich nehme an, er ist in seinem Wagen verbrannt.«

»Er?«

»Der Fahrer.«

»Was soll das heißen, du nimmst es an?«, hakte Leona nach. »Seid ihr ihm denn nicht zu Hilfe geeilt?«

»Klar sind wir ausgestiegen und haben nachgeschaut. Aber es gab da nichts zu helfen. Das Feuer ...«, er schluckte. »Glauben Sie mir, da hätte niemand mehr etwas ausrichten können.«

»Willst du damit etwa andeuten, ihr habt euch einfach so von der Unfallstelle entfernt?« Leonas Fassungslosigkeit war mit Händen zu greifen.

»Nicht einfach so. Dazu wäre ich gar nicht in der Lage gewesen.«

»Und deine Mutter? Sagtest du nicht, sie sei Ärztin?«

»Da hätte selbst der beste Arzt nichts bewirken können.«

»Ihr hättet einen Notruf absetzen und die Polizei informieren können«, beharrte Leona.

»Das sagt sich so leicht. Wir konnten uns schließlich keinen Ärger erlauben. Und den hätten wir mit Sicherheit gekriegt, wenn die Polizei erst einmal ins Spiel gekommen wäre. Am Ende wären wir noch im

Gefängnis gelandet. Ich meine, wer hätte uns schon geglaubt?«

Seine Worte ließen Leona hellhörig werden. »Ich denke, es war ein Unfall?«

»Schon«, druckste Raffael herum, bevor er mit der Sprache herausrückte. »Aber dann wäre sicher herausgekommen, dass ich bei Fahrtantritt nicht ganz ausgenüchtert war.« Wie sich herausstellte, war es deswegen bereits mehrfach zu heftigen Auseinandersetzungen mit seiner Mutter gekommen. »Sie hat mich davor gewarnt, dass in Georgien geltende Alkoholverbot am Steuer zu ignorieren. Es schreibt 0,0 Promille vor. Aber ich ...«, brach es aus ihm heraus, »ich konnte ja nicht hören.« Während er das sagte, nahm in Leonas Kopf ein bisher aus losen Puzzleteilchen bestehendes Bild langsam Gestalt an. Sie spürte, dass sie nur noch ein paar Antworten davon entfernt war, um die leeren Felder zu füllen und alles zu einem schlüssigen Gesamtbild zusammenzusetzen. »Wie ging es danach weiter? Und was hat das alles mit Asja zu tun?«, drängte sie Raffael, mit seinem Bericht fortzufahren.

»Dann ist da plötzlich wie aus dem Nichts diese Frau aufgetaucht und wie eine Furie auf mich losgegangen. Ich nehme an, sie hat den Unfall beobachtet und mir die Schuld daran gegeben. Anders kann ich mir ihre Reaktion jedenfalls nicht erklären.«

»Klingt, als hätte sie den Fahrer des Wagens gekannt.«

»Er war ihr Mann.«

»Ihr Mann?«, vergewisserte Leona sich bestürzt. »Bist du sicher?«

»Sonst hätte sie wohl kaum die ganze Zeit über seinen Namen gerufen. Allerdings hat es eine Weile gedauert, bis uns der Zusammenhang klar geworden ist.«

»Wieso saß sie denn nicht mit ihm im Auto?«

»Das haben wir uns auch schon gefragt.«

»Und?«, drängte Leona.

Raffael zuckte mit den Schultern. »Die Einzige, die uns etwas darüber hätte sagen können, war diese Frau. Aber sie war völlig durch den Wind.«

»Wahrscheinlich stand sie unter Schock«, mutmaßte Leona.

Ein Nicken bestätigte ihre Vermutung. »Deshalb blieb meiner Mutter ja auch keine andere Wahl, als ihr eine Injektion zu verabreichen.«

»Was ist dann passiert?«

»Plötzlich haben ihre Wehen eingesetzt.«

Seine Worte ließen nur einen Schluss zu. »Also habt ihr sie einfach mitgenommen?«

»Ich ... Wir ...«, geriet Raffael ins Stottern. »Ich meine, was hätten wir denn machen sollen? Wir konnten sie in diesem Zustand ja nicht zurücklassen.«

»Und damit riskieren, dass sie euch verrät«, konnte Leona sich nicht zu sagen verkneifen. Raffaels betretenes Schweigen zeigte ihr, dass sie ins Schwarze getroffen hatte.

»Dann habt ihr ihr dabei geholfen, das Kind zur Welt zu bringen?«, vergewisserte Leona sich.

»Es wurde im Krankenwagen geboren«, bestätigte Raffael und untermauerte damit Asjas Behauptung.

»War es ein Junge oder ein Mädchen?«

»Ein Mädchen.«

»Was habt ihr mit dem Baby gemacht?«

»Wir haben es auf Anweisung unseres Kontaktmannes nach Deutschland gebracht.«

Leonas fassungslose Miene ließ ihn hinzufügen, dass sie dazu verpflichtet waren, sich bei auftretenden Problemen an ihn zu wenden. »Wir haben uns mit ihm in Verbindung gesetzt und die Situation geschildert. Er versprach, sich um alles zu kümmern und uns Papiere für das Kind zu besorgen.«

»Und Asja?«

»Die... nun... die sollten wir unterwegs loswerden«, druckste Raffael herum.

Leona brauchte nicht allzu viel Fantasie, um sich vorzustellen, was damit gemeint war. »Soll das etwa heißen, ihr habt sie wie einen räudigen Straßenköter ausgesetzt?« Ihre drastische Ausdrucksweise diente als Schutzschild, um sich ihre Erschütterung nicht anmerken zu lassen.

»Immer noch besser, als ...«

»Als was? Als sie erfrieren zu lassen? Es war schließlich bitterkalt«, entrüstete sie sich.

»Woher wollen Sie das denn wissen? Sie waren doch gar nicht dabei.«

»Ich nicht, aber Asja. Sie hat es mir erzählt.«

Es dauerte einen Moment, bis Raffael den Sinn ihrer Worte erfasst hatte. Leona konnte ihm förmlich ansehen, wie sein Begreifen in Erleichterung überging. »Dann ist sie am Leben?«

Auf ihr Nicken hin, stieß er einen tiefen Seufzer aus. »Sie glauben ja gar nicht, wie froh ich darüber bin und welche Last Sie mir damit von der Seele genommen haben.«

»Klingt, als ob das völlig überraschend für dich wäre.«

»Na ja ... Also irgendwie schon. Ich meine, wir hatten schließlich Anweisung, sie fernab jeder menschlichen Zivilisation auszusetzen. Da wäre es kein Wunder gewesen, wenn ...«

»So fernab kann es nicht gewesen sein«, widersprach Leona. »Sie wurde schließlich gefunden.«

»Wenn Sie das alles schon wissen, dann ...«

»Ich weiß nur das, was Asja mir darüber erzählt hat. Wobei das nicht allzu viel ist, da sie an Amnesie leidet. Sie konnte sich nicht einmal daran erinnern, ein Kind zur Welt gebracht zu haben. Geschweige denn unter welchen Umständen.« Sie wagte einen schnellen Seitenblick.

»Apropos Kind: Sagtest du nicht, ihr hättet es nach Deutschland gebracht?«

»Nach Lobbe«, konkretisierte Raffael.

»Zu Doktor Urban?«

Ein Nicken bestätigte ihre Vermutung. Das sich aus Raffaels Erzählungen ergebende Bild war alles andere als schön, aber es war zum ersten Mal fast vollständig. Lediglich ein paar weiße Flecken gab es noch. Wenn ihre Vermutung zutraf, konnte das nur bedeuten, dass Urbans Klinik von diesen Leuten als Umschlagplatz genutzt wurde, um Säuglinge aus Osteuropa mit einer mehr als fragwürdigen Herkunft an finanzkräftige Kunden zu verkaufen. Wobei es sich bei diesen Kunden nicht um irgendwelche verabscheuungswürdigen Monster, sondern um ganz normale Menschen handelte. Menschen wie sie und die Familie ihres Chefs, die unverschuldet in diese schrecklichen Machenschaften hineingezogen wurden. »Weißt du, was mit der Kleinen geschah, nachdem ihr sie in der Klinik abgeliefert habt?«, kam sie noch einmal auf Asjas Tochter zurück.

»Ich nehme an, sie wurde zur Adoption freigegeben.«

»Das ist mir schon klar. Ich meinte, ob du weißt, wer sie adoptiert hat.«

»Keine Ahnung. Dafür ist Urban zuständig.«

In diesem Moment tauchte vor ihnen die Raststätte auf, die Jenny ihr als Treffpunkt genannt hatte. »Wir sind da«, sagte Leona, während sie das Tempo verminderte und den Blinker setzte. Als sie kurz darauf auf den Parkplatz einbog, sah sie, dass sie bereits erwartet wurden. »Dort vorn«, sagte sie zu Raffael und wies auf Jenny, »ist meine Freundin.«

Wenig später lagen sich die beiden Frauen in den Armen.

27

Das Erste, was Leona sich nach der Begrüßung von Jenny anhören musste, war eine Standpauke. »Ist dir klar, welches Risiko du mit deinem Alleingang eingegangen bist? Dabei müsstest du doch eigentlich wissen, was passiert, wenn man seine Nase in Dinge steckt, die einen nichts angehen.«

Leona wusste genau, dass Jenny auf Bruhns anspielte. Der Mann, der sie in die Hütte im Nonnenloch verschleppt und geplant hatte, sie umzubringen. »Was hätte ich denn tun sollen?«, versuchte sie sich zu rechtfertigen. »Etwa tatenlos mit ansehen, wie diese Verbrecher auch noch unseren letzten Zeugen zum Schweigen bringen?«

»Du hättest dich zumindest mit mir absprechen können.«

»Wollte ich ja. Aber ...«

Jenny winkte müde ab. »Lass gut sein«, sagte sie versöhnlich. »Zum Glück ist es ja noch mal gut gegangen. Sag mir lieber, was du herausgefunden hast.«

»Es würde viel zu viel Zeit in Anspruch nehmen, dir alles zu erzählen«, sagte Leona und holte ein Diktiergerät aus ihrer Jackentasche. »Deswegen habe ich unser Gespräch aufgenommen. Heimlich«, wie sie betonte. »Weshalb ich dich bitte, es Raffael gegenüber unerwähnt zu lassen. Ich will sein Vertrauen schließlich nicht gleich wieder verspielen.«

Jenny warf ihr einen erstaunten Blick zu. »Klingt, als hättest du ihn ins Herz geschlossen.«

»Er tut mir einfach nur leid«, stellte Leona klar. »Ich meine, es ist ja nicht so, dass er das alles aus freien Stücken getan hätte.«

»Was soll das heißen?«

»Das wirst du dann schon sehen oder vielmehr hören«, verbesserte sie sich und drückte Jenny das Diktiergerät in die Hand. »Aber Vorsicht, das ist nichts für schwache Nerven.«

»Ich hoffe, das soll keine Anspielung auf Asjas Kind sein?«, konnte Jenny, der es sichtlich schwerfiel, ihre Neugier im Zaum zu halten, sich nicht zu fragen verkneifen.

»Keine Sorge, soweit ich das beurteilen kann, scheint es der Kleinen gut zu gehen.«

»Dann ist es also ein Mädchen?«

Leona nickte. »Raffael und seine Mutter haben sie nach Deutschland gebracht, zu Doktor Urban in dessen Kinderwunschklinik.«

»Gut, dass du ihn erwähnst«, sagte Jenny, nachdem Leona sie diesbezüglich kurz und knapp auf den neuesten Stand gebracht hatte. »Ich habe eine Kollegin damit beauftragt, sich um seine Sicherheit zu kümmern. Sie heißt Dorina Burg und ist eine der besten Scharfschützinnen, die ich kenne. Wenn jemand …«

»Mag sein. Aber ist sie auch vertrauenswürdig?«, wurde sie von Leona unterbrochen. »Nach meinen bisherigen Erkenntnissen verfügen diese Leute nämlich über erstaunlich gute Kontakte.«

»Das ist mir durchaus bewusst«, entgegnete Jenny kurz angebunden.

»Tut mir leid«, entschuldigte Leona sich. »Das sollte keine Kritik sein. Ich wollte dir lediglich den Ernst der Lage verdeutlichen. Nicht dass du am Ende eine böse Überraschung erlebst.«

»Keine Sorge. Ich weiß schon, wen ich ins Vertrauen ziehen kann und wen nicht.« Jenny holte ihr Notizbuch hervor und entnahm ihm einen Zettel. »Das hier«, sagte sie, »ist Dorinas Handynummer. Für den Fall, dass du demnächst mal ungestört mit Urban telefonieren willst.« Sie kannte Leona offensichtlich gut genug, um zu wissen, dass diese es kaum erwarten konnte, ihn zur Rede zu stellen. »Damit dieses Wissen nicht in die falschen Hände gerät, ist es sicher kein Fehler, wenn du dich über Dorina mit ihm in Verbindung setzt.« Bevor Leona etwas erwidern konnte, fügte sie hinzu: »Unsere Techniker haben nämlich herausgefunden, dass Erica Heines Handy abgehört wurde. Das erklärt, wie diese Leute von ihren Absichten Wind bekommen haben.«

Sie ließ Leona einen Moment Zeit, ihre Worte zu verdauen. »Und nun glaubst du, dass das auch auf Urbans Handy zutrifft? Dass er abgehört wird?«, vergewisserte sie sich.

»Ich kann es zumindest nicht ausschließen. Deshalb«, sagte Jenny und entnahm ihrer Handtasche ein Prepaidhandy, »würde ich dich bitten, ihm das hier zukommen zu lassen und ihm auszurichten, dass er mich jederzeit unter der darin abgespeicherten Nummer erreichen kann. Und dass er ab sofort alle den Fall betreffenden Anrufe nur noch darüber tätigen soll.«

»Ich werde dafür sorgen, dass er es so schnell wie möglich bekommt«, versprach Leona, während sie das Handy entgegennahm und in ihrer Handtasche verstaute. »Weißt du schon, wie es jetzt mit Raffael weitergeht?«, erkundigte sie sich.

»Ich bringe ihn erst mal zu einem Freund. Der wird sich um ihn kümmern.« Mehr wollte Jenny ihr offensichtlich nicht verraten. Leona wusste, dass der Grund dafür nicht mangelndes Vertrauen war, sondern weil Jenny sie nicht in Gefahr bringen wollte. Und das hätte sie unweigerlich, wenn sie sie in ihre Pläne eingeweiht hätte. »Ich kann dir versichern, dass er dort, wo ich ihn hinbringe, gut aufgehoben ist.« Nachdem das geklärt war, ging Leona zu ihrem Auto zurück, wo sie von Raffael erwartet wurde.

»Und, was hat Ihre Freundin gesagt?«, wollte er wissen.

»Das wirst du gleich erfahren. Komm«, forderte Leona ihn auf, ihr zu folgen, »ich mach euch miteinander bekannt.«

28

Mit zum Gruß erhobener Hand sah Leona dem sich rasch entfernenden Wagen ihrer Freundin nach. Sobald er aus ihrem Blickfeld verschwunden war, machte sie kehrt und ging zu ihrem Auto zurück. Inzwischen war es kurz vor 19 Uhr. Wenn kein Stau dazwischenkam, konnte sie vor Mitternacht in Lobbe sein. Während sie Kilometer um Kilometer durch den hereinbrechenden Abend fuhr, glitten ihre Gedanken immer wieder zu Urban. Seit sie von Raffael erfahren hatte, dass Asjas Tochter in seiner Klinik gelandet war, konnte sie es kaum erwarten, ihn deshalb zur Rede zu stellen. Einmal hätte sie vor lauter Ungeduld fast zum Handy gegriffen, um ihn anzurufen, damit er ihr sofort die dafür erforderliche Akte heraussuchte. Doch dann fiel ihr ein, dass er dazu erst in die Klinik fahren musste, und sie beschloss, ihre Ungeduld noch eine Weile zu bezähmen und ihren Anruf auf den kommenden Tag zu verschieben.

Am nächsten Morgen wurde Leona von einem durch die Jalousie fallenden Sonnenstrahl geweckt. Ganz verschlafen, brauchte sie einen Moment, um sich darüber klar zu werden, wo sie sich befand und welcher Tag heute war.

Voller Ungeduld schwang sie die Beine aus dem Bett und eilte ins Badezimmer. Nachdem sie geduscht und sich angezogen hatte, war es kurz nach sieben. Leona ging nach unten, um Urban anzurufen. Sie hatte sich lange genug in Geduld geübt. Nun war es an der Zeit, dass er sein Wissen mit ihr teilte. Sie griff zu ihrem Handy und wählte Dorinas Nummer.

»Burg«, meldete sich eine trotz der morgendlichen Stunde munter klingende Frauenstimme.

»Hier ist Pirell, Leona Pirell. Ich …« Weiter kam sie nicht.

»Ich weiß, wer Sie sind. Jenny hat mich gestern Abend angerufen und mir Ihren Anruf angekündigt. Ich soll Ihnen ausrichten, dass sie wohlbehalten zu Hause angekommen ist. Das trifft übrigens auch für Raffael zu, der sich inzwischen in der Obhut ihres Bekannten befindet«, ließ Dorina Burg sie wissen. »Aber deswegen rufen Sie sicher nicht an.«

»Stimmt. Ich würde gerne mit Doktor Urban sprechen.«

»Einen Moment bitte«, hörte sie Dorina sagen.

Wenig später hatte Leona ihn am Apparat. »Ich rufe an, weil es ein paar Dinge gibt, die ich mit Ihnen besprechen möchte, allerdings nicht am Telefon.«

»Wann und wo wollen wir uns treffen?«

Diese Frage hatte Leona sich auch schon gestellt. Dabei war sie auf den Rügen-Markt gekommen, der von Mai bis Oktober an jedem Dienstag und Donnerstag in Thiessow stattfand und sich vor allem bei Touristen großer Beliebtheit erfreute. Konnte man hier doch neben einheimischen Köstlichkeiten liebevolle Handarbeiten, Schmuck, Keramik und ausgefallene Mitbringsel für die Daheimgebliebenen erstehen. Mit an die hundert Kunsthandwerkern war der Markt nicht nur einer der größten, sondern zugleich einer der schönsten seiner Art auf Rügen und damit bestens geeignet, um in der Menge untertauchen zu können. Zumal heute Donnerstag war. »Um elf auf dem Rügen-Markt.«

»Wo genau?«

Leona rief sich das Gelände vor Augen. »Wir könnten uns vor dem Zeltplatz treffen«, schlug sie vor. Als Urban nichts darauf erwiderte, fügte sie hinzu: »Seien Sie einfach pünktlich, dann finde ich Sie schon.«

»Also gut …«

»Da wäre übrigens noch etwas«, unterbrach Leona ihn. »Könnten Sie zuvor in der Klinik vorbeischauen und eine Akte für mich heraussuchen?«

»Warum sollte ich das tun? Ich meine, die Akten unterliegen schließlich der Geheimhaltung. Ich würde mich strafbar machen, wenn …«

»Sie haben sich bereits strafbar gemacht«, stellte Leona klar. »Da kommt es darauf nicht mehr an. Außerdem schulden Sie mir einen Gefallen«, rief sie ihm ins Gedächtnis.

»Meinetwegen«, gab Urban sich widerwillig geschlagen. »Haben Sie einen Namen?«

»Leider nicht.«

»Und wie soll ich die Akte dann finden?«

»Es geht dabei um eine im Januar dieses Jahres von Ihnen abgewickelte Adoption.«

»Im Januar sagen Sie?« Ihre Auskunft schien Urban aus irgendeinem Grund zu beunruhigen, auch wenn er versuchte, sich nichts anmerken zu lassen.

»Am 21., um genau zu sein.« Dieses Datum hatte Raffael ihr genannt. »Ich denke der genaue Tag und die Tatsache, dass es sich dabei um einen weiblichen Säugling handelt, sollte genügen, um die Auswahl einzugrenzen.«

»Darf ich mich nach dem Grund für Ihr Interesse erkundigen?«, startete er einen erneuten Vorstoß.

»Keine Sorge, den erfahren Sie früh genug. Bringen Sie einfach die Akte mit und seien Sie pünktlich.« Damit legte sie auf.

Um die Zeit bis zu ihrem Treffen nicht ungenutzt verstreichen zu lassen, schwang Leona sich in den Sattel und drehte eine Runde mit dem Fahrrad. Als sie am »Strandhus« vorbeikam, begann ihr Magen zu knurren, und sie beschloss, sich eine kleine Stärkung zu gönnen. Ein Tablett mit einem Croissant und einer Tasse Kaffee vor sich her balancierend, suchte sie sich einen Platz an einem der vor dem Restaurant aufgestellten Tische und Bänke, machte es sich gemütlich und las in der Ostseezeitung. Ehe sie es sich versah, war es halb elf geworden und damit Zeit, sich auf den Weg zu machen. Nachdem sie sich in den Strom der Radfahrer eingereiht hatte, die unterwegs nach Thiessow waren, folgte sie zunächst der Straße entlang des Campingplatzes. Nach ein paar Metern bog sie nach links auf den erst kürzlich neu asphaltierten Radweg ein, der kurz darauf in den unmittelbar hinter den Dünen verlaufenden Strandwald eintauchte. Als sie in Höhe des Hauses »Waldfrieden« die zum Rügen-Markt führende Hauptstraße überquerte, war es kurz vor elf. Leona suchte sich einen

Stellplatz für ihr Fahrrad und schloss es ab. Dann hielt sie nach Doktor Urban Ausschau. Sie entdeckte ihn an der Schranke zum Campingplatz. In seiner Begleitung befand sich eine kleine Blondine.

»Darf ich Ihnen meine Begleiterin vorstellen?«, fragte Urban, nachdem sie einander begrüßt hatten. »Das ist Dorina Burg.«

»Es freut mich, Sie persönlich kennenzulernen«, erwiderte Leona, während sie ihr die Hand reichte, »Jenny hat mir viel von Ihnen erzählt.«

»Ich hoffe nur Gutes?« Der Blick, mit dem Dorina Burg sie musterte, verriet einen wachen Geist.

»Ich habe gehört, Sie sollen eine brillante Scharfschützin sein.«

»Hat Jenny das gesagt?« Dorinas Lächeln war so entwaffnend, dass Leona Mühe hatte, sich diese zierliche Frau mit einer Pistole in der Hand vorzustellen. Geschweige denn mit einem Sturmgewehr. »Allerdings hoffe ich, dass es nicht nötig sein wird, Ihre Schießkünste unter Beweis zu stellen.«

Inzwischen befanden sie sich inmitten des bunten Markttreibens. »Das hoffe ich auch«, erwiderte Dorina Burg, während sie einen Blick auf die Menschenmassen warf, die Buden und Stände belagerten. »Im Moment sehe ich jedenfalls keine Veranlassung dazu. Deshalb werde ich sie beide jetzt erst einmal allein lassen«, fügte sie augenzwinkernd hinzu, »und dafür sorgen, dass sie sich ungestört unterhalten können.«

Leona sah, wie sie ihrer Handtasche eine verspiegelte Sonnenbrille entnahm und aufsetzte. Zusammen mit ihrer kurzen Jeans und der geblümten Bluse hätte man Dorina für eine harmlose Touristin halten können. Doch Leona wusste, dass dieser Eindruck täuschte, denn hinter ihrer elfenhaften Erscheinung verbarg sich eine stählerne Entschlossenheit. Dorina war jederzeit bereit, sie und Urban unter Einsatz ihres Lebens zu beschützen. Weshalb Leona sich beruhigt auf ihr Gespräch mit ihm konzentrieren konnte. Sobald Dorina außer Hörweite war, erkundigte sie sich bei ihm nach der Akte. »Und, sind Sie fündig geworden?«

»Ich denke schon.«

»Darf ich mal sehen?« Als Leona ihm erwartungsvoll die Hand entgegenstreckte, begann Urbans Handy zu klingeln. Er meldete sich, und gleich darauf zog ein Schatten über sein Gesicht. Obwohl er versuchte, sich nichts davon anmerken zu lassen, entging Leona nicht, wie angespannt er wirkte und wie wortkarg er sich gab.

»Schlechte Nachrichten?«, erkundigte sie sich wie beiläufig, nachdem er aufgelegt hatte.

»Wie man's nimmt«, erwiderte Urban so leise, dass sie ihn inmitten der Menschenmassen kaum verstand.

»Tut mir leid, ich wollte mich nicht in Ihre Angelegenheiten einmischen. Ich dachte nur ...«

»Das muss Ihnen nicht leidtun, im Gegenteil.« Leonas verwunderte Miene ließ ihn hinzufügen, dass er ihr sogar zu Dank verpflichtet sei. »Denn ohne Ihre Einmischung hätte ich jetzt ein Problem gehabt. Das eben war einer von diesen Männern.«

»Die, die sich gestern in der Nähe Ihres Hauses herumgetrieben haben?«, vergewisserte Leona sich alarmiert.

»Zumindest wüsste ich nicht, wer sonst noch ein Interesse an meinem Sohn haben könnte.«

»Was wollte er?«

»Wissen, ob ich etwas von ihm gehört habe und wo er sich aufhält.«

»Hat er sich mit Ihrer ausweichenden Antwort zufriedengegeben?«

»Es ist ihm nichts anderes übrig geblieben. Auch wenn ich fürchte, dass das diese Leute nicht davon abhalten wird, weiter nach ihm zu suchen. Ich wurde aufgefordert, sofort Bescheid zu geben, wenn er sich bei mir melden sollte.«

In Leonas Kopf begann eine vage Idee Kontur anzunehmen. Allerdings war sie zu unausgereift, um darüber zu reden. Wobei Urban ohnehin nicht der passende Ansprechpartner gewesen wäre. »Wissen diese Leute, dass Raffael Ihr Sohn ist?«, hakte sie nach.

»Das kann ich mir nicht vorstellen. Zumal ich es ja selbst erst kürzlich erfahren habe.« Er schluckte. »Von Erica. Wir ... nun, wir hatten vor etlichen Jahren mal eine kurze Affäre miteinander. Sie hatte damals gerade ihr Studium beendet und unter meiner Leitung auf der Geburtenstation einer Berliner Frauenklinik ihre Facharztausbildung absolviert«, erzählte er Leona. »Allerdings war ich zu der Zeit verheiratet und hatte nicht vor, mich von meiner Frau scheiden zu lassen. Trotzdem«, hörte Leona ihn wie zu sich selbst sagen, »kann ich nicht verstehen, dass sie nie etwas gesagt hat. Ich meine, sie muss doch ...«

»Vielleicht wusste sie ja, dass ein Kind Sie auch nicht dazu hätte bewegen können, sich von Ihrer Frau zu trennen«, gab Leona zu bedenken. Während sie das sagte, fiel ihr Blick zufällig auf Dorina. Sie stand ein paar Meter von Ihnen entfernt und schleckte ein Eis, das sie sich an einem der Stände gekauft hatte. Ihrer selbstvergessenen Miene nach zu urteilen, war sie ganz in den Genuss vertieft. Doch Leona wusste, dass das nur Tarnung war. Dass ihr nicht das Geringste entging von dem, was um sie herum geschah.

»Wahrscheinlich«, riss Urban sie aus ihren Betrachtungen, »haben Sie recht. Jedenfalls haben wir uns danach aus den Augen verloren. Ich sah Erica erst im Rahmen unserer …«, er stockte kurz, als sei es ihm peinlich darüber zu reden, »unserer Zusammenarbeit wieder.«

Seine Worte bestätigten Leona, was sie seit ihrem Gespräch mit Raffael vermutet hatte. »Wieso arbeiten Sie mit diesen Leuten zusammen?«

»Mir blieb keine andere Wahl«, bekannte Urban widerstrebend.

»Wollen Sie darüber sprechen?«

»Ich fürchte, da gibt es nicht viel zu sagen: Außer vielleicht, dass man mich an meiner empfindlichsten Stelle getroffen hat. Auch wenn das«, wie er mit einem traurigen Lächeln hinzufügte, »keine Entschuldigung sein soll.«

Seine Worte machten Leona neugierig. »Und welche wäre das?«

»Man nehme eine reichliche Portion Ehrgeiz«, begann Urban nicht ohne die nötige Häme, »dazu eine Prise Größenwahn. Das Ganze gepaart mit einem skrupellosen Finanzberater, der ihnen einen Kredit mit sagenhaft günstigen Konditionen in Aussicht stellt. Wer würde da nicht schwach werden? Erst recht, wenn damit die Erfüllung eines Traumes in greifbare Nähe rückt. Es war schon lange mein Wunsch gewesen, eine Kinderwunschklinik zu eröffnen, doch alle vorherigen Versuche waren gescheitert. Mithilfe dieses Kredites war deren Finanzierung endlich möglich geworden. Auch wenn«, wie er betonte, »mir eigentlich hätte klar sein müssen, dass ich einen solchen Kredit nie und nimmer werde zurückzahlen können. Jedenfalls nicht aus eigener Kraft. Aber dann war da ja wie gesagt noch dieser überaus fähige Finanzberater.« Leona sah ihn Gänsefüßchen in die Luft malen. »Inzwischen weiß ich, dass wir uns nicht zufällig über den Weg gelaufen sind, sondern dass er auf mich angesetzt wurde, um mir diesen Kredit aufzuschwatzen. Und das, obwohl er genau wusste, dass er mich damit unweigerlich in den Ruin treiben würde.«

»Warum hätte er das tun sollen?«

»Warum? Wahrscheinlich weil er diesen Leuten selbst einen Gefallen schuldig war. Genau wie ich, nachdem sie mich mithilfe dieses Kredites erst einmal in der Hand hatten.«

»Soll das heißen, diese Leute haben Sie gezielt ausgewählt?«, vergewisserte Leona sich ungläubig.

Urban nickte. »Alles andere würde jedenfalls keinen Sinn für mich ergeben.«

»Aber warum? Ich meine, weshalb sollte jemand so viel Aufwand betreiben? Dafür muss es doch einen Grund geben.«

»Ich glaube, dass es diesen Leuten in allererster Linie um Macht geht. Und zwar um die mit einer bestimmten Position verbundene Macht«, unterstrich er. »In meinem Fall dürfte es meine Stellung als zukünftiger Leiter einer Kinderwunschklinik gewesen sein, die mich für sie interessant gemacht hat.«

Plötzlich musste Leona an Raffael denken und daran, was er ihr über seinen Stiefvater erzählt hatte. Über seinen Ehrgeiz in Bezug auf den von ihm angestrebten Richterposten.

»Genau genommen«, riss Urbans Stimme sie aus ihren Überlegungen, »ging es diesen Leuten um nichts anderes, als meine Schwächen gezielt für sich auszunutzen und dadurch ein Abhängigkeitsverhältnis aufzubauen, aus dem ich nicht mehr herauskomme. Der Kredit war der Köder. Nur dazu gedacht, mich durch die damit verbundenen Zinsen in eine Schuldenfalle zu locken. Und schon hatten sie mich da, wo sie mich haben wollten. Und als ich es gemerkt habe«, fügte er verbittert über seine eigene Naivität hinzu, »war es zu spät, um auszusteigen. Sie haben mir für eine entsprechende Gegenleistung angeboten, mir dabei zu helfen, meine Schulden zu begleichen.«

»Was sollten Sie tun?«, fragte Leona, obwohl sie die Antwort bereits kannte.

»Ich sollte kinderlosen Paaren im Rahmen einer Adoption zu Nachwuchs verhelfen.«

»Geht das denn so einfach, ich meine …«

»Mir wurde die Zusammenarbeit mit einer in Berlin ansässigen Adoptionsvermittlungsstelle nahegelegt.

Die damit verbundene Provision sollte mir zur Tilgung meiner Schulden verhelfen. Womit sich der Kreis dann wieder schließt«, verdeutlichte Urban ihr die von diesen Leuten verfolgte Strategie.

Während Leona sich bei seinen Worten das Sprichwort von der Katze, die sich in den eigenen Schwanz beißt, aufdrängte, hörte sie ihn sagen, dass das so auch in Ericas Fall abgelaufen sei.

»Dann hat sie sich Ihnen also anvertraut?«

»Das brauchte sie nicht. Wir wussten schließlich beide, worauf wir uns eingelassen hatten. Und weil das so war, haben wir auch nicht darüber gesprochen, sondern uns in stummer Übereinkunft in unser Schicksal gefügt.«

»Haben Sie es sich damit nicht ein bisschen zu einfach gemacht?«, konnte Leona sich nicht zu sagen verkneifen.

»Mag sein, aber was sollten wir tun? Wir hatten schließlich keine andere Wahl. Allerdings weiß ich, dass Erica sich sehr schwer damit getan hat. Sie konnte sich einfach nicht mit der Vorstellung anfreunden, für diese Leute zu arbeiten. Das konnte keiner von uns. In letzter Zeit haben sich zudem eine Reihe von Zwischenfällen ereignet und die ohnehin schon angespannte Situation verschärft.«

»Was denn für Zwischenfälle?«, fragte Leona, die beschlossen hatte, die Unwissende zu spielen.

»Das steht alles in dem Brief, den Erica mir geschrieben hat. Man könnte ihn als eine Art Vermächtnis betrachten.«

Seine Worte machten Leona neugierig. »Haben Sie ihn zufällig dabei?«

»Nein, aber ich mache Ihnen gerne eine Kopie. Zumal er auch für die Polizei von Interesse sein dürfte. Erica hat darin quasi ihr ganzes Leben offengelegt: Von Raffael über ihren Mann und die Umstände seines Todes bis hin zu einer Auflistung aller Vorkommnisse aus der Zeit, in der sie für diese Leute tätig war, hat sie alles erzählt.« Er hielt kurz inne, um sich mit einer müden Geste mit der Hand über die Augen zu fahren. »Manchmal denke ich, sie muss ihn in weiser Voraussicht geschrieben haben. Als hätte sie gespürt, dass wir nicht die Gelegenheit zu einem persönlichen Gespräch haben würden, wie wir es eigentlich für den Tag ihrer Verhaftung geplant hatten.«

»Wie kam es dazu?«

»Sie rief an, um sich mit mir zu treffen.«

»Weshalb?«

»Um mit mir über ihre Pläne zu reden.«

»Welche Pläne?«

»Sie wollte aussteigen. Konnte das Ganze nicht länger mit ihrem Gewissen vereinbaren.«

»Hat sie Ihnen gesagt warum?«

»Sie wollte es, kam aber nicht dazu, weil da schon die Polizei im Anmarsch war. Erica blieb nur, mir zwischen Tür und Angel mitzuteilen, dass Raffael mein Sohn sei, und mich zu bitten, mich um ihn zu kümmern. Den Rest sollte ich dem Brief entnehmen, den sie mir dabei in die Hand gedrückt hat.«

»Und woher wussten Sie, wo Raffael sich aufhielt?«

»Von Erica. Sie sagte mir, ich würde ihn in Groß Zicker bei den Kitesurfern finden. Also bin ich hingefahren, um ihn abzuholen und zu mir nach Hause zu bringen. Ich dachte, dort wäre er in Sicherheit. Aber da hatte ich mich offensichtlich getäuscht.«

»Zum Glück ist ja noch mal alles gut gegangen«, sagte Leona.

»Allerdings nur dank Ihrer Hilfe.« Er warf ihr einen nachdenklichen Blick zu. »Ich frage mich schon die ganze Zeit über, woher Sie wussten, dass er sich bei mir aufhält.«

»Das war Zufall«, erklärte Leona. »Ich habe beobachtet, dass Sie im Kaufhaus Stolz Haarfärbemittel gekauft haben. Das hat meine Neugier geweckt und ich bin Ihnen zu Ihrem Haus gefolgt. Nach einer Weile ist dann Raffael an einem der Fenster aufgetaucht. Der Rest dürfte Ihnen bekannt sein.«

Ihre Worte konnten Urban nicht voll überzeugen. »Trotzdem verstehe ich immer noch nicht, woher Sie wussten, dass er mein Sohn ist«, bohrte er nach.

»Das habe ich nicht gewusst.« Sie überlegte, ob sie ihm von Asja erzählen sollte, entschied sich jedoch dagegen. Stattdessen berief sie sich auf den Fahndungsaufruf. »Aber ich habe sein Bild neben dem von Erica in der Ostseezeitung gesehen.«

»Und warum sind Sie nicht gleich zur Polizei gegangen?«

»Weil ich nicht wollte, dass es ihm wie seiner Mutter ergeht«, entschloss sie sich zu sagen.

Urban musterte sie erstaunt. »In Bezug auf ihre Verhaftung oder ihren tragischen Tod?«

»Beides«, erwiderte Leona in der Hoffnung, dass er sich damit zufriedengeben würde.

Urban schien ihre Antwort gar nicht mitbekommen

zu haben. Sein Gesicht hatte einen nach innen gewandten Ausdruck angenommen. »Seit ich davon erfahren habe«, sagte er mit belegter Stimme, »frage ich mich, wie sie das tun konnte.« Er schüttelte den Kopf, als könne er es immer noch nicht fassen. »Ich meine, es muss doch einen Grund dafür gegeben haben, dass sie sich das Leben genommen hat.«

Leona lag auf der Zunge zu sagen, dass es kein Selbstmord war. Dann musste sie allerdings an ihren Vorgesetzten und das ihm gegebene Versprechen denken, und sie beschloss, den Mund zu halten. Letztendlich hätte ihr Geständnis nichts an der Situation geändert. Während sie krampfhaft nach einem unverfänglicheren Gesprächsthema suchte, sagte Urban, dass das überhaupt nicht zu Erica passen würde. »Schon allein wegen Raffael. Sie muss gewusst haben, was sie ihm damit antut.«

»Vielleicht hat sie keinen anderen Ausweg gesehen«, gab Leona zu bedenken. »Ich meine, sie befand sich schließlich in einer Ausnahmesituation.« Bevor Urban etwas darauf erwidern konnte, entnahm sie ihrer Handtasche das Handy, das Jenny ihr am Vortag übergeben hatte. »Das hier«, sagte sie in der Hoffnung, ihn damit auf andere Gedanken zu bringen, »ist übrigens für Sie. Von meiner Freundin. Sie hat mich darum gebeten, es Ihnen persönlich auszuhändigen. Es handelt sich dabei um eine reine Vorsichtsmaßnahme. Ich soll Ihnen ausrichten, dass Sie sie jederzeit unter der darin abgespeicherten Nummer erreichen können. Und bitte benutzen Sie ab sofort für alle dieses Thema betreffenden Anrufe nur noch dieses Handy.«

Es dauerte einen Moment, bis sich ihm der Sinn ihrer Worte erschloss. »Soll das heißen, ich werde abgehört?«

»Tut mir leid. Das entzieht sich meiner Kenntnis. Ich weiß nur, dass Erica abgehört wurde. Was wiederum die Vermutung nahelegt, dass das auch auf Sie zutrifft. Und um kein Risiko einzugehen ...«

»Keine Sorge, ich habe verstanden«, wurde sie von Urban unterbrochen. Nachdem Leona ihm das Handy ausgehändigt hatte, kam sie noch einmal auf den Grund für ihr Treffen zu sprechen. »Darf ich Sie dann jetzt um die Akte bitten?«

Statt ihrer Aufforderung nachzukommen, kratzte Urban sich nachdenklich am Kopf. »Ihnen ist hoffentlich klar, was passiert, wenn herauskommt, dass ich Ihnen Einsicht gewährt habe.«

Leona konnte er damit nicht beeindrucken. »Ich denke, das ist im Augenblick unser geringstes Problem«, entgegnete sie ungerührt.

»Was versprechen Sie sich eigentlich davon?«, unternahm er einen letzten Versuch, sie davon abzuhalten. »Ich meine, warum ist ausgerechnet diese Akte von so großer Bedeutung für Sie?«

»Weil ich die Mutter des Kindes kenne und weil ich möchte, dass ...«

»Das muss ein Irrtum sein«, fiel Urban ihr ins Wort. »Die Kleine ist ein Waisenkind. Erica hat mir erzählt, dass ihre Mutter starb ...«

»Mag sein, dass Erica das dachte«, kam Leona auf Asja und die Umstände, unter denen sie ihr Kind zur Welt gebracht hatte, zu sprechen. »Aber sie hat sich geirrt«, sagte sie und streckte ihm ihre Hand entgegen. »Und nun rücken Sie endlich die Akte heraus.«

Während Urbans Begreifen in Erleichterung überging kam er ihrer Bitte mit einem tiefen Seufzer nach. »Ich fürchte, das dürfte ein ziemlicher Schock für die Adoptiveltern werden«, hörte Leona ihn wie zu sich selbst sagen.

Und nachdem sie einen Blick in die Akte geworfen hatte, stand auch ihr das Entsetzen ins Gesicht geschrieben.

29

Im Nachhinein wusste Leona nicht mehr genau, wie lange sie fassungslos auf die Akte in ihren Händen gestarrt hatte. Sie erwachte erst aus ihrer Starre, als Dorina plötzlich vor ihr stand und sie sanft an der Schulter berührte. »Alles in Ordnung?«, erkundigte sie sich besorgt. »Sie sehen so blass aus.«

»Keine Sorge, es geht mir gut«, sagte Leona ohne große Überzeugung, bevor sie die Akte in ihrer Handtasche verstaute und sich mit einem flüchtigen Gruß verabschiedete. Sie musste erst einmal allein sein.

Auf dem Rückweg zu ihrem Fahrrad klingelte ihr Handy. »Pirell«, meldete sie sich geistesabwesend.

»Ich bins, Jenny«, drang die Stimme ihrer Freundin an ihr Ohr. »Ich wollte nur mal hören, wie dein Gespräch mit Urban gelaufen ist.«

»Ich komme gerade von ihm.«

»Und?«

»Ich weiß jetzt, wer Asjas Tochter adoptiert hat«, sagte Leona und setzte sie über den Inhalt der Akte in Kenntnis.

»Bist du dir sicher?« Jenny klang genauso betroffen, wie Leona sich fühlte. »Ganz sicher.« Sie seufzte.

»Weiß Asja es schon?«

»Du bist die Erste, mit der ich darüber spreche.«

»Was wirst du nun tun?«

»Wenn ich das nur wüsste.«

»Wenn du Hilfe brauchst …«

»Danke für das Angebot. Aber damit muss ich erst einmal selbst klarkommen.« Leona schluckte. »Weißt du, woran ich immerzu denken muss?«, fragte sie, ohne Jenny die Möglichkeit einer Antwort einzuräumen. »Ich muss daran denken, dass ich es die ganze Zeit über geahnt habe. Und dass ich nur zu feige war, mir das einzugestehen. Ich meine, es gab schließlich so viele Hinweise, die mich hätten hellhörig werden lassen müssen.« Sie hielt kurz inne, ihr war noch etwas eingefallen. »Apropos Hinweis: Es gibt da noch etwas, was du wissen solltest«, brachte sie die Sprache auf Doktor Urban zurück.

»Und das wäre?«

»Während unseres Gesprächs erhielt Urban einen Anruf.«

»Von wem?«

»Vermutlich von einem der beiden Männer, die sich gestern in der Nähe seines Hauses herumgetrieben haben.«

Plötzlich war Jenny hellwach. »Was wollte er?«

»Wissen, wo Raffael sich aufhält.«

»Was hat Urban gesagt?«

»Nichts natürlich.«

»Und wie ging es weiter?«, drängte Jenny.

»Urban wurde beauftragt, sich zu melden, sobald er etwas von ihm hört. Das hat mich auf eine Idee gebracht ...« Leona weihte Jenny in den Plan ein, der ihr seither im Kopf herumspukte und der von Sekunde zu Sekunde mehr an Kontur gewann. »Du kennst doch sicher diese Hütte im Nonnenloch.«

»Die, in die Bruhns dich verschleppt hat?«

»Genau die.«

»Ja und?« Es war offensichtlich, dass Jenny nicht die geringste Ahnung hatte, worauf Leona hinauswollte.

»Urban könnte doch anrufen und sagen, er habe herausgefunden, dass Raffael sich dort aufhält. Was natürlich nicht stimmt. Nur dass diese Leute das nicht wissen können. Und wenn ...«

»Du willst, dass wir ihnen eine Falle stellen?« Mit einem Mal klang Jenny ganz aufgeregt. »Die Idee ist mir noch gar nicht gekommen. Aber ich muss gestehen, sie ist brillant. Vielleicht solltest du langsam mal darüber nachdenken, deinen Beruf an den Nagel zu hängen und zur Polizei zu wechseln.«

»Bloß nicht«, wehrte Leona entsetzt ab, bevor sie auf die Einzelheiten ihres Planes zu sprechen bekam.

30

Er musste aufpassen, dass ihm die Kontrolle nicht entglitt. Das wäre gar nicht gut. Schon wegen der Geschäfte, die im Moment prächtig liefen. Allein im letzten Monat war die Nachfrage nach Babys so sprunghaft angestiegen, dass er mit dem Liefern kaum nachkam. Nicht dass das ein Problem für ihn gewesen wäre. Diesbezüglich hatte er noch nie Skrupel oder Gewissensbisse verspürt. Sonst hätte er es auch nie bis in diese Position geschafft, in der er sich befand. Ihm war schließlich nie etwas geschenkt worden. Er hatte sich seinen Erfolg hart erarbeiten müssen. Umso mehr wusste er seinen Reichtum zu schätzen. Denn wer über das nötige Geld verfügte, besaß Macht, und wer Macht besaß, stand über dem Gesetz. Man könnte sagen, er war das Gesetz und gestaltete die Welt nach seinen Regeln. Der Gedanke hatte etwas durchaus Erhebendes. Wobei zu viel Macht die Gefahr des Leichtsinns in sich barg. Seine Widersacher und Konkurrenten schliefen schließlich nicht. Sie warteten nur darauf, dass ihm ein Fehler unterlief. Aber da konnten sie lange warten. Er war ihnen nämlich immer einen Schritt voraus.

Und damit das so blieb, hatte er beschlossen, über eine Optimierung seiner Geschäftsidee nachzudenken. Darüber, wie er der gestiegenen Nachfrage noch effektiver Rechnung tragen konnte. Wobei er angesichts der Zahlen schon lange über das Denken hinaus war. Immerhin ging es dabei nach den neuesten Berechnungen um 20 Babys, für die er 70.000 Mäuse pro Nase bekam. Und das in einer einzigen Woche! Die Aussicht auf den nach Abzug aller Unkosten verbleibenden Gewinn zauberte ein zufriedenes Lächeln auf sein Gesicht. Der Rest war für seine Vasallen bestimmt. Für all die kleinen Rädchen, die den Motor am Laufen hielten und dafür sorgten, dass er sich ungestört auf sein Kerngeschäft konzentrieren konnte. Wobei es hinsichtlich der aktuellen Entwicklungen sicher kein Fehler war, sich ein zweites Standbein zuzulegen. Sie hatten ihm gezeigt, wie schnell etwas schiefgehen und er die Kontrolle über sein Imperium verlieren konnte. Erst recht angesichts der Entscheidungen, die er in letzter Zeit zu treffen gezwungen war. Wobei Beamtenbestechung dabei noch das geringste Vergehen gewesen war. Doch wer nicht wagt, der nicht gewinnt. Das war schon immer seine Devise gewesen. Selbst auf die Gefahr hin, dass das, was ihm heute gut und richtig erschien, morgen null und nichtig sein konnte. So wie die von ihm gegründete Hilfsorganisation, unter deren Deckmantel er all die Jahre über ungestört seinen Aktivitäten nachging und aus der er sich aufgrund der jüngsten Vorkommnisse nun leider zurückzuziehen gezwungen sah. Er wollte schließlich keine schlafenden Hunde wecken. Denn wenn seine Geschäfte erst einmal aufflogen, nutzten ihm auch all seine Kontakte nichts mehr.

Der Gedanke ließ ihn zum Telefonhörer greifen. Es war an der Zeit, seine Strategie zu überdenken und neue Wege zu beschreiten. Wege, für die es nicht nur neuer Transportmöglichkeiten, sondern zudem neuer Partner bedurfte. Vor allem, wenn es darum ging, die Übergabe der Babys zu professionalisieren. Er spielte seit Längerem mit dem Gedanken, für seine »Ware« ein Zwischenlager zu errichten. Das würde zwar nicht billig werden, war aber auf lange Sicht unumgänglich. Hinzu kam eine nicht zu unterschätzende Summe an Bestechungsgeldern für die Polizeistreifen an den Grenzen. Er brauchte jemanden, der die Schlepper in Empfang nahm und dafür sorgte, dass die Babys unbehelligt über die Grenze nach Deutschland gebracht werden konnten, wo sie über eine Agentur weitervermittelt wurden. Wobei er sich auch hierfür einen neuen Partner suchen musste.

Je länger er über den damit verbundenen Aufwand und die sich daraus ergebenden Risiken nachdachte, umso mehr verdüsterte sich seine Miene. Dabei war er im Grunde genommen sogar ein Wohltäter für diese armen Würmer. Dank ihm und seiner Organisation erhielten sie ein menschenwürdiges Dasein in Familien, in denen sie geliebt wurden und die ihnen eine aussichtsreiche Zukunft zu bieten hatten. Der Gedanke beflügelte ihn derart, dass er darüber für einen Moment die damit verbundenen Gefahren und Risiken ausblendete. Wenn alles nach Plan verlief, könnte er sein Geschäft sogar noch ausbauen. Die Nachfrage war schließlich enorm. Wobei das morgen schon wieder ganz anders sein konnte. Deshalb musste er das Eisen schmieden, solange es heiß war.

Sein Handy signalisierte den Eingang einer Nachricht. Sie kam von einem seiner Vasallen. Er schrieb, dass es ihm gelungen sei, den Jungen auf Rügen ausfindig zu machen, und bat um weitere Instruktionen.

Auf seinem Gesicht erschien ein grimmiges Lächeln. Diesmal würde er sich der Sache persönlich annehmen. Je eher sie bereinigt war, desto besser. Der Junge war ein Verräter, der versucht hatte, sich mit seiner Mutter klammheimlich aus dem Staub zu machen. Deshalb erschien es ihm nur folgerichtig, ihn zu liquidieren. Nicht selbst natürlich, dazu hatte er seine Handlanger. Er ärgerte sich, dass er die beiden nicht schon viel früher zum Schweigen gebracht hatte. Dann wäre ihm der ganze Ärger erspart geblieben, den sie ihm durch ihre Eigenmächtigkeit eingebrockt hatten. Zum Glück war es noch nicht zu spät, um seinen Fehler wiedergutzumachen.

Und er wusste auch, wie. Im Grunde genommen hätte der Junge ihm gar keinen größeren Gefallen tun können, als ausgerechnet auf Rügen unterzutauchen. So konnte er ihn schnell und problemlos verschwinden lassen. Genauso wie diesen Anwalt, von dem die Fische inzwischen kaum noch etwas übrig gelassen haben dürften.

Für einen kurzen Moment regte sich Bedauern in ihm. Allerdings nicht in Bezug auf das dem Jungen zugedachte Schicksal, sondern wegen der vielen guten Dienste, die er und seine Mutter ihm noch hätten leisten können. Immerhin war er vorausschauend genug gewesen, ihre Handys abhören zu lassen. Ihr Verrat hatte ihn deshalb nicht unvorbereitet getroffen. Auch wenn die daraus resultierenden Verluste in keinem Verhältnis zum Nutzen standen. Er dachte dabei insbesondere an den von ihm als Selbstmord inszenierten Todesfall und den damit verbundenen Aufwand. Beginnend mit dem Gefängniswärter, den er für sich hatte gewinnen müssen, bis hin zum Chef der Rechtsmedizin. Sie zu einer Zusammenarbeit zu bewegen, war trotz schlagkräftiger Argumente bis zuletzt eine Zitterpartie gewesen. Aber so war das nun einmal in der Branche. Wer auf Dauer Erfolg haben wollte, durfte das Risiko nicht scheuen. Allerdings ohne den Bogen zu überspannen. Der Gedanke brachte ihn zum Ausgangspunkt zurück und damit zu der Frage, ob es angesichts der sich überschlagenden Ereignisse nicht besser wäre, eine Zeitlang von der Bildfläche zu verschwinden. Zumindest so lange, bis die Wogen sich etwas geglättet hatten.

31

Als Leona kurz darauf bei sich zu Hause eintraf, wurde sie bereits erwartet. In der Einfahrt zu ihrem Grundstück parkte ein schwarzer Mercedes, der sich beim Näherkommen als das Auto ihres Chefs entpuppte. Augenblicklich wurde ihr ganz flau im Magen. Dass er hier war, konnte nur bedeuten, dass er …

In diesem Moment ging die Fahrertür auf, und Ahlsen stieg aus. Kurz darauf standen sie sich gegenüber. Er sah blass und mitgenommen aus. Leona fielen die Ringe unter seinen Augen auf, die sich hinter seinen Brillengläsern als dunkle Schatten abzeichneten.

»Haben Sie einen Moment Zeit? Ich würde gerne etwas mit Ihnen besprechen«, sagte er, nachdem sie einander begrüßt hatten.

»Das muss Gedankenübertragung gewesen sein«, entgegnete Leona mit leisem Unbehagen. »Ich muss auch mit Ihnen reden. Aber bitte«, sie machte eine einladende Handbewegung in Richtung ihres Hauses, »lassen Sie uns doch hineingehen.«

Wenig später saßen sie sich an Leonas Küchentisch gegenüber. »Also, worum geht es?«, erkundigte sie sich, nachdem sie jedem von ihnen ein Glas Wasser eingeschenkt hatte.

»Um den Obduktionsbericht.« Es fiel Ahlsen sichtlich schwer, darüber zu sprechen.

»Was ist damit?«

»Ich fürchte, ich muss da etwas richtigstellen.«

Leona hatte nicht die geringste Ahnung, wovon er sprach.

»Allerdings unterliegt das, was ich Ihnen zu sagen habe, strengster Geheimhaltung. Deshalb muss ich Sie bitten, mit niemandem darüber zu reden.« Er griff nach seinem Wasserglas und trank es in einem Zug aus.

»Jetzt machen Sie mich aber neugierig«, sagte Leona und füllte sein Glas wieder auf.

»Es geht darum, dass ich einen Deal mit der Staatsanwaltschaft geschlossen habe. Genauer gesagt mit Doktor Krämer aus Stralsund.« Leonas verwunderte Miene ließ Ahlsen hinzufügen, dass es sich dabei um einen Schulfreund von ihm handelte. »Er war der Einzige, der mir in meiner Verzweiflung eingefallen ist, den ich um Rat bitten konnte, nachdem ich per Telefon dazu aufgefordert worden war, den Bericht der Obduktion von Erica Heine zu fälschen. Wobei es«, betonte er, »mir nie in den Sinn gekommen wäre, das auch nur in Erwägung zu ziehen. Andererseits konnte ich den Anruf nicht einfach ignorieren. Immerhin ging es dabei um Lotta. Oberstaatsanwalt Krämer«, kam er auf seinen Schulfreund zurück, »sah das zum Glück genauso und versprach mir, sich der Sache anzunehmen. Allerdings musste er dazu erst einmal Rücksprache mit den zuständigen Behörden halten.«

Interessiert beugte Leona sich nach vorn. »Und was kam dabei heraus?«

»Ich sollte zwei Obduktionsberichte erstellen. Einen, der die tatsächliche Todesursache dokumentiert, und einen zweiten, indem ich scheinbar auf die Forderungen des Anrufers eingehe. Dieser Bericht wurde daraufhin mit Wissen der Staatsanwaltschaft an die entsprechenden Stellen weitergeleitet.«

»Also haben Sie die Polizei absichtlich nicht über die Zusammenhänge aufgeklärt«, fasste Leona zusammen, die dabei an den von Jenny erwähnten Obduktionsbericht denken musste.

»Mir blieb keine andere Wahl. Es war die einzige Möglichkeit, wie ich mich unbeschadet aus der Affäre ziehen konnte. Die Behörden haben mir Straffreiheit zugesichert.«

Plötzlich begann sich Leonas schlechtes Gewissen zu regen. »Und dann komme ich und bringe Sie mit meinen Anschuldigungen in Bedrängnis.«

»Da ist was Wahres dran«, räumte Ahlsen mit freundlicher Miene ein. »Zumal Ihre Vorwürfe ja durchaus berechtigt waren und ich davon ausgehen musste, dass Sie die Sache zur Anzeige bringen. Deshalb«, kam er zum Ausgangspunkt zurück, »bin ich auch hier. Ich kann es nicht mit meinem Gewissen vereinbaren, Sie noch länger im Ungewissen zu lassen. Außerdem möchte ich mich bei Ihnen für Ihre Diskretion bedanken. Dafür, dass Sie Ihr Versprechen gehalten und Stillschweigen über unser Gespräch gewahrt haben. Mir ist durchaus bewusst, in welchen Konflikt ich Sie damit gebracht habe. Dennoch hoffe ich, Sie können mir meine Geheimniskrämerei verzeihen.«

»Nichts lieber als das«, sagte Leona. »Ich kann mir schließlich keinen besseren Chef wünschen. Und als

solcher werden Sie mir nach dem, was Sie mir gerade eröffnet haben, hoffentlich noch lange erhalten bleiben.«
Ihre Erleichterung darüber war unüberhörbar.

Das blieb auch Ahlsen nicht verborgen. Über den Tisch hinweg griff er nach Leonas Hand. »Ich danke Ihnen«, sagte er gerührt. »Sie sind für uns alle ein Glücksfall. Und damit meine ich meine gesamte Familie.«

Aus seinen Worten sprach so viel offenkundige Sympathie, dass es Leona die Kehle zuschnürte. Mit einem energischen Ruck entzog sie ihm ihre Hand, schob ihren Stuhl nach hinten und stand auf. Sie ertrug es nicht, ihm noch länger gegenüber zu sitzen. Nicht angesichts dessen, was sie ihm zu sagen hatte.

Um sich abzulenken, machte sie sich an der Kaffeemaschine zu schaffen. »Ich brauche jetzt erst mal einen Kaffee«, sagte sie in dem Bemühen, sich nichts von ihrer Nervosität anmerken zu lassen.

Während Ahlsen ihr dabei zusah, wie sie mit fahrigen Bewegungen Kaffeepulver in den Filter schaufelte, schien ihn eine ungute Ahnung zu beschleichen. »Worüber wollten Sie eigentlich mit mir reden?«, erkundigte er sich.

Seine Frage ließ Leona mitten in der Bewegung innehalten. Krampfhaft suchte sie nach passenden Worten. Gleichzeitig sträubte sich alles in ihr, sie auszusprechen. »Ich hatte heute ein Gespräch«, zwang sie sich zu sagen, »mit Doktor Urban.«

Ahlsen blickte sie fragend an, doch Leona wich ihm aus. Es gelang ihr nicht, ihm in die Augen zu sehen.

Und mit einem Mal war von der soeben noch unbeschwerten Stimmung nichts mehr zu spüren. Als hätte sich eine bedrohlich dunkle Regenwolke vor die Sonne geschoben und dadurch das Raumklima merklich abgekühlt. Das schien auch Ahlsen aufzufallen. Während er nach einer Erklärung für den plötzlichen Wandel suchte, ging Leona zur Eckbank, um ihre Handtasche zu holen. Anschließend entnahm sie ihr eine Akte. »Die ist für Sie«, sagte sie leise.

»Was …«, er räusperte sich, »was ist damit?«

Leona konnte spüren, wie es in ihm arbeitete. Wie die Neugierde, sie zu öffnen, gegen die Angst vor dem, was sich ihm dabei offenbaren würde, kämpfte. Während Ahlsen regungslos auf die vor ihm liegende Akte starrte, hörte Leona das dumpfe Rauschen ihres eigenen Herzschlags in ihren Ohren. Mit einem Mal wünschte sie sich weit weg. Weg aus diesem Raum, aus dieser unsäglichen Situation. Vor allem aber weg von Ahlsen, von dem sie wusste, dass sie ihm mit dem, was sie gleich sagen musste, den Boden unter den Füßen wegziehen würde. Und dennoch führte kein Weg daran vorbei. Mach schon, sag's ihm, ermahnte sie sich. Bevor sie der Mut wieder verlassen konnte, holte sie tief Luft und eröffnete ihm, dass es ihr gelungen sei, Asjas Tochter aufzuspüren. Verwundert hob Ahlsen den Kopf. Er sah aus, als hätte er mit allem gerechnet, nur nicht damit. »Aber das ist doch …«, wunderbar, hatte er vermutlich sagen wollen, doch Leonas ernste Miene brachte ihn zum Schweigen. »Ist sie … Ich meine, geht es ihr gut?«, stellte er die für ihn in dieser Situation wohl nächstliegende Frage.

»Sie erholt sich gerade von den Strapazen einer Knochenmarktransplantation.«

Es dauerte einen Moment, bis Ahlsen begriff, was sie ihm damit sagen wollte. Doch dann traf ihn die Erkenntnis mit voller Wucht. Leona konnte es an dem Ausdruck in seinen Augen erkennen, in denen ungläubiges Entsetzen stand. Er schüttelte den Kopf, als könnte er ihre Worte dadurch unwahr werden lassen. »Das ... das kann unmöglich sein. Bitte«, flehte er Leona an, »sagen Sie mir, dass ich mich täusche. Dass es nicht Lotta ist, von der wir gerade reden.«

»Ich wünschte, ich könnte es«, machte Leona seine Hoffnung zunichte.

»Aber wie? Ich meine ... wie soll ich das Mia denn bloß beibringen?« Seine Worte gingen in einem Schluchzen unter. Leona sah, wie er tapfer gegen seine aufsteigenden Tränen anzukämpfen versuchte. Doch die Anspannung, unter der er stand, war einfach zu groß. Am ganzen Körper zitternd, schlug er die Hände vors Gesicht. Sein Anblick schnitt ihr derart ins Herz, dass sie nicht anders konnte, als zu ihm zu gehen und ihm behutsam die Hände auf seine bebenden Schultern zu legen.

»Es tut mir unendlich leid«, sagte sie, weil es sonst nichts gab, was sie sagen konnte.

Im Nachhinein wusste Leona nicht mehr, wie lange sie so dagestanden und darauf gewartet hatte, das seine Tränen versiegten. Irgendwann hatte Ahlsen sich die Nase geputzt und mit einer müden Bewegung nach der Akte gegriffen. In diesem Moment war auch Leona aus ihrer Starre erwacht und wortlos zur Anrichte hinübergegangen. Der Kaffee war inzwischen durchgelaufen, und sie hatte jedem von ihnen eine Tasse davon eingeschenkt und diese zusammen mit Milch und Zucker auf dem Küchentisch abgestellt. Danach gab es für sie nichts weiter zu tun, als stillschweigend an ihren Platz zurückzukehren. Dorthin, wo Ahlsen noch immer über die Akte gebeugt saß und las. Er sah ganz grau im Gesicht aus. Als wäre er in den letzten Minuten um Monate, wenn nicht Jahre, gealtert. Leona ließ ihm Zeit, sich alles in Ruhe durchzulesen.

Plötzlich glitt ein Hoffnungsschimmer über sein Gesicht. »Hier steht etwas von einer Mascha Roskow«, stieß er erregt hervor. »Der Name ist auch in Lottas Geburtsurkunde vermerkt!«

»Ich weiß«, sagte Leona, die beim Lesen der Akte ebenfalls über diese Ungereimtheit gestolpert war. »Leider ist sie genauso unecht wie all die anderen Papiere. Sie dienen lediglich dazu, die Kinder unbehelligt über die Grenze zu bringen.«

»Aber das sind alles amtlich beurkundete Schreiben. Die kann man doch nicht einfach so fälschen.« Die Empörung darüber hatte seine Stimme ganz rau gefärbt.

»Diese Leute schon«, stellte Leona fest. »Sie scheuen vor nichts zurück, wenn es um die Durchsetzung ihrer Interessen geht. Egal, ob es sich dabei um Kinderhandel, Mord oder Erpressung handelt«, verdeutlichte sie ihm deren Gefährlichkeit. »Und sie können dabei auf die Unterstützung eines professionell aufgestellten Netzwerkes zurückgreifen. Deshalb war dieser Anrufer auch so gut über Sie und Ihre Familienverhältnisse informiert.«

»Es muss doch eine Möglichkeit geben, um dagegen vorzugehen.«

»Dazu verfügen diese Leute über zu viel Macht und Einfluss«, dämpfte Leona seine Erwartungen.

»Dann muss man sie ihnen eben entziehen. Ich meine, wir leben schließlich in einem Rechtsstaat. Da kann es nicht angehen, dass solche kriminellen Elemente tun und lassen können, was sie wollen, ohne mit Konsequenzen zu rechnen.« Ahlsen hatte sich in Rage geredet. Leona sah, wie er seine Erregung zusammen mit dem Rest seines inzwischen kalt gewordenen Kaffees hinunterzuspülen versuchte. Allerdings ohne Erfolg.

»Ich fürchte, das ist leichter gesagt als getan«, gab Leona zu bedenken.

»Wenn niemand etwas dagegen unternimmt, wird sich auch nichts ändern«, beharrte Ahlsen. »Dann werden diese Verbrecher weiterhin ungestraft ihr Unwesen auf Kosten unbescholtener Bürger treiben.«

»Was schlagen Sie vor?«

»Ich denke, wir sollten die Polizei an unserem Wissen teilhaben lassen.«

»Dafür habe ich schon gesorgt. Aber die kann auch keine Wunder vollbringen«, sagte sie und berichtete Ahlsen von Jenny und deren im Hintergrund laufenden Aktivitäten. »Wir wollen schließlich an die Drahtzieher herankommen. Und das werden wir bestimmt nicht, wenn wir sie vorwarnen«, verdeutlichte Leona. »Wie es aussieht, haben die inzwischen überall ihre Informanten sitzen: gewöhnliche Bürger, die ihnen einen Gefallen schulden. Deshalb würde ein offizielles Vorgehen am Ende nur das Gegenteil von dem bewirken, was wir eigentlich beabsichtigen.«

»Aber ...«

»Die Frage ist daher nicht, ob, sondern wie wir gegen diese Verbrecher vorgehen können. Wir wollen schließlich keinen Hydraeffekt, sondern diese Leute dort treffen, wo es ihnen wirklich wehtut. Und das geht nur, indem wir das Übel an der Wurzel bekämpfen.«

»Sie meinen, indem wir die Hintermänner treffen und nicht deren Handlanger?«, vergewisserte Ahlsen sich.

»Und damit die Drahtzieher unschädlich machen«, bestätigte Leona. »Denn wenn wir dieses Übel nicht im Keim ersticken, wird es im Geheimen immer weiter wuchern. So lange, bis die Hintermänner zu ihrer alten Stärke zurückgefunden haben und ihr Unwesen andernorts treiben.«

»Wahrscheinlich haben Sie recht«, sagte Ahlsen und erhob sich schwerfällig.

Leona musterte ihn besorgt. »Was werden Sie jetzt tun?«

»Nach Greifswald zurückfahren und mit Mia reden. Auch wenn ich nicht weiß, wie ich ihr das hier«, sagte er mit Blick auf die Akte, »beibringen soll.«

»Soll ich mitkommen?«, bot Leona an.

»Nein, vielen Dank. Aber ich weiß Ihr Angebot durchaus zu schätzen.« Er war bereits an der Küchentür angelangt, als er sich noch einmal zu ihr umdrehte.

»Grüßen Sie Asja von mir, wenn Sie sie sehen und sagen Sie ihr, dass ich ...«

»Wieso sagen Sie ihr das nicht selbst?«, wunderte Leona sich. »Sie ist doch in Greifswald.«

Mit einer müden Bewegung nahm Ahlsen seine Brille ab und fuhr sich mit der Hand über die Augen. »Nein, ist sie nicht. Sie ist wieder hier. Die Ärzte haben sie heute Morgen entlassen. Und da ich ohnehin zu Ihnen wollte, um mit Ihnen zu reden, bot ich ihr an, sie mitzunehmen.« Leonas verwunderter Blick ließ ihn hinzufügen, sie sei gleich nach ihrer Ankunft zu einem Strandspaziergang aufgebrochen.

32

Nach dem Verlassen der Klinik konnte Asja es kaum erwarten, an den Strand zu gehen, um sich den Seewind um die Nase wehen zu lassen und die salzhaltige Luft in tiefen Zügen zu inhalieren. Wie ein Junkie, der auf Entzug gewesen war und sich nun eine extragroße Dosis davon einverleiben wollte. Asja schirmte die Augen mit den Händen ab und sah hinauf in die unendliche Weite des Firmaments, in der keine Wolke das Blau verdeckte. Über ihr kreisten Möwen, und es roch nach frischem Fisch und Seetang. Unvermittelt begann sich ein tiefer Frieden in ihr auszubreiten. Es war viel zu lange her, dass sie Salzwasser auf ihrer Haut und Sand unter ihren Fußsohlen gespürt hatte. Was konnte es Schöneres geben, als barfuß durch die schäumende Gicht zu laufen? Sie streifte sich die Sandalen von den Füßen und tauchte sie in das kühle Nass ein. Wie unbeschwert das Leben doch sein konnte, schoss es ihr durch den Kopf. Und welche Überraschungen es immer wieder bereithielt. Auch wenn dabei Freud und Leid oft Hand in Hand gingen. Plötzlich musste sie an Lotta denken. Daran, dass es ihr von Tag zu Tag besser ging. Es war schon erstaunlich, was eine Knochenmarkspende bewirken konnte. Da sie sich rasch von dem Eingriff erholt hatte und ihre Genesung gut voranschritt, war sie gestern von der Isolier- auf die Normalstation verlegt worden. Asja ging davon aus, dass sie in Kürze entlassen werden konnte. Sie freute sich für Mia, die nun endlich wieder voller Zuversicht in die Zukunft schauen konnte. Erst kürzlich hatte Mia ihr unter Tränen anvertraut, wie dankbar sie ihr sei. Und wie wunderbar es sich anfühle, abends einschlafen zu können, ohne sich um ihre Tochter sorgen zu müssen. Ganz im Gegenteil zu ihr, die noch immer nicht wusste, wo sie den Großteil ihres Lebens verbracht hatte und was mit ihrem Kind geschehen war. Der Gedanke versetzte ihr jedes Mal aufs Neue einen schmerzhaften Stich. Mit einem Seufzer breitete Asja ihr mitgebrachtes Handtuch auf dem warmen Sand aus und setzte sich darauf. Während ihre nassen Füße in der Sonne trockneten, schloss sie die Augen und überließ sich ihren Gedanken. Aus denen sie jäh herausgerissen wurde, als sich ihr ohne Vorwarnung von hinten eine Hand auf die Schulter legte. Vor Schreck zuckte sie zusammen.

»Tut mir leid«, entschuldigte Leona sich, »ich wollte dich nicht erschrecken.«

Mit einem erfreuten Ausruf sprang Asja auf und schloss sie in ihre Arme. »Wie schön, dich zu sehen«, begrüßte sie ihre Freundin erfreut. Sie rückte ein Stück von ihr ab und warf ihr einen verwunderten Blick zu. »Woher wusstest du, dass ich hier bin?«

»Von meinem Chef. Er hat mir gesagt, dass ich dich hier finden würde.«

»Dann hast du ihn also noch angetroffen?« Täuschte sie sich, oder war bei ihrer Frage ein Schatten über Leonas Gesicht gezogen. Asja musterte sie nachdenklich. »Du siehst müde aus«, stellte sie fest. »Geht es dir gut?«

Leona bejahte ihre Frage mit einem schwachen Nicken. »Ich bin nur ein wenig geschafft, hatte viel um die Ohren.«

Asja konnte sie damit nicht täuschen. Sie spürte, dass mehr dahintersteckte. Automatisch musste sie an ihr letztes Gespräch denken. »Hast du eigentlich schon was wegen der Adoption unternommen?«, erkundigte sie sich wie beiläufig.

»Es wird keine Adoption geben.« Die Entschiedenheit, mit der Leona das sagte, ließ Asja hellhörig werden. »Warum? Was ist passiert?«

Statt etwas zu erwidern, holte Leona die Ostseezeitung aus ihrer Handtasche und drückte sie ihr in die Hand.

»Was ist damit?«

»Es geht um den Fahndungsaufruf.«

»Dann hat Jenny ihr Versprechen also gehalten«, sagte sie erfreut und begann zu blättern. Wenig später hatte sie die betreffende Seite gefunden und sich in den Artikel vertieft. »Ich finde die Gesichter sind mir wirklich gut gelungen«, meinte sie und tippte mit dem Finger auf die Phantombilder. Sie sah Leona fragend an. »Allerdings verstehe ich immer noch nicht, was das …«

»Aufgrund dieses Aufrufs ist es der Polizei geglückt, Erica Heine festzunehmen«, erklärte Leona.

»Erica Heine?«, erkundigte Asja sich, der der Name nicht das Geringste sagte. »Wer soll das sein?«

»Die Frau, die dich von deinem Kind entbunden hat.«

Asja erbleichte. »Heißt das …?«

»Lass uns ein paar Schritte gehen«, schlug Leona vor. »Dann erzähle ich dir alles.« Mit diesen Worten nahm sie Asja die Zeitung aus der Hand, faltete sie zusammen und steckte sie in ihre Handtasche zurück.

Während sie Seite an Seite vom Nordstrand aus in Richtung Göhren liefen, erzählte Leona ihr alles, was sie bisher in Erfahrung gebracht hatte: von Erica Heines Verhaftung über deren angeblichen Selbstmord bis hin zu ihrem Gespräch mit Raffael. Als sie auf den von Raffael in Georgien verursachten Unfall zu sprechen kam, zuckte Asja wie unter einem Schlag zusammen. Sie presste sich die Hände an die Schläfen und starrte ihre Freundin mit vor Schmerz verzerrtem Gesicht an. »Kannst du dich wieder erinnern?«, erkundigte Leona sich vorsichtig.

Asja versuchte sich zu konzentrieren. Aber es gelang ihr nicht. Sie kam sich wie am Rand eines schwarzen Abgrunds vor, der jegliches Bemühen, einen Blick auf ihre Vergangenheit zu werfen, zunichtemachte und sie in einer schrecklichen Ungewissheit zurückließ. »Tut mir leid«, sagte sie niedergeschlagen und schüttelte den Kopf. »Immerhin weiß ich jetzt, was es mit den Flammen auf sich hatte.« Aus ihren Worten sprach unendlich viel Leid.

»Ich hätte dir das gerne erspart«, sagte Leona und fügte schnell hinzu: »Ich habe aber auch noch eine gute Nachricht für dich.«

Ohne große Erwartung hob Asja den Kopf. »Und die wäre?«

»Ich habe dein Kind gefunden!« Leona ließ einen Moment verstreichen, was ihr die Gelegenheit gab, die unglaubliche Neuigkeit zu verarbeiten. »Du hast eine Tochter.«

Asja starrte sie mit offenem Mund an. »Eine Tochter?«, wiederholte sie fassungslos. »Ja, aber wie ...? Ich meine, wie geht es ihr und wo ist sie?« Die Fragen sprudelten nur so aus ihr heraus.

»Keine Sorge. Es geht ihr gut«, versicherte Leona.

»Ich ... nun, ich weiß gar nicht, was ich sagen soll«, stammelte Asja. Von ihren Gefühlen übermannt, schloss sie die Augen und atmete tief ein. »Ist das wirklich wahr?« Sie konnte es einfach nicht glauben. Nicht, solange sie sich nicht selbst davon überzeugt hatte.

»Kann ich sie sehen? Ich kann es kaum erwarten, sie ...«

»Du kennst sie bereits.«

»Wenn das ein Witz sein soll, dann ...« Asja hielt mitten im Satz inne und schlug sich erschrocken die Hand vor den Mund. »Nein«, stammelte sie fassungslos. »Das kann nicht sein. Sag mir, dass ich mich irre. Dass es nicht Lotta ist, von der wir reden.« Während sie das sagte, begann sich in Asja eine schwache Erinnerung zu regen. Sie hätte nicht sagen können, woran, sie wusste nur, dass es etwas mit der Farbe von Lottas Augen zu tun hatte. Dunkelbraun wie Walnüsse. Für den Bruchteil einer Sekunde tauchte ein Gesicht vor ihr auf. Das Gesicht eines Mannes mit den Augen ihres Kindes. Wobei es wohl eher umgekehrt war: Die Kleine hatte die Augen ihres Vaters geerbt. Deshalb hatte Asja sich Lotta auch von Anfang an so intensiv verbunden gefühlt. Sie hatte sie unbewusst an ihren Mann erinnert. Während Asja sich vergeblich seinen Namen ins Gedächtnis zu rufen versuchte, spürte sie, wie Tränen in ihr aufstiegen. Sie versuchte sie wegzublinzeln. Doch der Druck, unter dem sie stand, war einfach zu groß. Sie wurde derart von ihren Gefühlen überwältigt, dass sie kaum wahrnahm, dass Leona sie besorgt von der Seite musterte.

»Alles in Ordnung?«

Asja nickte. »Ich musste gerade daran denken, dass ich es wohl die ganze Zeit über geahnt habe. Nicht bewusst«, wie sie betonte. »Es war mehr so ein Gefühl von intensiver Nähe, wenn sie in meinen Armen lag.

Allerdings hätte ich nie gedacht, dass ...« Sie schluckte. »Weiß Mia es schon?«

»Ahlsen ist auf dem Weg zu ihr, um es ihr zu sagen.«

Asja kannte Mia inzwischen gut genug, um zu wissen, was diese Nachricht für sie bedeutete. Sie würde ihr den Boden unter den Füßen wegziehen. Und plötzlich hatte sie nur noch einen Wunsch. »Ich muss zu Mia in die Klinik.« Ihr Blick war eine stumme Bitte. »Könntest du mich hinfahren?«

»Klar«, sagte Leona, die diese Frage vorausgeahnt zu haben schien. »Ich muss sowieso nach Greifswald.«

33

Nachdem sie Asja vor der Klinik abgesetzt hatte, war Leona zur Spätschicht aufgebrochen, von der sie am nächsten Morgen wie gerädert nach Hause kam. Wobei »Zuhause« kaum die richtige Bezeichnung für das von ihr in der Brüggstraße angemietete Zimmer war. Es lag gegenüber der Marienkirche, nur wenige Gehminuten von der Rechtsmedizin entfernt, war mit einer winzigen Nasszelle ausgestattet und diente ihr lediglich als Schlafplatz, um nicht jeden Tag von Lobbe nach Greifswald pendeln zu müssen. Während Leona ihren Schlüsselbund hervorkramte, konnte sie sich vor Erschöpfung kaum noch auf den Beinen halten. Wobei das nach den Ereignissen der letzten Tage auch kein Wunder war. Geschafft streifte sie sich die Schuhe von den Füßen und ging ins Badezimmer. Nachdem sie geduscht und sich die Zähne geputzt hatte, legte sie sich in ihr Bett und starrte an die Zimmerdecke. Obwohl sie todmüde war, konnte sie nicht einschlafen. Zu viel geisterte ihr durch den Kopf. Sie musste an Asja denken. Und daran, wie Mia die Nachricht, dass Lotta ihre Tochter war, wohl aufgenommen hatte. Irgendwann war Leona in einen unruhigen Schlaf hinübergeglitten, aus dem sie das Klingeln ihres Handys aufschreckte. »Pirell«, meldete sie sich schlaftrunken.

»Hab ich dich etwa geweckt?«, drang Jennys schuldbewusste Stimme an ihr Ohr.

Automatisch warf Leona einen Blick auf den neben ihrem Bett stehenden Wecker. Es war kurz nach zwölf. Was bedeutete, dass sie fast vier Stunden geschlafen hatte. »Kein Problem«, beeilte sie sich zu versichern. »Was liegt an?«

»Hast du einen Moment?«

»Für dich immer.«

»Du wirst staunen, wenn ich dir sage, was sich dank deiner Hilfe in den letzten Stunden alles getan hat«, berichtete Jenny aufgeregt.

Erwartungsvoll setzte Leona sich auf und rieb sich müde durchs Gesicht. »Da bin ich jetzt aber gespannt.«

»Ich habe mit Doktor Urban gesprochen«, eröffnete Jenny ihr. »Wegen des Telefonats, von dem du mir erzählt hast. Er hat mir bestätigt, dass der Anrufer sich nach Raffaels Aufenthaltsort erkundigt hat. Daraufhin habe ich ihn von meinem – besser gesagt deinem«, korrigierte sie sich, »Plan erzählt. Er war zwar erst skeptisch«, meinte sie, »was auch kein Wunder ist, wenn man an das damit verbundene Risiko denkt. Doch am Ende hat er versprochen, uns zu helfen. Was er im Übrigen auch getan hat. Er hat sich mit diesen Leuten in Verbindung gesetzt und die von uns ausgedachte Falschinformation gestreut.«

»Dass Raffael sich in der Hütte am Nonnenloch aufhält?«, vergewisserte Leona sich.

»Genau. Als Gegenleistung verlangte er von uns, ihn und Raffael in ein Zeugenschutzprogramm aufzunehmen.«

Leona musste gestehen, dass das ein kluger Schachzug von Urban war. Wahrscheinlich sogar der beste, den er in seiner derzeitigen Situation hatte machen können. Und das nicht nur wegen der Gefahr, in die er sich durch seinen Anruf gebracht hatte. »Dann will er also unter anderem Namen ein neues Leben mit seinem Sohn beginnen?«

»Sieht ganz danach aus. Ich habe Dorina angewiesen, ihn an einen sicheren Ort zu bringen. Zumal es hier für ihn ohnehin nicht mehr viel zu tun geben dürfte«, sagte Jenny. »Heute wurde in den frühen Morgenstunden eine

Razzia in Urbans Klinik durchgeführt. Das spielt sich übrigens gerade bundesweit in allen von Raffael benannten ›Kinderwunschkliniken plus‹ ab, wozu neben der in Lobbe noch je zwei in Hamburg und Berlin gehören. Eine weitere befindet sich im Schwarzwald«, berichtete sie Leona. »Die Kollegen sind in diesem Moment dabei, sämtliche Akten zu beschlagnahmen und die Betreiber zu befragen. Ich kann mir nicht vorstellen, dass die ihren Betrieb aufrechterhalten können. Nicht, wenn herauskommt, dass es sich bei den von ihnen vermittelten Kindern um die Opfer eines osteuropäischen Kinderhändlerrings handelt. Wahrscheinlich«, beendet sie ihren Bericht, »werden die Kliniken geschlossen und die Verantwortlichen zur Rechenschaft gezogen. Was mehrjährige Gefängnisstrafen für sie bedeuten dürfte.«

»Gilt das auch für Urban? Immerhin hat er mit der Polizei zusammengearbeitet und ihr wichtiges Beweismaterial zukommen lassen«, meinte Leona. Ericas Brief lag der Polizei inzwischen vor wie auch die ihr von Urban zur Verfügung gestellte Adoptionsakte. Leona dachte noch einen Schritt weiter: Wenn herauskäme, dass Urban diese Leute im Auftrag der Polizei angelogen hatte, was Raffaels Aufenthaltsort betraf, dürfte sein Leben keinen müden Heller mehr wert sein. Sie glaubte, diese Kriminellen inzwischen gut genug zu kennen, um zu wissen, wie sie tickten und dass sie eine solche Schmach niemals ungesühnt auf sich sitzen lassen würden.

»Keine Ahnung, ob und wie sich seine Kooperation auf sein Strafmaß auswirkt«, hörte sie Jenny in ihre Gedanken hinein sagen.

»Apropos Kooperation«, hakte Leona nach, »was kam eigentlich bei der Aktion im Nonnenloch heraus?«

»Darauf wollte ich gerade zu sprechen kommen«, sagte Jenny. »Es ist uns gelungen, zwei der Männer festzunehmen. Wir hatten uns dafür Verstärkung vom SEK geholt. Der Zugriff erfolgte, als die beiden Kriminellen die Hütte stürmen wollten, in der sie Raffael vermuteten. Ihr Vorgehen lässt uns davon ausgehen, dass sie über detaillierte Ortskenntnisse verfügen. Zumindest würde das erklären, woher sie von der Treppe wussten, die vom Strand zur Hütte hinaufführt.«

Jennys Worte ließen nur eine Schlussfolgerung zu. »Sie sind mit dem Boot gekommen?«

»Ja, wir mussten bloß warten, bis sie oben angekommen waren«, bestätigte Jenny, »und sie dann in Empfang nehmen. Allerdings schweigen sie wie ein Grab, und ich glaube auch nicht, dass sich das ändern wird. Das sind ganz harte Brocken«, unterstrich sie.

»Was ist mit dem Handy, von dem aus Urban angerufen wurde? Konntet ihr die Nummer nachverfolgen?«

»Leider nicht. Das war eine gewöhnliche Prepaidnummer, die nur zu diesem Zweck benutzt wurde. Das Handy dürfte gleich nach dem Gespräch entsorgt worden sein.«

»Das heißt, das Ganze war umsonst?« Leonas Ernüchterung war unüberhörbar.

»So würde ich das nicht sagen«, versuchte Jenny, ihre Worte zu relativieren. »Zumal das ja noch nicht alles ist. Im Zuge unserer Ermittlungen ist es uns gelungen, den Wärter in der JVA Stralsund ausfindig zu machen, der für Erica Heines Tod verantwortlich ist. Wie es aussieht, stand er auf der Liste dieser Organisation.«

Leonas Gedanken überschlugen sich. »Womit wurde er erpresst?«, erkundigte sie sich.

»Er hatte Spielschulden. Sie sollten ihm erlassen werden, wenn er sich im Gegenzug dazu verpflichtete, Erica Heine mittels eines Elektroschockers außer Gefecht zu setzen, sie zu erhängen und es so aussehen zu lassen, als hätte sie sich mit ihrem BH stranguliert.«

»Dann war der Mann geständig?«

»Zuerst nicht. Aber nachdem wir ihn in die Mangel genommen und mit unseren bisherigen Erkenntnissen konfrontiert haben, ist er eingeknickt. Allerdings konnte er uns bezüglich der Drahtzieher nicht weiterhelfen.«

»Lass mich raten«, warf Leona ein, »er hat seine Anweisungen per Telefon erhalten.«

»Du sagst es«, bestätigte Jenny.

»Habt ihr herausfinden können, ob er schon einmal für diese Leute gearbeitet hat?«

»Er sagt nein. Allerdings sind wir bei der Sichtung seiner Konten auf einen größeren Geldbetrag gestoßen. Im Moment wird er dazu befragt. Wobei ...«

»Weiß Raffael darüber Bescheid?«, fiel Leona ihr ins Wort.

»Seit ich ihn bei meinem Bekannten abgeliefert habe, hatten wir noch keinen Kontakt.«

»Was passiert mit ihm? Wird man ihm den Prozess wegen des Vorfalls am Bahnhof machen?«

»Darum wird er wohl nicht herumkommen. Wenngleich ich davon ausgehe, dass er in Anbetracht der

Umstände nicht mit einer Gefängnisstrafe zu rechnen hat«, meinte Jenny.

»Er kommt also noch einmal mit einem blauen Auge davon?« Leona fühlte Erleichterung in sich aufsteigen.

»Möglicherweise. Wobei das nicht in meinen Zuständigkeitsbereich fällt, ich kann deshalb nichts Endgültiges dazu sagen.«

»Verstehe«, sagte Leona und erkundigte sich im gleichen Atemzug danach, ob es noch weitere Neuigkeiten gäbe.

»Vielleicht interessiert es dich ja zu hören, dass ich die georgischen Behörden um Amtshilfe gebeten habe.«

»Wegen des Unfalls, bei dem Asjas Mann ums Leben kam?«

»Und wegen des Säuglings.«

»Der, den Raffael mir gegenüber erwähnt hat?«

»Und an dessen Namen er sich zum Glück noch erinnern konnte«, erklärte Jenny. »Zumindest an den, der in der Akte stand. Seinen Worten zufolge handelt es sich dabei um einen gewissen Georg Gelovani. Er wusste sogar, wie die Klinik heißt, in der er gelandet ist. Anhand dieser Informationen erhoffen wir uns schon bald Klarheit bezüglich seiner wahren Identität.«

»Dann stehen die Chancen also gut, dass seine leiblichen Eltern ihn zurückbekommen?«

»Sieht ganz danach aus«, bestätigte Jenny.

»Freut mich zu hören«, sagte Leona. »Weiß man schon, um wen es sich bei den Hintermännern handelt?«

»Ich fürchte, da haben wir kein Glück. Die, die etwas wissen, schweigen«, meinte sie in Hinblick auf die beiden in der Hütte im Nonnenloch festgenommenen Männer. »Andere, so wie Erica, sind inzwischen wohl liquidiert worden.«

»Was ist eigentlich mit dieser Hilfsorganisation?«, hakte Leona nach. »Die muss doch auch gestoppt werden.«

»Das ist gar nicht so einfach«, zerstörte Jenny ihre Hoffnung. »Die Hilfsorganisation steht zwar unter dem Verdacht, einem Kinderhändlerring anzugehören, der Säuglinge aus Osteuropa nach Deutschland vermittelt, beweisen können wir das jedoch noch nicht. Unserem Wissen nach arbeitet sie mit einer in Berlin ansässigen Adoptionsvermittlungsagentur zusammen. Alles astrein – zumindest auf den ersten Blick«, fasste Jenny ihre Erkenntnisse zusammen.

»Und auf den zweiten?«

»Bevor ich dich anrief, habe ich mit einem Kollegen aus Berlin gesprochen und ihn gebeten, sich dort einmal für uns umzusehen. Seinen Angaben zufolge wurde das Gebäude, in dem sich die Agentur befindet, erst kürzlich umfassend renoviert. Für seine Begriffe stank es dort förmlich nach Geld«, erzählte Jenny. »Unsere Nachforschungen ergaben, dass hinter der Agentur ein gemeinnütziger Verein mit Sitz in Berlin steht, der kurz nach der Jahrtausendwende als staatlich anerkannte Adoptionsvermittlungsstelle zugelassen wurde. 2002 erhielt er zusätzlich die Genehmigung im Rahmen des Haager Adoptionsübereinkommens, dessen Schutzvorschriften unter anderem dafür Sorge tragen sollen, dass bei internationalen Adoptionen kein Kinderhandel betrieben werden kann.«

Leona brauchte einen Moment Zeit, um die Fülle an Informationen zu verarbeiten, die Jenny ihr gab. Schließlich fuhr sie fort: »Zudem steht der Verein in enger Zusammenarbeit mit den örtlichen Jugendämtern. Meine Recherchen ergaben, dass es sich bei dem Vorsitzenden um einen ehemaligen Staatssekretär im Außenministerium handelt. Laut meinem Kollegen hängt im Foyer der Agentur ein Bild, das ihn zusammen mit weiteren hochrangigen Regierungsvertretern zeigt. Wahrscheinlich wollte er damit potenzielle Kunden beeindrucken.«

»Oder Kritiker zum Schweigen bringen«, gab Leona zu bedenken.

»Vielleicht.«

Für einen Moment hingen sie beide ihren Gedanken nach. »Und das ist alles wasserdicht?«, erkundigte Leona sich.

»Zumindest auf dem Papier. Wobei einer der Hauptsponsoren dieses Vereins Teil eines weitverzweigten Firmenkonglomerates ist, das mehrere Tochtergesellschaften betreibt. Darunter eine Sozialstation und ein Waisenhaus in Georgien, in dem Neugeborene und ihre Mütter kostenlos behandelt werden. Das stand laut Auskunft meines Kollegen übrigens in einer Hochglanzbroschüre zu lesen, die auf dem Tresen der Agentur auslag. Eines dieser Unternehmen, ein in Luxemburg registrierter Finanzkonzern, hat nach dem Bekanntwerden von Erica Heines Tod einen Konkursantrag beim Berliner Amtsgericht gestellt. Ähnliches scheint auf die Hilfsorganisation zuzutreffen«, meinte Jenny in Hinblick auf deren Erreichbarkeit.«Als ich dort anrief, ging niemand ans Telefon, und auch die Betreiberseite ist bereits vom Netz genommen.«

»Interessant.«

»Das ist noch nicht alles. Wie sich herausstellte, besitzt der Konzern eine weitere Tochtergesellschaft, bei der es sich um ein in Nassau, auf den Bahamas, angesiedeltes Unternehmen handelt. Man könnte auch von einer Firma in einer Firma in einer Firma sprechen. Wie nicht schwer zu erraten sein dürfte, verlief sich danach die Spur.«

»Dann gibt es also auch hier keine Möglichkeit, die Sache weiterzuverfolgen?«

»Jedenfalls nicht von unserer Seite aus. Mein Chef wurde angewiesen, den Fall an eine Sondereinheit des Innenministeriums abzugeben, die auf organisierte Kriminalität spezialisiert ist.«

»Trifft das auch für die Ermittlungen in Asjas und in Erica Heines Fall zu?«

»Für Asja ist ab sofort das LKA zuständig.«

»Wieso das denn?«, wunderte Leona sich.

»Wegen der ins Ausland führenden Spuren«, erwiderte Jenny und bezog sich dabei auf den von Raffael erwähnten Unfall. »Hinzu kommt, dass wir es hier mit einer kriminellen Vereinigung zu tun haben, die von Osteuropa aus agiert und deren Schlüsselpositionen nach unserem derzeitigen Erkenntnisstand von einflussreichen Persönlichkeiten aus Politik und Wirtschaft besetzt sind. Anders kann ich mir jedenfalls nicht erklären, wie sie so lange unbehelligt ihren kriminellen Geschäften nachgehen konnten.«

»Wie sieht es mit dem Mord an Erica Heine aus?«

»Der liegt nach wie vor in unserem Zuständigkeitsbereich«, meinte Jenny. »Der Justizvollzugsbeamte hat alles gestanden. Ich gehe davon aus, dass ihm in Kürze der Prozess gemacht wird.«

»Und was ist mit den Hintermännern? Die, die ihn dazu angestiftet haben?«

»Von denen wissen wir bislang nur, dass es sich dabei um dieselben Leute handelt, die von deinem Chef verlangt haben, den Obduktionsbericht zu fälschen. Wobei das«, wie Jenny betonte, »in Absprache mit der Staatsanwaltschaft erfolgt ist.«

»Ich weiß«, erklärte Leona. »Doktor Ahlsen war gestern extra bei mir, um es mir zu sagen. Bei dieser Gelegenheit hab ich ihm von meinen Nachforschungen erzählt. Davon, was ich über Asjas Tochter herausgefunden habe.«

»Wie hat er darauf reagiert?«

»Er hat versucht, es mit Fassung zu tragen.«

»Und seine Frau?«

»Keine Ahnung, ich habe die beiden seitdem noch nicht wieder gesehen. Das trifft übrigens auch für Asja zu, die ich nach unserem gestrigen Gespräch in der Klinik abgeliefert habe«, fügte sie hinzu.

»Dann sind Mutter und Kind jetzt also wiedervereint?«

»Davon gehe ich aus.«

»Das ist gut, sehr gut«, freute Jenny sich. »Ich habe nämlich noch eine Überraschung für die beiden.«

»Ach ja?«

»Allerdings kann ich nicht darüber sprechen. Sonst wäre es ja keine Überraschung mehr.«

In der darauffolgenden Stille hörte Leona im Hintergrund eine Durchsage. »Sag mal, wo bist du eigentlich?«

Statt einer Antwort erkundigte Jenny sich, ob sie ihr einen Gefallen tun könnte. »Würdest du Asja heute Abend einen Besuch in der Klinik abstatten?«

»Hat das etwas mit deiner Überraschung zu tun?«

»Allerdings. Deshalb möchte ich dich auch bitten, Asja gegenüber nichts davon zu erwähnen. Sei einfach da«, unterstrich sie ihre Worte.

»Und wann?«

»Am besten so gegen 18 Uhr.«

»Das müsste sich einrichten lassen.«

»Gut, dann also bis heute Abend.«

»Heißt das, du wirst ebenfalls da sein?«

»Lass dich einfach überraschen«, entgegnete Jenny vage, bevor sie sich überhastet verabschiedete. Leona konnte sich keinen Reim darauf machen, warum sie es plötzlich so eilig hatte.

34

Am anderen Ende der Leitung war einer seiner beiden engsten Vertrauten. »Sie haben Igor und Boris geschnappt«, hörte er ihn sagen.

Pardus hatte das Gefühl, die Erde würde sich auftun und ihn verschlingen. »Wie zum Teufel …?«

»Der Junge war gar nicht in der Hütte. Das Ganze war eine Falle.«

Vor lauter Wut hätte er am liebsten das Handy gegen die Wand geschleudert, beherrschte sich jedoch in letzter Minute. Es brachte schließlich niemandem etwas, wenn er jetzt die Fassung verlor. Also schluckte er seinen Ärger herunter und erkundigte sich so ruhig wie möglich: »Wie konnte das geschehen?«

»Keine Ahnung.«

»Was soll das heißen?«

»Das man uns ausgetrickst hat«, antwortete sein Informant knapp und kam dann auf die Hintergründe zu sprechen.

Während Pardus aufmerksam seinen Ausführungen lauschte, verfinsterte sich seine Miene immer mehr. »Du hörst von mir.« Mit diesen Worten legte er auf und lehnte sich zurück, um sich die schlechten Neuigkeiten noch einmal durch den Kopf gehen zu lassen.

Wie, fragte er sich, hatte ihm nur ein solcher Fehler unterlaufen können? Dabei war er stets vorsichtig gewesen. Hatte bei allem, was er tat, darauf geachtet, sich doppelt und dreifach abzusichern: von seiner Identität bis hin zur Auswahl seiner Leute. Er arbeitete ausschließlich mit Profis zusammen. Jedenfalls hatte er das bisher geglaubt. Ging doch einmal etwas schief, sorgte er dafür, dass das Problem aus der Welt geschafft wurde. Gibt's nicht, gab's bei ihm nicht, und das wussten seine Leute. Wer seine Erwartungen nicht erfüllte, wurde eliminiert. Das mochte hart erscheinen, aber die Regeln waren allen, die für ihn arbeiteten, von Anfang an bekannt gewesen. Daran konnte es also nicht liegen. Woran dann? Pardus fragte sich, ob er zu nachlässig geworden war. Ob ihn sein Erfolg zum Leichtsinn verführt hatte. Immerhin hatte ihm sein Imperium mehr Geld eingebracht, als er sich jemals erträumt hatte. Erst kürzlich hatte er die 50-Millionen-Marke geknackt. Wie viel brauchte er eigentlich noch? Dabei wusste er genau, dass es die Gier nach immer mehr war, die den Menschen zu Fall brachte. Vielleicht sollte er ernsthaft darüber nachdenken, auszusteigen. Es nutzte nichts, die Augen vor der Wahrheit zu verschließen.

Er hatte seit Langem gewusst, dass es ein Fehler gewesen war, den Jungen und dessen Mutter für sich arbeiten zu lassen. Dennoch hatte seine Überheblichkeit gesiegt. Er hatte so viel Zeit und Mühe in diese Sache investiert, dass er sie nicht einfach aufgeben wollte. Nicht ohne vorher noch ordentlich Nutzen daraus zu ziehen. Es war schließlich nur recht und billig, für all den Aufwand entschädigt zu werden. Und die beiden hatten ihm ja auch gute Dienste geleistet – zumindest hatte er das geglaubt. Doch wie es aussah, war das ein Irrtum gewesen. Natürlich war man hinterher immer klüger.

Blieb die Frage, was er jetzt tun sollte. Normalerweise hätte er sich darauf konzentriert, den Jungen zu finden und ihn für seinen Verrat büßen zu lassen. Genau wie diesen Arzt, der, wenn er den Worten seines Informanten Glauben schenkte, seine Leute gezielt mit Falschinformationen versorgt und in eine Falle gelockt hatte. Doch es dürfte gar nicht so leicht werden, die beiden aufzuspüren. Selbst wenn es ihm gelingen sollte, konnte er sie nicht einfach umbringen und die Sache dann auf sich beruhen lassen. Er hatte schon viel zu viel Staub aufgewirbelt. Da nutzten ihm auch all seine Kontakte nichts mehr. Aber sie konnten ihm zumindest helfen, herauszufinden, was hinter seinem Rücken lief und wie groß die Bedrohung für ihn und sein Imperium tatsächlich war. Was er brauchte, waren Fakten. Danach konnte er eine Entscheidung treffen. Wenn er ehrlich war, hatte er sie im Grunde seines Herzens längst getroffen: Er würde sein Geld in Sicherheit bringen, solange das noch möglich war, und untertauchen. Tatsächlich spielte er schon eine ganze Weile mit diesem Gedanken, denn er wusste genau, dass es nur eine Frage der Zeit war, bis ihm jemand auf die Schliche kommen würde und die Behörden sich der Sache annahmen, wenn sie es nicht bereits getan hatten. Es wäre vermessen, zu glauben, dass er nicht früher oder später geschnappt würde, wenn er so weitermachte wie bisher. Der Gedanke ließ ihn zum Telefonhörer greifen. »Zeit, das Projekt zu beenden«, hörte er sich sagen.

35

Es war kurz vor 18 Uhr, als Leona auf dem Universitätsgelände eintraf und sich auf den Weg zu Asjas Zimmer machte. Was sie dort erwartete, ließ sich nur schwer in Worte fassen. Asja saß in einem vor dem Fenster stehenden Sessel und hielt ihre Tochter im Arm. Sie war so in den Anblick ihres schlafenden Kindes vertieft, dass sie gar nicht bemerkte, wie Leona den Raum betrat und langsam näher kam. Erst als sie direkt vor ihr stand, erwachte Asja aus ihrer Versunkenheit und sah sich benommen um. Als sie Leona bemerkte, glitt ein Lächeln über ihr Gesicht. »Das ist ja lieb von dir, dass du uns besuchen kommst. Aber du sollst dich doch nicht in Unkosten stürzen«, meinte sie mit Blick auf den bunten Frühlingsstrauß, den Leona noch rasch unterwegs in einem Blumenladen besorgt hatte.

»Das sind keine Unkosten. Ich wollte dir einfach eine kleine Freude machen.«

»Das hast du auch. Und wie du das hast. Ich kann dir gar nicht genug dafür danken«, entgegnete Asja, der anzumerken war, dass ihre Worte sich nicht nur auf die Blumen bezogen. »Bitte, setz dich zu uns.«

Nachdem Leona den Strauß in eine Vase gestellt hatte, zog sie sich einen Stuhl heran und nahm den beiden gegenüber Platz. Angestrahlt vom Licht der untergehenden Sonne erschien Asja ihr plötzlich wie ein überirdisches Wesen, das mit seiner Ausstrahlung den ganzen Raum erhellte und einen tiefen Frieden verströmte. So glücklich hatte Leona sie noch nie erlebt, und es erfüllte sie mit Dankbarkeit. »Wie geht es Lotta?«, erkundigte sie sich mit belegter Stimme.

»Es könnte ihr nicht besser gehen. Das sagen zumindest die Ärzte, und ich bin gern bereit, mich ihrer Meinung anzuschließen. Apropos meine Meinung: Die war heute übrigens schon mehrfach gefragt«, sagte Asja und erzählte von einem Interview, das ein Reporter der Ostseezeitung mit ihr geführt hat. »Er will über mich und meine Geschichte berichten und wollte sich mit eigenen Augen ein Bild von mir machen. Der Frau ohne Erinnerung, wie er mich während unseres Gesprächs immer wieder nannte. Dabei sind wir auch auf dich zu sprechen gekommen«, sagte sie leichthin.

»Auf mich?«, fragte Leona skeptisch, der das alles andere als recht war.

»Keine Sorge«, versuchte Asja, ihr ihre Bedenken zu nehmen. »Ich habe ihm von dir vorgeschwärmt. Davon, wie selbstlos du mich bei dir aufgenommen und mir geholfen hast, mein Kind zurückzubekommen.« Plötzlich wirkte sie verunsichert. »Ich hoffe, ich habe nicht zu viel aus dem Nähkästchen geplaudert.«

Ihre Worte ließen Leona hellhörig werden. »Wie meinst du das?«

»Nun ... also, ich musste ihm ja erklären, wie du auf Lottas Spur gestoßen bist«, druckste sie herum. »Dabei bin ich auch auf Doktor Urban und dessen Klinik zu sprechen gekommen.«

»Du hast ihm hoffentlich nicht erzählt, weshalb ich ihn aufgesucht habe.«

»Ich fürchte doch«, gestand Asja schuldbewusst ein. Leonas ungläubiger Gesichtsausdruck ließ sie hinzufügen, dass sie ihm das Versprechen abgenommen hatte, nichts davon in dem geplanten Artikel zu schreiben.

Leona konnte darüber bloß den Kopf schütteln: »Diese Leute versprechen einem alles, solange man ihnen erzählt, was sie hören wollen. Ich möchte nicht wissen, was …« Ein Klopfen an der Tür ließ sie innehalten. Asja warf ihr einen verwunderten Blick zu. »Hast du eine Ahnung, wer das sein könnte?«

»Soll ich mal nachschauen?«, schlug Leona vor. Anders als Asja hatte sie durchaus eine Vorstellung davon, um wen es sich handeln könnte.

»Nicht nötig«, wehrte Asja ab. »Ich geh schon. Allerdings wäre es lieb, wenn du Lotta kurz nehmen könntest.« In diesem Moment begann die Kleine, sich zu räkeln, und schlug die Augen auf.

Während Leona ihrer Bitte allzu gerne nachkam, erhob Asja sich und ging zur Tür. Sie war nur noch wenige Schritte davon entfernt, als diese aufschwang und Jenny hereinkam. Auch sie hielt einen bunten Blumenstrauß in der Hand und strahlte übers ganze Gesicht. »Hallo ihr drei«, sagte sie gutgelaunt in die Runde, bevor sie auf Asja zuging und sie in die Arme schloss.

»Das ist aber eine Überraschung«, sagte Asja freudig, nachdem Jenny sie wieder freigegeben hatte. Sie sah zwischen den beiden Frauen, die ihr mittlerweile zu guten Freundinnen geworden waren, hin und her.

»Wusstest du, dass Jenny kommt?«, erkundigte sie sich bei Leona.

»Ich habe es vermutet.«

»Allerdings habe ich sie gebeten, dir nichts davon zu verraten.« Während Jenny das sagte, trat sie zu Leona, um sie gleichfalls in die Arme zu schließen und dabei einen verzückten Blick auf Lotta zu werfen, die sie mit großen Augen anblickte. »Was für ein süßer Fratz«, entfuhr es ihr. »Ich musste einfach kommen, um zu sehen, wie es dir und der Kleinen geht«, sagte sie zu Asja. »Es ist doch alles in Ordnung?«, vergewisserte sie sich.

»Es könnte nicht besser sein«, wurde ihr bestätigt.

»Na, das wollen wir doch erst mal abwarten«, gab Jenny, die plötzlich angespannt wirkte, sich geheimnisvoll. »Es gibt da nämlich noch jemanden, der es kaum erwarten kann, Lotta endlich kennenzulernen.« Bevor Asja etwas erwidern konnte, rief Jenny: »Ihr könnt jetzt reinkommen.«

Die Tür schwang erneut auf und gab den Blick auf einen Mann im Rollstuhl frei, der von Pieter und Mia Ahlsen ins Zimmer geschoben wurde. Die beiden strahlten übers ganze Gesicht. Ihre Fröhlichkeit irritierte Leona. Sie hätte erwartet, sie am Boden zerstört vorzufinden. Während sie sich einen Reim darauf zu machen versuchte, vollzog sich mit Asja ein erschreckender Wandel. Sie wurde blass und starrte den Mann im Rollstuhl mit offenem Mund an. Leona, die direkt neben ihr stand, beobachtete, wie ihr Gesichtsausdruck von Erstaunen in Ungläubigkeit und gleich darauf in Erkennen überging. Asja versuchte etwas zu sagen, bekam aber kein Wort heraus. Stattdessen stieß sie einen spitzen Schrei aus und schlug die Hand vor den Mund.

*

Und plötzlich war alles wieder da. »Guram!«, stammelte sie fassungslos und stützte sich an dem neben ihr stehenden Stuhl ab. Wie um etwas zu haben, an dem sie sich festhalten konnte, um nicht von ihren Gefühlen überwältigt zu werden. Dabei fühlten ihre Beine sich so schwach wie die eines neugeborenen Fohlens an. »Bist du das wirklich?« Während sie das fragte, wurde ihr Kopf mit Bildern geflutet: Tausende kleine Momentaufnahmen aus ihrer gemeinsamen Zeit. Beginnend mit dem Tag, an dem sie sich das erste Mal begegnet waren, bis hin zu ihrer Eheschließung. Fortan hatte Asja nicht nur den Namen Kukava mit ihm geteilt, sondern ihr ganzes Leben. Dabei war es ihr anfangs schwergefallen, sich in diesem für sie fremden Land einzuleben, und das nicht allein wegen der Sprache, auch aufgrund der Mentalität. Um ihr die Eingewöhnung zu erleichtern, hatte Guram sich von ihr in ihrer Muttersprache unterrichten lassen und sprach inzwischen fließend Deutsch.

Für den Bruchteil einer Sekunde erschien eine von grellem Sonnenlicht überflutete Teeplantage vor ihrem inneren Auge, deren sanft abfallende Hänge von einem Bambuswäldchen begrenzt wurden. Dazwischen jenes Haus, in dem sie gelebt und das Asja in all den Jahren zur zweiten Heimat geworden war. Sie sah die Räume genau vor sich: die Küche mit dem großen hölzernen

Esstisch, an dem sie und ihr Mann nach getaner Arbeit auf der Teeplantage ihre Mahlzeiten einnahmen. Ihr Wohnzimmer, mit dem offenen Kamin und der gemütlichen Sitzecke. Und nicht zu vergessen, das Kinderzimmer mit den sonnengelb gestrichenen Wänden, an denen farbenfrohe Bilder mit Szenen aus Walt Disneys Bambi hingen und vor dessen weit geöffneten Fenster sich weiße Baumwollgardinen im Wind bauschten. Die Erinnerung daran rief ihr jenen Tag ins Gedächtnis zurück, als sie von ihrem Arzt erfahren hatte, dass sie ein Kind bekommen würde. Dabei hatte sie schon gar nicht mehr damit gerechnet. Jahrelang hatten sie sich vergeblich danach gesehnt. Dann, als sie die Hoffnung bereits aufgegeben hatten, war Asja wie durch ein Wunder schwanger geworden. Sie hatten ihr Glück kaum fassen können. Und es hatte in ihr den Wunsch geweckt, sich mit ihren Eltern zu versöhnen. Doch dazu war es ja leider nicht mehr gekommen.

Asja verdrängte den Gedanken. Jetzt war weder die Zeit noch der Ort für Wehmut. Ganz im Gegenteil. Jetzt, da die Vergangenheit wie ein offenes Buch vor ihr lag, konnte sie endlich wieder voller Zuversicht in die Zukunft schauen. Sie hatte nicht nur ihr Kind, sondern auch ihren Mann wiedergefunden. »Aber wie...?«, stammelte Asja, die ihr Glück nicht fassen konnte. »Man hat mir erzählt, du seist tot.« Ihre Stimme ging in ein Schluchzen über. Teils aus Erleichterung, teils aus Scham, dass sie sich mit dieser Erklärung zufrieden gegeben hatte. Wie hatte sie ihn bloß vergessen können? Dabei war ihr die Erinnerung an ihn nie wirklich abhandengekommen. Sie hatte sie nur gut versteckt, um sich vor dem damit verbundenen Schmerz zu schützen. In ihrer grenzenlosen Verzweiflung hatte Asja die Vergangenheit und alles, was mit Guram in Zusammenhang stand, in eine Truhe gezwängt, sie zugesperrt und weit nach hinten in ihrem Kopf verstaut. Doch der Schlüssel war noch da. Hatte die ganze Zeit auf seinen Einsatz gewartet. Darauf, sich im Schloss der Truhe drehen zu dürfen, um ihren gleichermaßen wertvollen wie schmerzlichen Inhalt preiszugeben. Was sich an jenem eisigen Wintertag zugetragen hatte, war für sie mit so viel Leid verbunden gewesen, dass sie unweigerlich zugrunde gegangen wäre, wenn sie die Erinnerung daran zugelassen hätte. Also hatte ihr Körper diesen Selbstschutzmechanismus entwickelt, um sie davor zu bewahren. Er hatte alles, was sie mit ihrem Mann verband, aus ihrem Kopf gelöscht, einschließlich des Unfalls, dessen Zeuge sie gewesen war. Doch Gurams Anblick hatte die verborgenen Erinnerungen wieder ans Licht gebracht.

Asja konnte sich gar nicht sattsehen an seinem Gesicht, das ihr trotz all der Narben und Blessuren, die er von dem Unfall davon getragen hatte, nur allzu vertraut war. Sie kniff die Augen zusammen in der Befürchtung, dass ihre überreizten Nerven ihr einen Streich spielten. Dass es sich bei dem Ganzen um eine Sinnestäuschung handelte. Doch als sie sie wieder öffnete, war ihr Mann noch immer da. Wie in Trance streckte Asja die Hand nach ihm aus und wankte mit unsicheren Schritten auf ihn zu. »Guram«, flüsterte sie, wie um sich selbst davon zu überzeugen, dass sie nicht träumte, bevor sie schluchzend vor ihm auf die Knie fiel und ihr Gesicht in seinem Schoss barg.

*

Während Asja ihren Tränen freien Lauf ließ, versuchte Leona, sich ein Bild von dem Mann zu machen, bei dem es sich nach allem, was sie mitbekommen hatte, nur um Asjas Ehemann handeln konnte. Auch wenn er nach ihren Informationen eigentlich tot sein müsste. Bei dem Unfall in seinem Auto verbrannt. Da er im Rollstuhl saß, ließ sich seine Größe schlecht einschätzen, doch er schien ein Hüne zu sein. Leona, die annahm, er sei etwa 50 bis 55 Jahre alt, fand, dass er für sein Alter erstaunlich dichtes schwarzes Haar besaß. Es umschloss ein schmales, charismatisches Gesicht, dessen linke Wange von einem großflächigen Verband bedeckt war, unter dem sich die Ausläufer einer Brandnarbe abzeichneten. Als er kurz den Kopf hob und in ihre Richtung blickte, fiel ihr auf, dass seine Augen von einem außergewöhnlich dunklen Braun waren. Er wirkte blass und mitgenommen, als müsse er sich von einer schweren Krankheit erholen, und das nicht allein wegen der vielen Pflaster und Verbände, die seinen Körper bedeckten. Keine Frage, die letzten Wochen und Monate hatten tiefe Spuren bei ihm hinterlassen. Als hätte es dafür eines Beweises bedurft, stieß er einen Seufzer aus. Leona beobachtete, wie er sich nach unten beugte, sein Gesicht in Asjas Haar vergrub und seine Arme um ihren Oberkörper schlang. Die Geste hatte etwas Ergreifendes und ging Leona derart nahe, dass ihre Kehle vor Rührung plötzlich ganz eng wurde. Ein Blick auf die Umstehenden zeigte ihr, dass es ihnen genauso ging. Sie alle hatten Tränen in den Augen. Alle bis auf Lotta, die nicht die geringste Ahnung davon hatte, welch schicksalhafte Begegnung sich gerade ereignete.

Nach einer Weile hob Asja den Kopf und sah ihrem Mann ins Gesicht. »Ich muss dich einfach anschauen, um mich zu vergewissern, dass ich nicht träume. Dass das wirklich du bist, der hier vor mir steht.« Sie schluckte. »Obwohl ich nach wie vor nicht verstehe, wie es kommt, dass du …« … noch am Leben bist, wollte sie offensichtlich sagen. Doch ihre Stimme versagte den Dienst.

Guram verstand sie auch so. »Ich kann es selbst kaum glauben«, kam er auf den Unfall zu sprechen. Darauf, dass er ihn überlebt und sie wiedergefunden hatte. »Dabei hatte ich die Hoffnung schon fast aufgegeben, dich jemals wiederzusehen.«

»Es war eine lange Zeit ohne dich«, pflichtete Asja ihm bei. »Deshalb hatte ich die Erinnerung an dich wohl auch verdrängt.« Ihre Stimme brach, und sie wirkte für einen Moment in sich gekehrt. »Aber jetzt ist alles wieder da. Beginnend mit dem Tag, an dem du mich damals vor fast 30 Jahren vom Flughafen abgeholt hast«, erklärte sie feierlich, »bis hin zu jenem eisigen Wintertag, der unser Leben für immer verändern sollte. Ich weiß noch, dass du mich ins Krankenhaus gebracht hast«, sprudelte es aus ihr heraus. »Ich hatte einen Termin bei meinem Frauenarzt und du hattest etwas im Nachbardorf zu erledigen. Danach wolltest du mich abholen. Doch als ich im Krankenhaus ankam, hieß es, Doktor Burduli sei erkrankt. Also ließ ich mir einen neuen Termin geben und beschloss, dir entgegenzugehen. Ein wenig Bewegung konnte mir und dem Baby schließlich nicht schaden. Auch wenn es bitterkalt war.« Die Erinnerung daran ließ sie erschaudern. »Ich musste nur der Hauptstraße folgen«, fuhr sie fort. »Wir hätten uns also gar nicht verfehlen können. Ich erinnere mich, dass ich auf halber Strecke in die lang gezogene Kurve eingebogen bin, vor der du mich immer gewarnt hast, weil dort oft Unfällen passieren aufgrund von überhöhter Geschwindigkeit. Ich hörte hinter mir einen Wagen herannahen und dachte noch, dass er viel zu schnell unterwegs sei, als ich dich in unserem Auto um die Kurve biegen sah.«

Was danach geschah, ging so schnell, dass Asjas Erinnerung daran verschwommen war. Sie wusste nur noch, dass es zu einem Ausweichmanöver gekommen war, in dessen Folge der von Raffael gesteuerte Krankenwagen ins Schlingern geraten war und er die Kontrolle verloren hatte.

»Ich habe gegenzulenken versucht«, bestätigte Guram, der ihrem Bericht mit versteinerter Miene gelauscht hatte. »Dabei bin ich mit dem Auto von der Straße abgekommen und einen steilen Abhang hinuntergestürzt. Dass ich den Unfall überlebt habe, habe ich einzig und allein der Tatsache zu verdanken, dass ich bei dem Aufprall aus dem Wagen herausgeschleudert wurde, bevor er in Flammen aufging. Das jedenfalls haben mir die Ärzte erzählt, nachdem ich aus dem Koma erwacht bin, in das sie mich aufgrund meiner schweren Verletzungen versetzt hatten. Das ist jetzt ungefähr zwei Monate her.« Er schluckte. »Danach lag ich wochenlang in diesem Krankenhaus, ohne dass mir jemand sagen konnte, was mit dir geschehen war. Du warst wie vom Erdboden verschluckt. Als hätte es dich nie gegeben. Niemand wusste etwas, weder unsere Freunde noch unsere Nachbarn. Und dann kam vor ein paar Tagen plötzlich ein Polizist vorbei, um mich nach dir zu befragen und mich von meiner Ungewissheit zu befreien. Und das alles«, sagte Guram sichtlich gerührt und sah dabei zu Jenny hinüber, »hab ich nur Ihnen zu verdanken.« Aus seinen Worten sprach eine tiefe Dankbarkeit. »Ich weiß gar nicht, wie ich mich jemals dafür erkenntlich zeigen soll.«

»Das müssen Sie nicht«, wehrte Jenny bescheiden ab. »Ich habe nur gehandelt, wie jeder andere in einer solchen Situation es ebenfalls getan hätte.«

Bevor Guram ihr widersprechen konnte, erkundigte Leona sich danach, wie es ihr gelungen sei, ihn derart schnell ausfindig zu machen.

»Das war gar nicht so schwer«, sagte Jenny. »Nachdem ich erst einmal Ort und Zeitpunkt des Unfalls in Erfahrung gebracht und mich mit diesen Informationen an die zuständigen Behörden gewandt hatte, ließ die Antwort nicht lange auf sich warten. Ihr könnt euch sicher vorstellen, wie erstaunt ich war, als ich erfuhr, dass Asjas Ehemann den Unfall überlebt hatte. Daraufhin habe ich mich mit seinen Ärzten in Verbindung gesetzt. Als feststand, dass er transportfähig ist«, fasste sie zusammen, »brauchte ich nur noch ein paar Formalitäten klären und dafür zu sorgen, dass man ihn ins nächste Flugzeug nach Deutschland setzt.«

»Dann hab ich also richtig gehört«, sagte Leona, die dabei an die Durchsage denken musste, die sie während ihres Gesprächs im Hintergrund vernommen hatte. »Du warst auf dem Flughafen, als wir heute miteinander telefoniert haben.«

»In Schönefeld«, bestätigte Jenny. »Um Asjas Ehemann in Empfang zu nehmen. Aber das konnte ich dir schlecht verraten, sonst wäre es ja keine Überraschung mehr gewesen.«

Sie hatte kaum ausgesprochen, als Lotta sich zu regen begann und durch glucksende Töne auf sich aufmerksam machte. Als wollte sie verkünden, dass sie auch noch anwesend sei. Mit sehnsüchtigem Gesichtsausdruck streckte Guram die Hände nach seiner Tochter aus und ließ sie sich von Leona in die Arme legen. Während sich die Kleine wie selbstverständlich an seine Brust kuschelte, schlang Asja ihre Arme ganz fest um ihre kleine Familie. »Ich kann dir gar nicht sagen, wie glücklich ich darüber bin, dass du da bist. Du und Lotta. Dass ich euch endlich wiederhabe«, fügte sie mit Tränen in den Augen hinzu.

Die Stille, die sich danach über den Raum senkte, wurde nur hin und wieder von einem heftigen Schluchzen durchbrochen. »Ich denke, wir sollten die drei jetzt allein lassen«, sagte Jenny und wandte sich zur Tür.

»Das finde ich auch«, pflichtete Mia ihr bei. Es war das erste Mal, dass sie sich seit ihrer Ankunft zu Wort meldete.

Ihre Stimme schien Asja in die Realität zurückzubringen und ihr ihre Anwesenheit in Erinnerung zu rufen. Sie hob den Kopf und warf Mia einen besorgten Blick zu, der von ihr mit einem strahlenden Lächeln beantwortet wurde.

»Mia ... Ich ...«, setzte sie bekümmert an.

»Du musst dir wegen mir keine Gedanken machen. Es geht mir gut.«

»Aber ...«

»Ich hatte gestern ein Gespräch mit meinem Frauenarzt«, sagte Mia und sah ihren Mann dabei liebevoll an. »Wir bekommen ein Baby!«

»Deshalb sind die beiden hier«, fügte Jenny hinzu. »Um dir die gute Neuigkeit persönlich mitzuteilen.«

»Ich wusste gar nicht, dass ihr euch kennt«, wunderte Asja sich, nachdem sie sich von ihrer Überraschung erholt hatte.

»Tun wir auch nicht. Wir sind uns vorhin zufällig auf dem Gang begegnet und ins Gespräch gekommen«, sagte Jenny. »Als mir klar wurde, wen ich vor mir hatte, habe ich die beiden kurzerhand dazu gebeten. Zumal sie ohnehin gerade auf dem Weg zu deinem Zimmer waren.«

Leona erwachte aus ihrer Starre. »Ist das wirklich wahr?«, platzte es aus ihr heraus. »Ihr bekommt ein Baby?«

Mia nickte und strahlte. Als bedürfe es eines Beweises, zog sie eine Ultraschallaufnahme aus ihrer Jackentasche. »Doktor Schüler hat mir versichert, dass kein Grund zur Sorge besteht. Er konnte sogar schon erkennen, dass es ein Junge wird, und er entwickelt sich prächtig.«

»Ja, aber ...«

»Ich weiß, was du sagen willst«, unterbrach Mia sie. »Meine Fehlgeburten ... Ich bin trotzdem voller Zuversicht, dass diesmal alles gut geht. Die ersten drei Monate sind schließlich immer am kritischsten.«

»Was soll das heißen?«

»Dass ich bereits im vierten Monat bin – ohne dass ich etwas davon bemerkt hätte.« Mia schüttelte den Kopf, als könne sie es noch immer nicht glauben. »Dabei gab es durchaus Anzeichen, aber die habe ich in meiner Sorge um Lotta verdrängt.«

»Was für wundervolle Neuigkeiten«, sagte Asja gerührt und ergriff Mias Hand.

»Das finde ich auch«, stimmte Leona ihr sichtlich bewegt zu. Sie wären wohl noch ewig so dagestanden, wenn Jenny nicht zum Aufbruch gemahnt hätte.

36

Nach ihrem Besuch bei Asja, war Leona zur Nachtschicht aufgebrochen. Es fiel ihr schwer, sich auf die Arbeit zu konzentrieren. Sie wirkte fahrig und abwesend. Auch dann noch, als ihr Dienst längst beendet war und sie sich auf dem Heimweg befand. Ursprünglich hatte sie das vor ihr liegende Wochenende in Greifswald verbringen wollen, sich dann aber dazu entschlossen, nach Lobbe zu fahren. Sie brauchte jetzt erst einmal ein bisschen Zeit und Abstand, um all die Neuigkeiten zu verarbeiten. Zumindest versuchte sie, sich das einzureden. Dabei wusste sie nur zu gut, dass es eigentlich egal war, wo sie sich aufhielt. Es gab weder hier noch dort jemanden, der auf sie wartete. Weder Asja, die nach so langer Zeit endlich zu sich selbst und ihrer Familie zurückgefunden hatte, noch Jenny, die gestern Abend nach Plauen zurückgefahren war. Jede von ihnen hatte ihr eigenes Leben. Ein Leben, in dem Leona bloß am Rande existierte. Auch wenn sie das nie zugegeben hätten.

Kein Wunder, dass ihr das Haus bei ihrer Ankunft leer und trostlos erschien. Plötzlich wurde ihr schmerzhaft bewusst, dass hier nie Kinder spielen und mit ihrem hellen Lachen die Einsamkeit vertreiben würden, die ihr beim Überschreiten der Türschwelle wie ein eisiger Windhauch entgegenwehte. Jetzt hör schon auf, dich selbst zu bemitleiden, ermahnte sie sich, während sie in die Küche ging, um sich einen Kaffee zu kochen und ihren Kühlschrank nach etwas Essbarem zu durchstöbern.

Sie hatte gerade ein paar Eier aufgeschlagen, als es an der Tür klingelte. Davor stand Peer, um sie zu ihrem Erfolg zu beglückwünschen. »Das war ja mal wieder eine Meisterleistung.« Seine Stimme troff vor Sarkasmus.

»Ich habe keine Ahnung, wovon du sprichst.«

»Ach, wirklich nicht? Dann solltest du vielleicht mal einen Blick in die heutige Tageszeitung werfen.«

Leona schluckte. »Wieso, was steht denn drin?«

»Tu nicht so scheinheilig«, ereiferte Peer sich. »Als ob du das nicht wüsstest. Dabei hätte ich mir eigentlich denken können, dass du es nicht lassen kannst, deine Nase in anderer Leute Angelegenheiten zu stecken.« Leona schwante, dass er damit auf das von Asja erwähnte Interview anspielte.

»Ich kann verstehen, dass du sauer auf mich bist«, räumte Leona ein. »Aber ...«

»Sauer«, wiederholte Peer aufgebracht. »Ist das alles, was dir dazu einfällt?«

Leona spürte, wie sich Widerstand in ihr zu regen begann. Sie war ihm schließlich keine Rechenschaft schuldig. »Tut mir leid, doch wenn du glaubst, dass ich mich deshalb bei dir entschuldige, hast du dich getäuscht.«

Plötzlich war Peer ganz dicht bei ihr, und sie konnte seinen Atem auf ihrem Gesicht spüren. Leona schauderte. »Warum tust du das?« Seine Stimme klang ganz rau. »Warum tust du mir das an?«

Mit einem Mal dämmerte es ihr, dass es ihm gar nicht darum ging, dass sie auf eigene Faust ermittelt hatte. Er war sauer, weil er sich übergangen fühlte.

»Dabei dachte ich, wir sind Freunde«, sagte er.

»Sind wir doch auch.«

»Ach, und wieso hast du mir dann nicht erzählt, dass du ein Kind adoptieren willst? Warum muss ich das erst aus der Zeitung erfahren?«

Leona zuckte zusammen. Das war es also. Bevor sie etwas erwidern konnte, sagte Peer: »Dabei dachte ich, dass Ole ...«

»Ole, was hat Ole denn damit zu tun?«

»Ich dachte, er würde dir etwas bedeuten.«

»Das tut er.«

»Anscheinend nicht so viel, wie ein wildfremdes Kind.«

»Was soll das heißen?«

»Dass es noch nicht zu spät ist«, erwiderte Peer eindringlich. »Ein Wort von dir und ich ...«

»Du«, fuhr Leona ihn an, »immer denkst du nur an dich!« Sie hatte nicht übel Lust, ihm einmal so richtig die Meinung zu sagen. Allerdings hätte sie Ole dann vielleicht nie wieder gesehen. Sie brauchte Peer nur anzuschauen. Der Blick, mit dem er sie ansah, sprach mehr als tausend Worte. Also schluckte sie ihren Groll hinunter und begnügte sich damit, ihn daran zu erinnern, dass Ole bereits eine Mutter habe.

»Die im Koma liegt«, sagte Peer tonlos. »Und ich kann mir nicht vorstellen, dass ...«

»Dass was?«, empörte Leona sich. »Wenn man dich so

reden hört, könnte man meinen, du hast Marlies schon abgeschrieben.«

»Ich sehe die Dinge so, wie sie nun einmal sind.«

Seine Worte trafen Leona wie ein Schlag ins Gesicht. Sollte sie sich wirklich derart in ihm getäuscht haben? Allein der Gedanke verursachte ihr eine Gänsehaut. »Würdest du das auch sagen, wenn ich an Marlies' Stelle wäre?« Die Frage war ihr herausgerutscht, doch Peers Reaktion zeigte ihr, dass sie ins Schwarze getroffen hatte. Er wurde ganz blass und starrte sie mit weit aufgerissenen Augen an. Als wäre ihm jetzt erst bewusst geworden, was er gesagt hatte. »Ich …«, versuchte er sich zu rechtfertigen, aber Leona ließ ihn nicht zu Wort kommen.

»Ich denke, du gehst besser. Sonst …« Was sie sagen wollte, ging in einem heftigen Schluchzen unter. Es war wohl besser so, sonst hätte sie ihm alle möglichen hässlichen Dinge an den Kopf geworfen. Dinge, die sich, erst einmal ausgesprochen, nicht mehr zurücknehmen ließen. Auch wenn es längst überfällig war, ihm einmal zu sagen, was sie von ihm hielt, was für ein selbstsüchtiger Mensch er in ihren Augen war. Jemand, der sich nicht im Geringsten um die Gefühle anderer scherte. Und der bei allem, was er tat, nur an sich dachte.

Als hätte Peer ihre Gedanken erraten, senkte er schuldbewusst den Kopf und schlich wie ein geprügelter Hund an ihr vorbei. Sobald die Tür hinter ihm ins Schloss gefallen war, atmete Leona erst einmal tief durch. Doch das Unbehagen, das seine Worte bei ihr hinterlassen hatte, konnte sie damit nicht vertreiben. Und plötzlich wünschte sie sich, ihn nie wiedersehen zu müssen.

37

Er war gerade auf dem Weg zum Flughafen, als sein Handy klingelte. Der Anruf kam von Erebus. Pardus hatte ihm den Namen in Anlehnung an die griechische Mythologie gegeben: der Gott der Finsternis und Sohn des Chaos. Er hatte seinen Weg von Anfang an begleitet und gehörte inzwischen zu seinen engsten Vertrauten.

»Hast du die Nachricht erhalten?«, wollte er wissen.
»Wenn du damit den Zeitungsartikel meinst ...«
»Deshalb rufe ich an.«
Pardus presste das Handy an sein Ohr. »Schieß los.«
»Ich habe mir überlegt, ob wir dem Reporter nicht einen Besuch abstatten sollten.«
»Warum?«
»Liegt das nicht auf der Hand?«
»Das zu entscheiden, solltest du besser mir überlassen. Wir haben in dieser Angelegenheit schon genug Staub aufgewirbelt.«
»Aber ...«
»Kein Aber. Wenn überhaupt, sollten wir uns auf die wirklich Schuldigen konzentrieren. Auf die, die uns diesen Schlamassel eingebrockt haben.«
Seine Antwort ließ nur eine Schlussfolgerung zu. »Ich nehme an, du sprichst von dieser Frau?«
»Genau«, wurde ihm von Pardus bestätigt. »Es wäre

mir zwar lieber gewesen, wenn ich in dieser Sache nichts mehr unternehmen müsste. Doch der Artikel lässt mir keine andere Wahl«, begründete er seine Entscheidung. »Sorge dafür, dass sie uns nie wieder in die Quere kommt. Sie und der Rest ihrer Familie. Wenn sie nicht gewesen wären, dann ...«

Er musste den Satz nicht vollenden. Erebus wusste auch so, was er sagen wollte. »Es wird alles gut«, beeilte er sich zu versichern. »Du kannst dich auf mich verlassen. Diesmal wird nichts schiefgehen.«

»Das will ich hoffen, und zwar in deinem eigenen Interesse.«

»Was soll ich tun?«

»Ich möchte, dass du heute noch nach Georgien fliegst.«

»Nach Georgien?«

»Die drei haben für nächste Woche einen Flug nach Tbilissi gebucht«, ließ Pardus ihn wissen.

Seine Antwort schien Erebus zu irritieren. »Drei, wieso drei? Wer fliegt denn noch mit?«

»Ihr Mann.«

»Ich dachte, der wäre tot.«

»Das habe ich auch gedacht. Bis er gestern wie durch ein Wunder aufgetaucht ist.«

»Aber wie ...?«

»Das zu erklären würde viel zu viel Zeit in Anspruch nehmen. Zeit, die wir nicht haben.« Damit war die Sache für ihn erst einmal vom Tisch. »Hast du was zum Schreiben?«

»Na sicher.«

»Gut, dann geb ich dir jetzt die Flugnummer und die Ankunftszeit durch.«

»Woher …?«

»Ich habe ein paar von unseren Kontakten bemüht«, sagte Pardus. »Was ich dabei in Erfahrung gebracht habe, sollte reichen, um den dreien bei ihrer Ankunft einen würdigen Empfang zu bereiten. Du bist dafür verantwortlich, dass diesmal alles nach Plan verläuft. Wir können uns keinen weiteren Fehler mehr leisten«, unterstrich er seine Worte. »Nicht den geringsten. Hast du mich verstanden?«

»Ich werde mein Bestes geben«, versprach Erebus, bevor er sich nach den Einzelheiten erkundigte.

»Meinem Informanten zufolge, werden die drei von einem Cousin der Familie vom Flughafen abgeholt.« Es folgten der Name und die Anschrift des Mannes sowie das Autokennzeichen. »Und jetzt zu dir: Ich möchte, dass du dafür sorgst, dass keiner von ihnen diese Autofahrt überlebt. Wie du das machst, ist mir völlig egal. Hauptsache, es sieht für die Polizei nach einem Unfall aus.« Grimmig blickte er auf den Zeitungsartikel. »Danach hab ich noch eine weitere Aufgabe für dich.«

38

Das Gespräch mit Peer hatte Leona derart aufgewühlt, dass an Schlaf nicht mehr zu denken war, auch wenn sie den dringend benötigt hätte. Sie beschloss, eine Runde spazieren zu gehen und sich den Seewind um die Nase wehen zu lassen. Bewegung an frischer Luft hatte ihr bislang immer zu einem klaren Kopf verholfen.

Sie war gerade dabei, ihre Wanderschuhe zu schnüren, als es erneut klingelte. Verärgert riss Leona die Tür auf. »Ich dachte, ich hätte mich klar ausgedrückt«, sagte sie in der festen Annahme, Peer vor sich zu haben. Stattdessen sah sie sich einem riesigen Blumenstrauß gegenüber, hinter dem Cemals Kopf auftauchte. Für einen Moment sagte keiner von beiden ein Wort. Leona starrte ihn mit offenem Mund an. Genauso hatte er schon einmal vor ihr gestanden. Im letzten Herbst. Als sie noch geglaubt hatte, ihm nicht gleichgültig zu sein. Mit einer trotzigen Handbewegung versuchte sie, die Erinnerung daran zu vertreiben. »Was willst du?«, erkundigte sie sich in dem vergeblichen Bemühen, sich nichts von ihren Gefühlen anmerken zu lassen, die sein Anblick in ihr ausgelöst hatte.

»Ich möchte mich bei dir entschuldigen«, begann Cemal reumütig. »Dafür, dass ich …«

»Da gibt es nichts zu entschuldigen«, erwiderte Leona eisig und wollte ihm die Tür vor der Nase zuschlagen.

Cemal gelang es in letzter Sekunde, sie daran zu hindern. »Ich kann verstehen, dass du sauer auf mich bist. Schließlich hab ich mich wie ein Idiot benommen. Aber ...«

»Aber was?«

»Stimmt es, dass du ein Kind adoptieren wolltest?«, erkundigte Cemal sich. Er schien allen Mut dafür zusammengenommen zu haben.

Seine Frage brachte Leona aus dem Konzept. »Ich wüsste nicht, was dich das angeht«, entschloss sie sich zu sagen. »Nicht, nachdem du mich einfach so ...«, sie schluckte, »abserviert hast. Du hast es ja nicht einmal für nötig gehalten, mir den Grund dafür zu nennen. Wobei ich mir den ja eigentlich denken kann.«

Jetzt war es an Cemal, ihr einen verwunderten Blick zuzuwerfen. »Wie meinst du das?«

»Ach, komm schon, oder glaubst du, ich wüsste nicht, dass es längst eine neue Frau in deinem Leben gibt?«, kam sie auf ihre Beobachtung zu sprechen.

»Eine neue Frau?« Cemals Fassungslosigkeit war mit Händen zu greifen. »Wie kommst du denn darauf?«

»Ich habe euch zusammen gesehen«, sagte Leona. »Beim Joggen. Deshalb konntest du es wohl kaum erwarten, mich loszuwerden.«

»Das ist ein Missverständnis. Ich ...«

»Das war es bestimmt nicht. Ihr habt sehr vertraut miteinander gewirkt«, beharrte Leona.

Sie hatte kaum ausgesprochen, als Cemal ein Licht aufzugehen schien. Er schlug sich mit der Hand gegen die Stirn und stieß einen erleichterten Seufzer aus. »Ach das, das war meine Nichte«, beeilte er sich, den Irrtum aufzuklären. »Die Tochter meiner Schwester. Sie wohnt in den Staaten und war für ein paar Tage bei mir zu Besuch.«

Das musste Leona erst einmal sacken lassen. Wie hatte sie ihn nur so vorschnell verurteilen können? Vor lauter Scham wäre sie am liebsten im Erdboden versunken. »Weshalb hast du dich dann von mir zurückgezogen? Ich meine, dafür muss es doch einen Grund geben.«

Sie sah Cemal an, dass er mit sich rang. »Den gibt es auch«, erklärte er schließlich. »Wobei …«

»Wobei was?«, drängte Leona, der sein Zögern nicht entgangen war.

»Müssen wir das wirklich hier besprechen? Das Ganze ist nämlich weitaus komplizierter als du denkst.« Er gab sich einen Ruck. »Was hältst du davon, heute Abend mit mir Essen zu gehen und in Ruhe bei einem Glas Wein darüber zu reden?«

ENDE